चित्रलेखा

चित्रलेखा

भगवतीचरण वर्मा

राजकमल प्रकाशन

ISBN : 978-81-267-1583-1

मूल्य : ₹ 695

पहला संस्करण : 1934
राजकमल से पहला संस्करण : 1993
तेइसवाँ संस्करण : 2024

प्रकाशक : राजकमल प्रकाशन प्रा.लि.
1-बी, नेताजी सुभाष मार्ग, दरियागंज
नई दिल्ली-110 002
शाखाएँ : अशोक राजपथ, साइंस कॉलेज के सामने, पटना-800 006
पहली मंजिल, दरबारी बिल्डिंग, महात्मा गांधी मार्ग, प्रयागराज-211 001
1, अनमोल सोराबजी संतुक लेन, धोबी तलाव, मरीन लाइंस, मुम्बई-400 002
वेबसाइट : www.rajkamalprakashan.com
ई-मेल : info@rajkamalprakashan.com

मुद्रक : विकास कंप्यूटर एंड प्रिंटर्स
ट्रॉनिका सिटी-201 102

CHITRALEKHA
Novel by Bhagwati Charan Verma

चित्रलेखा

उपक्रमणिका

श्वेतांक ने पूछा–"और पाप !"

महाप्रभु रत्नाम्बर मानो एक गहरी निद्रा से चौंक उठे। उन्होंने श्वेतांक की ओर एक बार बड़े ध्यान से देखा–"पाप ? बड़ा कठिन प्रश्न है वत्स ! पर साथ ही बड़ा स्वाभाविक ! तुम पूछते हो पाप क्या है !" इसके बाद

रत्नाम्बर ने कुछ देर तक कोलाहल से भरे पाटलिपुत्र की ओर, जिसके गगनचुम्बन करने का दम भरनेवाले ऊँचे-ऊँचे प्रासाद अरुणिमा के धुँधले प्रकाश में अब भी दिखलाई दे रहे थे, देखा–"हाँ, पाप की परिभाषा करने की मैंने भी कई बार चेष्टा की है, पर सदा असफल रहा हूँ। पाप क्या है, और उसका निवास कहाँ है; यह एक बड़ी कठिन समस्या है, जिसको आज तक नहीं सुलझा सका हूँ। अविकल परिश्रम करने के बाद, अनुभव के सागर में उतराने के बाद भी जिस समस्या को नहीं हल कर सका हूँ, उसे किस प्रकार तुमको समझा दूँ ?"

रत्नाम्बर ने रुककर फिर कहा–"पर श्वेतांक, यदि तुम पाप को जानना ही चाहते हो, तो तुम्हें संसार में ढूँढ़ना पड़ेगा। इसके लिए यदि तैयार हो, तो सम्भव है, पाप का पता लगा सको।"

श्वेतांक ने रत्नाम्बर के सामने मस्तक नमाकर कहा–"मैं प्रस्तुत हूँ।"

"और कदाचित् तुम भी पाप को ढूँढ़ना चाहोगे ?"–रत्नाम्बर ने विशालदेव की ओर देखा।

विशालदेव ने भी रत्नाम्बर के सामने मस्तक नमाते हुए कहा–"महाप्रभु का अनुमान उचित है !"

रत्नाम्बर का मुख प्रसन्नता से चमक उठा–"इसके पहले कि मैं तुम लोगों को संसार में भटककर अनुभव प्राप्त करने को छोड़ दूँ, तुम्हें परिस्थितियों से भिज्ञ करा देना आवश्यक होगा। इस नगर के दो महानुभावों से मैं यथेष्ट परिचित हूँ, और इस कार्य को पूरा करने के लिए तुम लोगों को इन दोनों की सहायता की आवश्यकता होगी। एक योगी है और दूसरा भोगी–योगी का नाम है कुमारगिरि, और भोगी का नाम है बीजगुप्त। तुम दोनों के जीवन को इनके जीवन-स्रोत के साथ-साथ ही बहना पड़ेगा।"

दोनों शिष्यों ने एक साथ उत्तर दिया–"स्वीकार है !"

"विशालदेव ! तुम ब्राह्मण हो और तुम्हारी ध्यान तथा आराधना पर अनुरक्ति है, इसलिए तुम्हें कुमारगिरि का शिष्य बनना उचित होगा। और श्वेतांक ! तुम क्षत्रिय हो, तुम्हें संसार में अनुरक्ति है, इसलिए तुम्हें

बीजगुप्त का सेवक होना पड़ेगा।"

दोनों शिष्यों ने एक साथ उत्तर दिया—"स्वीकार है !"

"तुम दोनों के मार्ग निर्धारित हो चुके। अब रहा मैं। तुम लोग मेरी चिन्ता न करो। जीवन में अनुभव की उतनी ही आवश्यकता होती है, जितनी उपासना की। तुम अनुभव प्राप्त करो और मैं तपस्या करूँगा। आज से एक वर्ष बाद तुम दोनों मुझसे यहीं पर मिलोगे। और उस समय फिर से हम अपने निर्धारित कार्यक्रम पर चल सकेंगे।

"पर एक बात याद रखना। जो बात अध्ययन से नहीं जानी जा सकती है, उसको अनुभव से जानने का प्रयत्न करने के लिए ही मैं तुम दोनों को संसार में भेज रहा हूँ। पर इस अनुभव में तुम स्वयं ही न बह जाओ, इसका ध्यान रखना पड़ेगा। संसार की लहरों की वास्तविक गति में तुम दोनों बहोगे। उस समय यह ध्यान रखना पड़ेगा कि कहीं डूब न जाओ।"

श्वेतांक ने विशालदेव की ओर देखा और विशालदेव ने श्वेतांक की ओर।

रत्नाम्बर ने कुछ देर तक मौन रहकर फिर कहना आरम्भ किया—"जिन परिस्थितियों में तुम जा रहे हो, उनका पहले से ही परिचय करा दूँ। कुमारगिरि योगी है, उसका दावा है कि उसने संसार की समस्त वासनाओं पर विजय पा ली है। संसार से उसको विरक्ति है, और अपने मतानुसार उसने सुख को भी जान लिया है; उसमें तेज है और प्रताप है; उसमें शारीरिक बल है और आत्मिक बल है। जैसा कि लोगों का कहना है, उसने ममत्व को वशीभूत कर लिया है। कुमारगिरि युवा है; पर यौवन और विराग ने मिलकर उसमें एक अलौकिक शक्ति उत्पन्न कर दी है। संसार उसका साधन है और स्वर्ग उसका लक्ष्य। विशालदेव ! वही कुमारगिरि तुम्हारा गुरु होगा।

"और श्वेतांक ! बीजगुप्त भोगी है; उसके हृदय में यौवन की उमंग है और आँखों में मादकता की लाली। उसकी विशाल अट्टालिकाओं में भोग-विलास नाचा करते हैं; रत्नजटित मदिरा के पात्रों में ही उसके जीवन्

का सारा सुख है। वैभव और उल्लास की तरंगों में वह केलि करता है, ऐश्वर्य की उसके पास कमी नहीं है। उसमें सौन्दर्य है, और उसके हृदय में संसार की समस्त वासनाओं का निवास। उसके द्वार पर मातंग झूमा करते हैं; उसके भवन में सौन्दर्य के मद से मतवाली नर्तकियों का नृत्य हुआ करता है। ईश्वर पर उसे विश्वास नहीं, शायद उसने कभी ईश्वर के विषय में सोचा तक नहीं है। और स्वर्ग तथा नरक की उसे कोई चिन्ता नहीं। आमोद और प्रमोद ही उसके जीवन का साधन है तथा लक्ष्य भी है। उसी बीजगुप्त का तुम्हें सेवक बनना पड़ेगा। श्वेतांक ! स्वीकार है ?''

''महाप्रभु की आज्ञा शिरोधार्य है।''–श्वेतांक एक बार कल्पना से परे ऐश्वर्य की थाह लेना चाहता था।

''और विशालदेव, तुम्हें स्वीकार है ?''

''महाप्रभु की आज्ञा शिरोधार्य है।''–विशालदेव एक बार यौवन और विराग के मिश्रण से उत्पन्न शक्ति का महत्त्व जानना चाहता था।

''तो फिर ऐसा ही हो।''–इतना कहकर रत्नाम्बर उठ खड़े हुए।

दूसरे दिन कुटी खाली पड़ी थी। गुरु साधना के शुष्क क्षेत्र में और शिष्य अथाह संसार में निकल पड़े थे।

पहला परिच्छेद

छलकते हुए मदिरा के पात्र को चित्रलेखा के मुख से लगाते हुए बीजगुप्त ने कहा—"चित्रलेखा ! जानती हो जीवन का सुख क्या है ?"

चित्रलेखा की अधखुली आँखों में मतवालापन था और उसके अरुण कपोलों में उल्लास था। यौवन की उमंग में सौन्दर्य किलोलें कर रहा था,

आलिंगन के पाश में वासना हँस रही थी। चित्रलेखा ने मदिरा का एक घूँट पिया–इसके बाद वह मुस्कराई। एक क्षण के लिए उसके अधरों ने बीजगुप्त के अधरों से मौन भाषा में कुछ बात कही, फिर धीरे से उसने उत्तर दिया–"मस्ती !"

उस समय प्रायः आधी रात बीत चुकी थी। बीजगुप्त का भवन सहस्त्रों दीप-शिखाओं से आलोकित हो रहा था, द्वार पर शहनाई में विहाग बज रहा था। केलि-भवन में नगर की सर्वसुन्दरी नर्तकी के साथ सामन्त बीजगुप्त यौवन की उमंग में निमग्न था और बाहर गहरे अन्धकार में सारा विश्व।

बीजगुप्त हँस पड़ा–"सोच रहा हूँ चित्रलेखा, यौवन का अन्त क्या होगा ?"

चित्रलेखा भी हँस पड़ी, पर हँसी क्षणिक थी; अचानक वह मीठी और उल्लास से भरी हँसी वेदना-मिश्रित गम्भीरता में परिणत हो गई। उसने भी शायद कभी इसी प्रश्न का उत्तर पाने की चेष्टा की थी, पर प्रश्न इतना भयानक था कि वह उस पर अधिक देर तक सोच न सकी थी। उसका सिर घूमने लगा था और इसके बाद मदिरा के पात्र में उस समय के लिए उसने उस दुखद विचार को डुबो दिया था। आज एकाएक फिर उसी प्रश्न को सुनकर वह चौंक उठी–"जीवित मृत्यु !"

"जीवित मृत्यु ! नहीं, यह असम्भव है। यौवन का अन्त है एक अज्ञात अन्धकार, और उस अज्ञात अन्धकार के गर्त में क्या छिपा है, वह न तो मैं जानता हूँ, और न उसके जानने की इच्छा ही है। भूत और भविष्य, ये दोनों ही कल्पना की चीजें हैं, जिनसे हमको कोई प्रयोजन नहीं, वर्तमान हमारे सामने है, और वह..."–बीजगुप्त रुक गया, शायद वह आगे के शब्दों को ढूँढ़ने लगा था।

"और वह उल्लास-विलास है, संसार का सारा सुख है, यौवन का सार है।"–चित्रलेखा ने हँसते हुए वाक्य पूरा कर दिया।

बीजगुप्त ने चित्रलेखा को आलिंगन-पाश में लेकर कहा–"तुम मेरी मादकता हो।"

चित्रलेखा ने उत्तर दिया–"और तुम मेरे उन्माद हो।"

चित्रलेखा वेश्या न थी, वह केवल नर्तकी थी। पाटलिपुत्र की असाधारण सुन्दर नर्तकी का वेश्यावृत्ति स्वीकार न करना, यह बात स्वयं ही असाधारण थी; पर उसके कारण थे, और उन कारणों का उसके गत जीवन से गहरा सम्बन्ध था।

चित्रलेखा ब्राह्मण विधवा थी। वह विधवा उस समय हुई थी, जिस समय उसकी अवस्था अठारह वर्ष की थी। विधवा हो जाने के बाद संयम उसका नियम हो गया था, पर बात वैसी ही अधिक दिनों तक न रह सकी। एक दिन उसके जीवन में कृष्णादित्य ने प्रवेश किया। कृष्णादित्य क्षत्रिय और शूद्रा का वर्णशंकर पुत्र था। कृष्णादित्य एक सुन्दर नवयुवक था, और उसकी सुन्दरता में एक विशेष प्रकार का आकर्षण था। कृष्णादित्य ने विधवा चित्रलेखा की तपस्या भंग कर दी।

सुन्दरी चित्रलेखा का दबा हुआ यौवन विकसित हो गया, विराग का तेज उल्लास की चमक से दब गया। चित्रलेखा के जीवन का स्रोत बदल गया। कृष्णादित्य ने चित्रलेखा से शपथ ली—"जब तक हम दोनों जीवित रहेंगे, हम दोनों साथ रहेंगे, कोई भी हम दोनों को अलग न कर सकेगा।" चित्रलेखा ने कृष्णादित्य की शपथ पर विश्वास कर लिया था। इसके बाद जो होना चाहिए था, वही हुआ।

चित्रलेखा गर्भवती हो गई। गुप्त प्रेम संसार पर प्रकट हो गया। कृष्णादित्य के पिता ने कृष्णादित्य को निकाल दिया और चित्रलेखा के पिता ने चित्रलेखा को। सम्पन्न पिता का पुत्र कृष्णादित्य गर्भवती सुन्दरी चित्रलेखा को लेकर भिखारी की भाँति जनरव में निकल पड़ा। त्याज्य नवयुवक को समाज की भर्त्सना और अपमान असह्य हो गए; इस अपमानजनक जीवन की अपेक्षा मृत्यु उसे अधिक प्रिय लगी। रह गई चित्रलेखा, उसे एक नर्तकी ने अपने यहाँ आश्रय दिया।

चित्रलेखा को एक पुत्र हुआ; पर उत्पन्न होने के साथ ही वह संसार को भी छोड़ गया। चित्रलेखा का कंठ कोमल था और शरीर सुन्दर। जिस नर्तकी ने उसे आश्रय दिया था, उसने उसे नृत्य तथा संगीत-कला की शिक्षा दी। इसके बाद चित्रलेखा भी नर्तकी हो गई। रहा भोग-विलास,

चित्रलेखा ने एक बार फिर वैधव्य के संयम को पालने का प्रयत्न किया। कृष्णादित्य और कृष्णादित्य का पुत्र दोनों ही चित्रलेखा के जीवन में आकर निकल गए; पर दोनों ही अपनी-अपनी स्मृति उसके हृदय-पटल पर छोड़ गए।

पाटलिपुत्र का जनसमुदाय चित्रलेखा के पैरों पर लोटा करता था; पर चित्रलेखा ने संयम के तेज से जनित कान्ति को बनाए रखा। बड़े-बड़े शक्तिशाली सरदार और लक्षाधीश नवयुवक उसके प्रणय के प्यासे थे; पर उसको कोई भी न पा सका। जनसमुदाय के सामने वह असाधारण सुन्दरी आती थी और विद्युत की भाँति चमककर वह उनके सामने से लोप हो जाती थी। जिसने उसे एक बार देखा, उसके हृदय में उसे एक बार फिर देखने की अमिट साध उत्पन्न हो गई।

एक दिन बीजगुप्त चित्रलेखा का नृत्य देखने गया। नाचते-नाचते चित्रलेखा की दृष्टि बीजगुप्त पर पड़ी—एकाएक उसका मुख श्वेत हो गया। उसे ऐसा प्रतीत हुआ, मानो कृष्णाद्रित्य स्वर्ग से उतरकर उसका नृत्य देखने आया है। वह रुक गई और एकटक अपने को तथा अपने सामने बैठे हुए जनसमुदाय को भूलकर बीजगुप्त की ओर देखने लगी। बीजगुप्त युवा था, उसकी अवस्था प्रायः पच्चीस वर्ष की थी। चित्रलेखा के सौन्दर्य के वशीभूत होकर वह भी एकटक उसकी ओर देख रहा था। उसकी आँखें चित्रलेखा की आँखों से मिल गईं। जनसमुदाय की आँखें उस व्यक्ति की ओर घूम गईं, जिसको चित्रलेखा देख रही थी। लोगों के मुख से निकल पड़ा—"अरे, यह तो बीजगुप्त है!"

चित्रलेखा ने भी यह सुना, अपनी भूल पर उसे परिताप हुआ; पर उससे अधिक क्रोध। बीजगुप्त की ओर से आँखें फेरकर वह नृत्य करने लगी। नृत्य समाप्त होने के बाद बीजगुप्त चित्रलेखा के सामने गया, उसने कहा—"क्या कभी आपके स्थान पर आपके दर्शन कर सकने का सौभाग्य प्राप्त कर सकूँगा !"

चित्रलेखा ने बीजगुप्त की ओर देखा, वह हँस पड़ी—"नहीं, मैं व्यक्ति से नहीं मिलती। मैं केवल समुदाय के सामने आती हूँ, व्यक्ति का मेरे

जीवन से कोई सम्बन्ध नहीं।''

बीजगुप्त की आशा पर तुषारपात हुआ, उसका प्रफुल्ल मुख मुरझा गया। फिर भी उसने साहस किया–''व्यक्ति से ही समुदाय बनता है, समुदाय की प्यास उसके प्रत्येक व्यक्ति की प्यास है, फिर यह भेद क्यों ?''

''भेद जानना चाहोगे तो सुनो। जिसे सब समुदाय का उल्लास कहते हैं, वह समुदाय के व्यक्तियों के रुदन का संग्रह है। निर्बल व्यक्तियों की आहें संगठित होकर समुदाय द्वारा जनित क्रान्ति का रूप धारण कर सकती हैं। और साथ ही जहाँ समुदाय से हानि की कोई सम्भावना नहीं होती, वहाँ व्यक्ति का ममत्व-भाव भयोत्पादक केन्द्र बन जाता है।''

बीजगुप्त प्रेम करने गया था, दर्शन पर तर्क करने के लिए नहीं। उसने कहा–''तो फिर यह समझ लूँ कि मेरे लिए आपका द्वार बन्द है ?''

बीजगुप्त के मुख पर निराशा की हल्की-सी मुस्कराहट दौड़ गई–''व्यक्तित्व जीवन में प्रधान है और व्यक्ति से ही समुदाय बनता है। जब व्यक्ति वर्जित है, तो उस व्यक्ति को समुदाय का भाग बनना अपना ही अपमान करना है।''–इतना कहकर तीर की भाँति वह वहाँ से चला गया।

बीजगुप्त चला गया; पर चित्रलेखा के हृदय में वह एक प्रकार की हलचल पैदा कर गया।

दिन-पर-दिन बीतते गए; पर चित्रलेखा ने बीजगुप्त को फिर न देखा। कृत्रिम उपेक्षा धीरे-धीरे दूर होती गई और चित्रलेखा के हृदय में बीजगुप्त की स्मृति प्रबल हो उठी। नित्य ही नृत्य-भवन में बैठे हुए दर्शकों में उसकी आँखें बीजगुप्त को ढूँढ़ती थीं; पर अन्त में उन्हें निराश होना पड़ता था।

लाख दबाने की चेष्टा करने पर भी अभिलाषा प्रबल ही होती गई। एक दिन चित्रलेखा ने अपनी दासी से पूछा–''इस नगर में बीजगुप्त नाम का कोई व्यक्ति रहता है ?''

दासी ने उत्तर दिया–''बीजगुप्त को कौन नहीं जानता ? वह इस नगर का सबसे सुन्दर तथा प्रभावशाली युवक सामन्त है।''

चित्रलेखा ने दासी को एक पत्र दिया और उसे बीजगुप्त को दे देने

को कहा।

दासी ने बीजगुप्त को वह पत्र दे दिया। उसमें लिखा था–'चित्रलेखा बहुत सोच-विचार के बाद इस निष्कर्ष पर पहुँची है कि केवल एक व्यक्ति उसके जीवन में आ सकता है। और वह व्यक्ति बीजगुप्त है।'–पत्र पढ़ते ही बीजगुप्त के सारे शरीर में सुख का एक हल्का-सा कम्पन दौड़ गया। उसी दिन से इन दो प्राणियों का साथ हुआ था; पर फिर भी चित्रलेखा वेश्या न थी।

बीजगुप्त ने हँसकर कहा–"मादकता और उन्माद–इन दोनों का सदा साथ रहा है और रहेगा। चित्रलेखा, हम दोनों कितने सुखी हैं !"–उस समय चित्रलेखा भी हँस रही थी।

इसी समय शहनाई का बजना बन्द हो गया, प्रहरी ने उच्च स्वर में कहा–"श्रीमान् ! द्वार पर अतिथि हैं, क्या आज्ञा है ?"

बीजगुप्त ने आलिंगन-पाश ढीला कर दिया, चित्रलेखा उससे कुछ दूर हटकर बैठ गई। बीजगुप्त ने परिचारिका से कहा–"अतिथियों को यहीं आने दो।"–इतना कहकर उसने मदिरा का पात्र खाली कर दिया।

अर्धरात्रि के समय कौन-से अतिथि आ सकते हैं, बीजगुप्त इस विषय पर सोच रहा था; उसी समय श्वेतांक के साथ रत्नाम्बर ने बीजगुप्त के केलि-गृह में प्रवेश किया। रत्नाम्बर को देखकर बीजगुप्त ने उठकर अभिवादन किया और चित्रलेखा ने अपना मस्तक नीचा कर लिया।

केलि-गृह को एक बार अच्छी तरह से देखने के बाद रत्नाम्बर की आँखें चित्रलेखा पर रुक गईं। थोड़ी देर तक रुककर रत्नाम्बर ने कहा–"नगर की सर्वसुन्दरी और पवित्र नर्तकी अर्धरात्रि के समय बीजगुप्त के केलि-गृह में ! आश्चर्य होता है।"–इतना कहकर रत्नाम्बर आसन पर बैठ गए। श्वेतांक खड़ा ही रहा।

बीजगुप्त ने रत्नाम्बर से पूछा–"महाप्रभु ने किस कारण दास पर कृपा करने का इस समय कष्ट उठाया ?"

रत्नाम्बर हँस पड़े—"बीजगुप्त ! तुमसे सब बातें स्पष्ट रूप से कहूँगा। आज मेरे इस शिष्य ने मुझसे प्रश्न किया कि पाप क्या है ? मैं इसका उत्तर देने में असमर्थ हूँ। तुम मेरी सहायता कर सकते हो। तुम मेरे शिष्य रहे हो, मैंने कभी तुमसे कोई गुरु-दक्षिणा नहीं ली। पाप का पता लगाने के लिए ब्रह्मचारी की कुटी उपयुक्त स्थान नहीं है; संसार के भोग-विलास में ही पाप का पता लग सकेगा। तुम्हारा भवन और तुम्हारा समाज—इन चीजों से श्वेतांक को भिज्ञ कराना आवश्यक है; इसलिए मैं इसको तुम्हारे सामने सेवक-रूप में उपस्थित कर रहा हूँ। मैं चाहता हूँ कि तुम इसे सेवक-रूप में स्वीकार करो; पर एक बात और याद रखना—यह तुम्हारा गुरु-भाई भी हो सकता है।"

"महाप्रभु की आज्ञा शिरोधार्य है।"—बीजगुप्त ने अपना मस्तक नमा दिया।

"अच्छा ! मैं जाता हूँ—मेरा एक काम पूरा हो गया। और श्वेतांक, यह याद रखना कि बीजगुप्त तुम्हारे प्रभु हैं और तुम इनके सेवक। इस वैभव को भोगो और फिर पाप का पता लगाने का प्रयत्न करो। अच्छा और बुरा—यह तुम्हारे सामने आएगा; पर इस कसौटी पर ध्यान रखना कि अच्छी वस्तु वही है जो तुम्हारे वास्ते अच्छी होने के साथ ही दूसरों के वास्ते भी अच्छी हों। और बीजगुप्त ! तुमसे केवल यही कहना है कि श्वेतांक के दोषों को क्षमा करना—यह अभी अबोध है, संसार में यह अभी पदार्पण ही कर रहा है।"—इतना कहकर रत्नाम्बर केलि-भवन से चले गए।

रत्नाम्बर के जाने के बाद बीजगुप्त ने श्वेतांक को बड़े गौर से देखा—"तुम्हारा नाम श्वेतांक है और तुम आज से मेरे सेवक हुए।"—इतना कहने के बाद बीजगुप्त के मुख पर हल्की-सी मुस्कराहट दौड़ गई। चित्रलेखा की ओर संकेत करके बीजगुप्त ने कहा—"जानते हो श्वेतांक, यह कौन है ?"

श्वेतांक की आँखें रात्रि के समय प्रकाश से जगमगाते हुए सुसज्जित केलि-भवन में चित्रलेखा के मादक सौन्दर्य को देखकर चकाचौंध हो गईं।

उसने कहा–"नहीं।"

"अच्छा तो सुनो ! इनका नाम चित्रलेखा है, और यह पाटलिपुत्र की सर्वसुन्दरी नर्तकी होते हुए भी मेरी पत्नी के बराबर हैं। इसीलिए यह तुम्हारी स्वामिनी भी हुईं।"–इतना कहकर बीजगुप्त हँस पड़ा। "तुम आश्चर्य में आ गए होगे; पर आश्चर्य करने की कोई बात नहीं। यहाँ रहकर तुम परिस्थितियों को अपना सकोगे। अच्छा, यह मदिरा का पात्र अपनी स्वामिनी को दो।"–इतना कहकर बीजगुप्त ने सुगन्धित मदिरा से भरा हुआ स्वर्ण-पात्र श्वेतांक के हाथ में दे दिया।

श्वेतांक ने मदिरा का पात्र चित्रलेखा की ओर बढ़ा दिया। मदिरा का पात्र लेते हुए श्वेतांक का हाथ चित्रलेखा के हाथ से स्पर्श कर गया। इस स्पर्श से श्वेतांक का सारा गात काँप-सा गया। चित्रलेखा ने श्वेतांक की ओर देखा–"नवयुवक, तुम्हें इस अनोखे संसार में प्रथम बार आने के उपलक्ष्य में बधाई है !"–इतना कहकर उसने मदिरा का पात्र खाली कर दिया।

उसी समय प्रहरी ने उच्च स्वर में कहा–"शयन का समय हो गया।"

बीजगुप्त ने चित्रलेखा से पूछा–"यहाँ रहोगी, या अपने भवन को जाओगी ?"

चित्रलेखा उठ खड़ी हुई। द्वार की ओर बढ़ते हुए उसने कहा–"अपने भवन को ही इस समय जाना उचित होगा; पर शायद अकेली न जा सकूँगी।"–उस समय उसके पैर लड़खड़ा रहे थे।

परिचारिका ने केलि-गृह में प्रवेश किया। बीजगुप्त भी उठ खड़ा हुआ–"हाँ, इस समय अकेले जाना वास्तव में असम्भव होगा।"

कुछ देर तक सोचकर बीजगुप्त ने श्वेतांक से कहा–"द्वार पर रथ खड़ा है। उसमें बिठाकर तुम अपनी स्वामिनी को उनके भवन तक पहुँचा दो। उस समय तक तुम्हारे शयन-गृह का प्रबन्ध हो जाएगा।"

श्वेतांक चित्रलेखा के साथ चला गया। बीजगुप्त ने परिचारिका को श्वेतांक के शयन-गृह का प्रबन्ध कर देने की आज्ञा देकर निद्रा देवी की शरण ली।

दूसरा परिच्छेद

कुमारगिरि योगी था !

योगी ? हाँ, क्योंकि उसने संसार छोड़ दिया था। क्यों ? एक दूसरा कल्पना का संसार प्राप्त करने के लिए, इस आशा पर कि वह संसार सुख से पूर्ण होगा। जनरव से उसे अरुचि थी—कल्पना का मंडल उसके

विचरने का क्षेत्र था। संसार में उसे शान्ति न थी, इसीलिए शान्ति को पाने के लिए उसे निर्जन की शरण लेनी पड़ी थी। संयम और नियम–इन पर उसे विश्वास था, इच्छाएँ उसके वशीभूत थीं।

योगी कुमारगिरि में शक्तियाँ भी थीं; पर वह उन शक्तियों का संचय करने में ही विश्वास करता था, प्रयोग करने में नहीं। एकान्त में उसका मन स्थिर रहता था, और एकाग्रचित्त होकर वह अभ्यास भी कर सकता था। उसने अपना शरीर तपा दिया था; पर उसको कष्ट न हुआ था। शरीर तपा था; पर उसकी जलन को एक अलौकिक सुख की कल्पना शीतल कर देती थी। उसने वासनाओं को दबा दिया था, क्योंकि वासनाओं के कारण ही मनुष्य पाप करता है।

योगी कुमारगिरि सुखी था। विचार-सागर में वह डूबा रहता था। उसके सामने इच्छाओं का संसार न था और इच्छाओं के न पूर्ण होने से जनित परिताप न था। उसके जीवन की अकर्मण्यता पर ज्ञान और विचार का आवरण था। सुख कल्पना है–तृप्ति है। प्यास न होने के कारण तृप्ति का कोई वास्तविक महत्त्व न भी हो; पर ऐसी स्थिति में हृदय पर कोई भार नहीं रहता, कसक की, टीस की अनभिज्ञता प्रधान होती है। दुख से शून्य तथा हलके-से हृदय को कल्पना के संसार में ले जाना सरल होता है। योगी कुमारगिरि विस्मृति के अंक में निवास करता था। आत्म-विस्मृति और कल्पना की सजीवता का भ्रम–इन दोनों में अजब मस्ती है। एक काल्पनिक चाह थी, एक काल्पनिक तृप्ति भी वहीं पर थी, दो कल्पनाओं से उत्पन्न सुख में वह मग्न था।

और इसीलिए कुमारगिरि योगी था !

मधुपाल कुमारगिरि का शिष्य था। मधुपाल कुमारगिरि की शक्तियों से परिचित था, और साथ-साथ चकित भी।

मधुपाल ने पूछा–"देव, संयम का लक्ष्य क्या है ?"

कुमारगिरि सम्हलकर बैठ गए–"शान्ति ! और शान्तिजनित आनन्द !"

"बाह्य दृष्टि से परिवर्तन और आन्तरिक दृष्टि से शून्य। शून्य और परिवर्तन–इनके विचित्र संयोग पर तुम्हें शायद आश्चर्य होगा–ये दोनों

एक किस प्रकार से हो सकते हैं, यह प्रश्न स्वाभाविक होगा। पर वही स्थिति, जहाँ मनुष्य परिवर्तन और शून्य के भेदभाव से ऊपर उठ जाता है, ज्ञान की अन्तिम सीढ़ी है। संसार क्या है ? शून्य है। और परिवर्तन उस शून्य की चाल है। परिवर्तन कल्पना है, और कल्पना ही स्वयं शून्य है। समझे ?''

मधुपाल इस उत्तर से सन्तुष्ट न हो सका–''देव, आपने कहा कि संसार शून्य है। यह मेरी समझ में नहीं आया। जो वस्तु दृष्टि के सामने है वह शून्य किस प्रकार हो सकती है ?''

कुमारगिरि हँस पड़े–''यहीं तो योग की आवश्यकता होती है। योगी जिस समय आँखें बन्द करता है उस समय एक अखंड शून्य रहता है, और कुछ नहीं। उसी शून्य में सुख-दुख, अनुराग-विराग, दिन-रात, ब्रह्म और माया सब-के-सब लोप हो जाते हैं। उसी प्रकाशवान शून्य में वह विचरता है और वहीं वह निमग्न हो जाता है। जहाँ से उसकी उत्पत्ति हुई है, वहीं वह इस काल्पनिक जीवन के कुछ क्षणों के लिए मिल जाता है। और उसी ब्रह्म से युक्त शून्य में सदा के लिए मिल जाने को मुक्ति कहते हैं। इस तरह योगी इसी शरीर के साथ मुक्ति का अनुभव करता है।''

अपने गुरु के प्रति मधुपाल की श्रद्धा उमड़ पड़ी। गद्‌गद होकर उसने गुरु के चरणों में अपना मस्तक नमा दिया। उसे अपने गुरु के अखंड ज्ञान पर गर्व था, और गुरु के अच्युत होने पर विश्वास। इसी समय रत्नाम्बर ने विशालदेव के साथ कुमारगिरि की कुटी में प्रवेश किया।

रत्नाम्बर को सम्मुख देखकर कुमारगिरि आसन से उठ खड़े हुए। दोनों एक-दूसरे से गले मिले। इसके बाद रत्नाम्बर को आसन देकर कुमारगिरि ने पूछा–''आचार्य ने किसलिए यह कष्ट उठाया ?''

निश्चल भाव से रत्नाम्बर ने उत्तर दिया–''अखंड तेज से विभूषित योगी कुमारगिरि से अपने शिष्य को दीक्षित कराने के लिए ही मैं उपस्थित हुआ हूँ।''

कुमारगिरि ने कहा–''आचार्य, इस तुच्छ सेवक को एक बहुत बड़ा

स्थान दे रहे हैं और मैं उसके लिए सर्वथा अयोग्य हूँ।''

''नहीं, योगी कुमारगिरि, यह तुम्हारी उदारता है। तुम वास्तव में श्रेष्ठ हो। तुम संसार से बहुत ऊँचे उठ चुके हो और मैं अभी तक संसार में ही हूँ। जहाँ केवल तर्क किसी समस्या को सुलझाने में पर्याप्त नहीं होता, वहाँ अनुभव की तथा कल्पना की आवश्यकता होती है। तुममें ज्ञान है, और कल्पना है, मुझमें केवल अनुभव है। इसीलिए तुम्हारे पास आया हूँ। तुम्हारे साथ रहकर मनुष्य जीवन की जटिल-से-जटिल समस्याओं को सफलतापूर्वक हल करने में समर्थ हो सकेगा। इसीलिए मैं विशालदेव को तुम्हारा शिष्य बनाना चाहता हूँ। योगी कुमारगिरि, तुम मेरा अनुरोध न टालोगे, और मेरी यह प्रार्थना स्वीकार करोगे।''

कुमारगिरि ने विशालदेव की ओर देखा–''वत्स ! जीवन की किस समस्या को सुलझाने के लिए तुम्हें मेरे पास आना पड़ रहा है ?''

विशालदेव ने कुमारगिरि को अभिवादन करके शान्त भाव से उत्तर दिया–''देव ! मैं जानना चाहता हूँ कि पाप क्या है ?''

कुमारगिरि हँस पड़े। उनकी हँसी में माधुर्य था। उन्होंने कहा–''तुम जानना चाहते हो कि पाप क्या है ! पर पाप क्या है, यह अधिकतर अनुभव से ही जाना जा सकता है, और मेरे साथ रहकर तुम्हें पाप का अनुभव न हो सकेगा। मेरा क्षेत्र है संयम और नियम–और संयम और नियम से पाप दूर रहता है। फिर भी आचार्य का अनुरोध है कि मैं तुम्हें अपना शिष्य बनाऊँ। शिष्य बनाने के पहले तुम और आचार्य पर यह स्पष्ट कर देना उचित होगा कि मैं तुम्हें पुण्य का रूप दिखला दूँगा, और पुण्य को जानकर तुम पाप का पता लगा सकोगे ?''

कुमारगिरि की बातें सुनकर रत्नाम्बर मन-ही-मन मुस्कराए। उन्होंने कहा–''योगी कुमारगिरि ! जो तुमने कहा वह उचित कहा। किसी भी समझदार व्यक्ति को इसमें आपत्ति न होगी।''

''तो फिर आचार्य का अनुरोध स्वीकार है।''

रत्नाम्बर उठ खड़े हुए–''अच्छा योगी कुमारगिरि, तो अब मैं तुम्हारी आज्ञा चाहता हूँ। तुम्हें शायद आश्चर्य होगा; पर मैं स्वयं ही नहीं जानता

हूँ कि पाप क्या है। वर्षों के अध्ययन और अनुभव के बाद भी पूर्ण ज्ञान की थाह नहीं ले सका हूँ। अपने शिष्यों को मैंने योग्य व्यक्तियों के हाथ सौंप दिया है, अब मैं कुछ थोड़ी-सी तपस्या भी करूँगा। देखूँगा कि जिस बात को मैं अध्ययन तथा अनुभव से नहीं जान सका, क्या मैं उसे आराधना और साधना से जान सकता हूँ।''

इतना कहकर रत्नाम्बर वहाँ से चले गए।

रत्नाम्बर के चले जाने के बाद कुमारगिरि ने संकेत से विशालदेव को बिठलाया।

''वत्स ! तुम मेरे शिष्य हुए। इस समय मैं तुमसे कुछ प्रश्नों का उत्तर चाहूँगा। जानते हो वासना क्या है ?''

विशालदेव ने उत्तर दिया–''देव ! वासना इच्छाओं का दूसरा नाम है।''

''ठीक ! पर यह भी जानते हो कि मनुष्य के जीवन में वासना का क्या स्थान है ?''–कुमारगिरि ने पूछा–''शायद नहीं ! और वह तुम्हें मैं आज बताऊँगा। वासना पाप है, जीवन को कलुषित बनाने का एकमात्र साधन है। वासनाओं से प्रेरित होकर मनुष्य ईश्वरीय नियमों का उल्लंघन करता है, और उनमें डूबकर मनुष्य अपने को अपने रचयिता ब्रह्म को भूल जाता है। इसीलिए वासना त्याज्य है। यदि मनुष्य अपनी इच्छाओं को छोड़ सके, तो वह बहुत ऊपर उठ सकता है। ईश्वर के तीन गुण हैं–सत्, चित् और आनन्द ! तीनों ही गुण वासना से रहित विशुद्ध मन को मिल सकते हैं, पर वासना के होते हुए ममत्व प्रधान रहता है, और ममत्व के भ्रान्तिकारक आवरण के रहते हुए इनमें से किसी एक का पाना असम्भव है। विशालदेव ! मेरा शिष्य होकर तुम्हें जो पहला काम करना पड़ेगा, वह यह होगा कि तुम वासना को त्यागकर अपने मन को शुद्ध करो। यह एक तपस्या है; पर इस तपस्या में दुख नहीं है। इच्छाओं को दबाना उचित नहीं, इच्छाओं को तुम उत्पन्न ही न होने दो। यदि एक बार इच्छा उत्पन्न हो गई, तो फिर वह प्रबल रूप धारण कर लेगी। इसीलिए तुम्हारा कर्तव्य होगा, इच्छाओं को सदा के लिए मार डालना।

बोलो, इतना कर सकोगे ?''

विशालदेव ने उत्तर दिया–''देव ! इतना करने का प्रयत्न करूँगा। कर सकूँगा या नहीं, यह मैं नहीं कह सकता। आपका बतलाया हुआ मार्ग सरल है, पर उसमें कुछ आपत्ति अवश्य है। वासनाओं का हनन क्या जीवन के सिद्धान्तों के प्रतिकूल नहीं है ? मनुष्य उत्पन्न होता है, क्यों ? कर्म करने के लिए। उस समय कर्म करने के साधनों को नष्ट कर देना क्या विधि के विधान के प्रतिकूल नहीं है ? देव, जिस समय आप इस सम्बन्ध में मेरा भ्रम निवारण कर देंगे, उस समय मैं आपके निर्धारित मार्ग पर चलूँगा।''

कुमारगिरि सम्भवतः विशालदेव से इस उत्तर को पाने के लिए तैयार बैठे थे। उन्होंने कहा–''तुमने उचित ही कहा है विशालदेव, क्योंकि तुम पर एक गुरु का प्रभाव है। उस प्रभाव को दूर करके मुझे तुम पर अपना प्रभाव जमाना पड़ेगा। मैं तुम्हारा भ्रम निवारण कर दूँगा, पर आज नहीं। भ्रम में पड़े हुए गुरु के शिष्यों में भ्रमों का होना स्वाभाविक ही है; पर, देखता हूँ विशालदेव ! आचार्य रत्नाम्बर के विचार किसी अंश तक नास्तिकता की ओर झुके हुए हैं। मैं आस्तिक हूँ। इसके पहले कि तुम मुझसे कुछ सीख सको, तुम्हें दो बातों को मानना पड़ेगा। प्रथम यह कि ब्रह्म है और दूसरा यह है कि कर्तव्य जीवन का प्रधान अंग है।''

विशालदेव ने उत्तर दिया–''देव ! मैं इन दो बातों को मानता हूँ।''

कुमारगिरि उठ खड़े हुए–''तो फिर निश्चिन्त हो गया। मैं तुम्हें दीक्षा दूँगा और तुम्हें मुक्ति का मार्ग दिखलाकर पाप से परिचित करा दूँगा।''

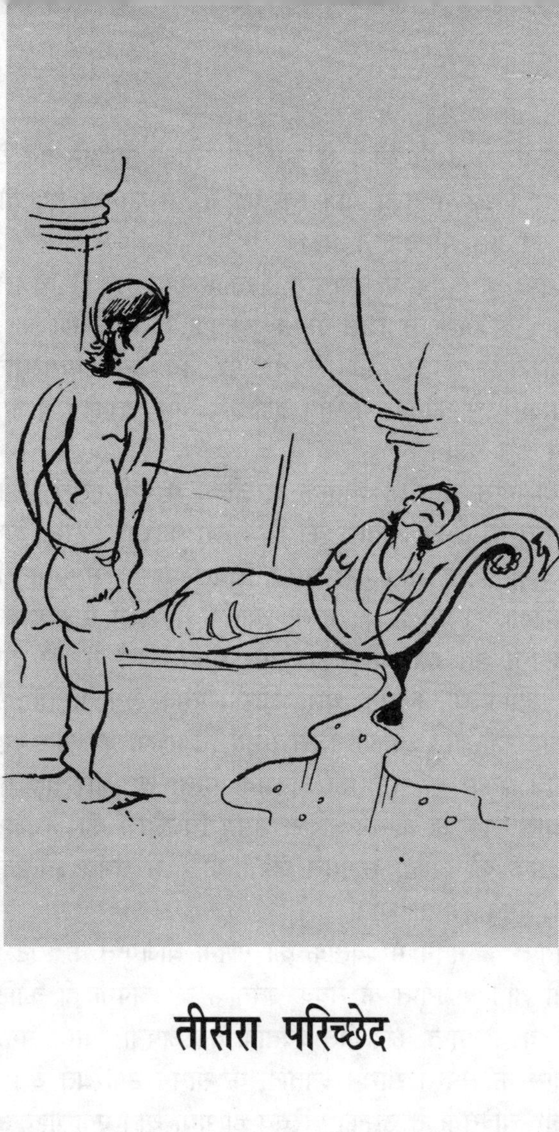

तीसरा परिच्छेद

श्वेतांक ब्रह्मचारी था। उसका क्षेत्र था अनुभव-रहित अध्ययन और उसका ध्येय था ज्ञान। उसकी अवस्था उस समय प्रायः पच्चीस वर्ष की थी, और उतने काल में उसने दर्शनों तथा स्मृतियों का अध्ययन कर लिया था। उसने व्याकरण पढ़ा था और साहित्य पढ़ा था। काव्य में प्रेम के

सजीव वर्णनों को उसने ध्यान से पढ़ा था, उसको समझने की चेष्टा भी की थी; पर समझ न सका था। स्त्री को वह न जानता था, यौवन की मादकता का उसे परिचय न था।

बीजगुप्त के भवन में ब्रह्मचारी श्वेतांक और नर्तकी चित्रलेखा का साथ हुआ। बीजगुप्त ने जिस समय श्वेतांक से चित्रलेखा का परिचय कराया था उसने केवल हँसी की थी; पर जब उसने परिस्थितियों पर विचार किया, उसे कौतूहल हुआ। ब्रह्मचारी और नर्तकी। बीजगुप्त इस संयोग पर हँस पड़ा।

पर बीजगुप्त की हँसी श्वेतांक के जीवन में एक हलचल थी। प्रायः नित्य ही रात के समय श्वेतांक को चित्रलेखा के साथ, उसके भवन तक पहुँचाने जाना पड़ता था। उस समय चित्रलेखा मद से उतावली रहती थी। चित्रलेखा की आँखों की मस्ती श्वेतांक के हृदय में एक प्रकार का कम्पन उत्पन्न कर देती थी। स्त्री और मदिरा–तेल से भरे दीपक की प्रज्वलित ज्योति थी, जिसके चारों ओर श्वेतांक एक पतिंगे की भाँति चक्कर काट रहा था। श्वेतांक जिस समय चित्रलेखा की ओर देखता था, एक विचित्र प्रकार के सुख का अनुभव करता था और वह सुख क्या था ? अज्ञात चाह का कम्पन। जिस समय चित्रलेखा की अधखुली मस्त आँखें श्वेतांक की आँखों से मिल जाती थीं, उस समय श्वेतांक पागल की भाँति झूमने लगता था।

बीजगुप्त के भवन में श्वेतांक की गणना बीजगुप्त के छोटे भाई की तरह होती थी। बीजगुप्त के सेवक श्वेतांक को अपनी ही कोटि का न मानते थे, वे बीजगुप्त की भाँति श्वेतांक को अपना स्वामी समझते थे। भोग-विलास के समस्त साधन श्वेतांक के सामने उपस्थित थे। नगर के प्रभावशाली व्यक्तियों से उसका परिचय हो गया था। एक गहरे अन्धकार से निकलकर श्वेतांक एक आलोकमय संसार में आ पड़ा था, इसीलिए अपनी स्थिति पर वह स्वयं ही विश्वास न कर सका, पर धीरे-धीरे वह परिस्थितियों के अनुकूल होने लगा। उसे अनुभव हुआ कि वह संसार में ही है, पाप और पुण्य के बीच में है, वासनाओं का उसके चारों ओर

जमघट है। उसको यह विदित हो गया कि वह संसार की लहरों में बह रहा है।

उस दिन बीजगुप्त कारणवश बाहर चला गया था। काम इतना आवश्यक और अचानक आ पड़ा था कि बीजगुप्त सन्ध्या के समय न लौट सका। निर्धारित समय पर चित्रलेखा का रथ बीजगुप्त के द्वार पर रुका। श्वेतांक ने चित्रलेखा का स्वामी से रिक्त गृह में स्वागत किया। दोनों बीजगुप्त की बैठक में गए। बीजगुप्त को न देखकर चित्रलेखा ने पूछा–"तुम्हारे स्वामी कहाँ हैं ?"

'तुम्हारे स्वामी कहाँ हैं ?'–ब्रह्मचारी ने नर्तकी के मुख से यह प्रश्न सुना और उसे बुरा भी लगा। यह वाक्य तीर की भाँति पैना था, और यदि यही वाक्य किसी दूसरी साधारण स्त्री के मुख से निकला होता, तो श्वेतांक शायद उसका कटु उत्तर देता, या इस पर बुरा तक मानता। श्वेतांक को प्रथम बार अपनी स्थिति तथा अपनी लघुता का आभास हुआ, और साथ ही उसे परिताप भी हुआ; पर अपने मनोभावों को दबाकर उसने उत्तर दिया–"देवी, कार्यवश वे कहीं बाहर गए हैं !"

चित्रलेखा ने पूछा–"कब तक उनके आने की सम्भावना है ?"

"आते ही होंगे !"

"श्वेतांक ! मुझे प्यास लगी है।"

श्वेतांक उठ खड़ा हुआ। उसे अपनी स्थिति का ज्ञान हो चुका था, और उसी के साथ उसको बीजगुप्त के वे शब्द भी याद हो आए थे– "चित्रलेखा तुम्हारी स्वामिनी है।" अपने हाथ से वह स्वयं ही स्वर्ण-पात्र में शीतल जल ले गया।

चित्रलेखा ने पानी देखा और मुस्कराई–"श्वेतांक ! तुम निरे बालक हो !"

श्वेतांक चित्रलेखा के इस व्यंग को न समझ सका–"देवी, कौन-सी भूल हुई है ?"

इस बार चित्रलेखा जोर से हँस पड़ी–"श्वेतांक ! तुम अब भी नहीं समझ सके। पिपासा तृप्त होने की चीज नहीं। आग को पानी की

आवश्यकता नहीं होती, उसे घृत की आवश्यकता होती है, जिससे वह और भड़के। जीवन एक अविकल पिपासा है। उसे तृप्त करना जीवन का अन्त कर देना है। मुझे जल की आवश्यकता नहीं, मुझे मदिरा चाहिए।''

श्वेतांक इस उत्तर से चकित हो गया। बात कितनी भयानक थी; पर कितनी तर्कपूर्ण थी। श्वेतांक भी हँस पड़ा–''शायद मुझे पाटलिपुत्र की सर्वसुन्दरी स्त्री का शिष्य होना पड़ेगा देवि !''–इतना कहकर उसने चित्रलेखा के सामने मदिरा का प्याला बढ़ाया।

एक घूँट पीकर चित्रलेखा ने मदिरा का प्याला श्वेतांक के सामने रख दिया। उस समय वह तकिए के सहारे बैठी हुई थी। उसके सिर का वस्त्र खिसक गया था और उसके सिर के बाल अन्धकार की भाँति काले थे। उन बालों से गुँथी हुई मोतियों की माला प्रकाश की भाँति चमक रही थी। कितना सुन्दर था उसका वेश–श्वेतांक ने कभी ऐसी अनुपम सुन्दरी की कल्पना तक न की थी। चित्रलेखा का यौवन उन्माद का प्रतिबिम्ब था। उसके अरुण कपालों पर लाली थी। उसके अधर मन्द मुस्कान से भीगे हुए थे। उसकी आँख हँस रही थीं।

श्वेतांक मौन-भाव से चित्रलेखा के सौन्दर्य को निरख रहा था। चित्रलेखा ने पूछा–''देखती हूँ श्वेतांक, तुम मदिरा नहीं पीते। मैंने तुम्हारे सामने मदिरा का पात्र बढ़ा दिया है; पर तुम्हारे हाथ इसे मुँह तक ले जाने का साहस नहीं कर सकते। मैं तुमसे एक प्रश्न पूछूँगी, उसका ठीक-ठीक उत्तर देना होगा।''

श्वेतांक ने अपना सिर झुका दिया।

''तुम ब्रह्मचारी रहे हो, और तुम्हारे गुरु ने तुमसे मदिरा पीने का निषेध किया होगा ! इसका कारण मैं जानना चाहती हूँ।''

श्वेतांक ने धीरे से उत्तर दिया–''देवि ! संयम जीवन का एक आवश्यक अंग है, और मदिरा और संयम में विरोध है !''

''और संयम का लक्ष्य क्या है ?''

''सुख और शान्ति।''

चित्रलेखा ने मदिरा के पात्र को अपने अधरों से लगाते हुए पूछा—''और जीवन का लक्ष्य ?''

चित्रलेखा की आँखें मादकता से कुछ-कुछ लाल होने लगी थीं, श्वेतांक ने चित्रलेखा के स्वर में एक प्रकार के संगीत का अनुभव किया, उसके वार्तालाप में कविता का। उसने उत्तर दिया—''जीवन का लक्ष्य ? सुख और शान्ति !''

''यहीं पर तुम भूलते हो नवयुवक !''—चित्रलेखा सम्हलकर बैठ गई—''सुख तृप्ति और शान्ति अकर्मण्यता, पर जीवन अविकल कर्म है, न बुझनेवाली पिपासा है। जीवन हलचल है, परिवर्तन है; और हलचल तथा परिवर्तन में सुख और शान्ति का कोई स्थान नहीं।''—इतना कहकर उसने मदिरा का पात्र श्वेतांक के होंठों पर लगा दिया।

श्वेतांक ने एक बार मदिरा के पात्र को हटा देने को सोचा; पर चित्रलेखा की हँसती हुई आँखों में विचित्र जादू था। वह न तो चित्रलेखा को रोक सका और न अपने ही को। मदिरा उसके गले के नीचे उतर गई।

इसी समय बीजगुप्त ने पीछे से हँसते हुए कहा—''ब्रह्मचारी ! आज तुम्हें नर्तकी ने दीक्षा दी है, इसके उपलक्ष्य में मैं चित्रलेखा को बधाई देता हूँ।''

श्वेतांक मोह-निद्रा से एकाएक चौंक उठा। बीजगुप्त की हँसी ने उसकी भूल का आभास करा दिया। उसने चित्रलेखा की ओर देखा और फिर बीजगुप्त की ओर। इसके बाद उसने मस्तक नीचा कर लिया। बीजगुप्त हँसता हुआ वस्त्र बदलने चला गया। बीजगुप्त के जाने के बाद श्वेतांक ने चित्रलेखा से कहा—''देवि ! आज तुमने मेरी साधना चूर-चूर कर दी। तुमने यह क्यों किया ? तुमने मेरे हृदय में एक ज्वाला प्रज्वलित कर दी है। किसलिए ? देवि, मेरे जीवन में तुम बवंडर बनकर एकाएक क्यों आ पड़ीं ?''—इतना कहते-कहते श्वेतांक ने चित्रलेखा का हाथ जोर से पकड़ लिया।

चित्रलेखा ने हँसते हुए उत्तर दिया—''श्वेतांक, तुम भूल करते हो।

जिसे तुम साधना कहते हो, वह आत्मा का हनन है। मैंने तुम्हें केवल इतना दिखलाया है कि मादकता जीवन का प्रधान अंग है। रही तुम्हारे हृदय में ज्वाला उत्पन्न करने की बात, मैंने तो तुम्हें केवल जीवन का वास्तविक महत्त्व दिखलाया है।''—चित्रलेखा एकाएक गम्भीर हो गई। उसने श्वेतांक का हाथ झटक दिया—''श्वेतांक, यह याद रखना कि तुम्हारे जीवन में मेरा आना असम्भव है। सब कुछ होते हुए भी मैं अपनी मनोवृत्ति जानती हूँ। मैं संसार में केवल एक मनुष्य से प्रेम करती हूँ और वह बीजगुप्त है। कभी इस बात की कल्पना तक न करना कि मैं तुम्हारे जीवन में आ सकती हूँ। अब तुम जा सकते हो।''

श्वेतांक का मुख पीला पड़ गया। वह एक नर्तकी से हारा—ज्ञान में, कर्तव्य में और व्यक्तित्व में। उसने कहा—''जो आज्ञा देवि !''—और इतना कहकर अपमानित तथा विजित ब्रह्मचारी द्वार की ओर बढ़ा !

चित्रलेखा ने कुछ सोचा और कुछ समझा। द्वार के बाहर गए श्वेतांक को उसने पुकारा—''श्वेतांक, ठहरो, तुमसे कुछ और कहना है, यहाँ लौट आओ !''

श्वेतांक रुक गया। वह लौटा नहीं, घूमकर उसने उत्तर दिया—''देवि ! क्या अभी और भर्त्सना करना शेष है ? क्या अपनी आत्मा की निर्बलता का इतना पुरस्कार यथेष्ट नहीं है ? देवि, तुम मेरी स्वामिनी हो और साथ-साथ मेरे जीवन की... ! नहीं, क्षमा करना ! तुम केवल मेरी स्वामिनी हो, इसलिए तुम्हारी आज्ञा मुझको शिरोधार्य है। क्या कहना है देवि ?''—उस समय श्वेतांक की आँखों में जल भर आया था।

चित्रलेखा के हृदय में श्वेतांक—बालक श्वेतांक—की इन बातों से आघात पहुँचा। उसने कहा—''श्वेतांक ! मैंने भूल की थी। मैंने तुमसे कटु बर्ताव किया, इसके लिए तुमसे क्षमा चाहती हूँ। श्वेतांक ! मेरा तुम पर अनुराग है, तुम मेरे भाई के समान हो, और तुम्हारे दुख से मुझे दुख होता है। मैंने अनजाने में शायद तुम्हारा अपमान भी किया है, इसके लिए मैं तुमसे क्षमा माँगती हूँ।''

चित्रलेखा की क्षमा-प्रार्थना से श्वेतांक का दुख और क्षोभ दूर हो

गया। उसके हृदय की यन्त्रणा हिम की भाँति पिघल गई। उसने चित्रलेखा में एक देवी की मूर्ति देखी—एक प्रकार का आलोक देखा। उसकी दृष्टि में अब चित्रलेखा नर्तकी न रह गई, उसे ऐसा अनुभव हुआ कि मानो उसका चित्रलेखा से पारलौकिक सम्बन्ध है। उसने कहा—"देवि! क्षमा-याचना की कोई आवश्यकता नहीं। भूल मेरी थी, और इस भूल का मुझे दंड मिलना चाहिए था; पर देवि! तुमने मुझे दंड देने की जगह मुझ पर कृपा की है। तुमने मुझे डूबने से बचाकर मुझ पर कितना अनुग्रह किया है, यह मैं नहीं कह सकता। तुम मुझे क्षमा करना देवि!"—इतना कहकर श्वेतांक भवन के बाहर चला गया, और चित्रलेखा मूर्ति की भाँति निश्चल खड़ी रह गई। अनजान में एक अबोध बालक को उसने अपने यौवन की मादकता का शिकार बनाया था, इस पर उसे दुख था।

श्वेतांक सीधे बीजगुप्त के पास पहुँचा। पहुँचते ही वह बीजगुप्त के चरणों पर गिर पड़ा। उसने केवल इतना ही कहा—"स्वामी, मुझे दंड दें।"

बीजगुप्त श्वेतांक के व्यवहार से चौंक उठा। उसने श्वेतांक को उठाकर पूछा—"श्वेतांक, क्यों ? क्या बात है ?"

श्वेतांक ने भर्राए हुए स्वर में उत्तर दिया—"स्वामी, मैंने आपके साथ विश्वासघात करने का अपराध किया है। मैंने उस स्त्री से प्रेम करने का अपराध किया है, जो आपसे प्रेम करती है और जिससे आप प्रेम करते हैं, और साथ ही जो मेरी स्वामिनी है।"

बीजगुप्त सब कुछ समझ गया। वह मन-ही-मन मुस्कराया—"श्वेतांक, तुमने यह कैसे जाना कि वह स्त्री भी मुझसे प्रेम करती है ?"

"उसने मुझसे स्वयं ही यह कहा है।"—श्वेतांक के ऊपर मदिरा का प्रभाव हो गया था। उसने अपने शरीर में एक प्रकार की स्फूर्ति का अनुभव किया—"आज मैंने उसके हाथ से मदिरा पीकर अपने संयम को तोड़ दिया, और यह इसलिए कि जिस स्त्री से मैं प्रेम करता हूँ, उसके हाथ की मदिरा को मैं अस्वीकार न कर सका।"

कृत्रिम गम्भीरता धारण करते हुए बीजगुप्त ने कहा—"श्वेतांक! यदि वह स्त्री तुमसे यह न कहती कि वह मुझसे प्रेम करती है, और यदि वह

तुम्हें आत्मसमर्पण करने पर प्रस्तुत हो जाती, तो तुम क्या करते ?''

कुछ देर तक सोचकर श्वेतांक ने कहा—''शायद मैं स्वामी से क्षमा प्रार्थना भी न करता और स्वामी के साथ विश्वासघात करके एक गुरु अपराध कर देता।''

बीजगुप्त ने श्वेतांक की पीठ पर हाथ फेरते हुए कहा—''श्वेतांक, मुझसे क्षमा-प्रार्थना करने की कोई आवश्यकता नहीं है। तुमने जो कुछ किया, उसके विपरीत तुम्हारी परिस्थिति में दूसरा मनुष्य नहीं कर सकता। तुमने जो कुछ किया, वह उचित किया और जो कुछ करते, वह भी उचित करते। उसमें तुम्हारा बिलकुल दोष न होता, दोष होता केवल परिस्थितियों का; पर मैं तुमसे प्रसन्न हूँ। तुमने अपराध किया; पर तुमने जिसके प्रति अपराध किया था, उससे अपना अपराध कहकर अपने अपराध को धो दिया। तुम मुझसे सत्य बोले, और यही तुम्हारे लिए उचित भी था। रही मेरे साथ विश्वासघात करने की बात, वह श्वेतांक, तुम भूलते हो। तुमने अभी संसार में प्रवेश किया है, तुम संसार के अनुभवों से रहित हो। न जाने कितनी बार तुम्हें अनुभव की परीक्षा की कसौटी पर चढ़ना पड़ेगा, उस समय तुम्हें कर्तव्याकर्तव्य का विचार रखना पड़ेगा। इच्छाएँ प्रबल रूप धारण करके तुम्हें सताएँगी और तुम्हें उनका दमन करना पड़ेगा। यहीं पर तुम्हारी आत्म-शक्ति की परीक्षा होगी। विजय और पराजय का क्षेत्र संसार है, निर्जन नहीं है।''

श्वेतांक रो रहा था, उसने उत्तर दिया—''स्वामी, यह सब करूँगा; पर इस अपराध का दंड मिलना चाहिए।''

बीजगुप्त ने श्वेतांक के सिर पर हाथ रखकर कहा—''रोते क्यों हो ? इस अपराध का दंड चाहते हो ? पर अपराध तुमने किया ही नहीं, फिर दंड कैसा ? अपराध कर्म में होता है, विचार में नहीं। विचार कर्म का साधन-मात्र है। फिर भी यदि दंड चाहते हो, तो मैं तुम्हें सबसे कठिन दंड दूँगा। वह दंड यह होगा कि तुम्हें नित्य की भाँति भविष्य में चित्रलेखा को उसके भवन तक पहुँचाना पड़ेगा।''

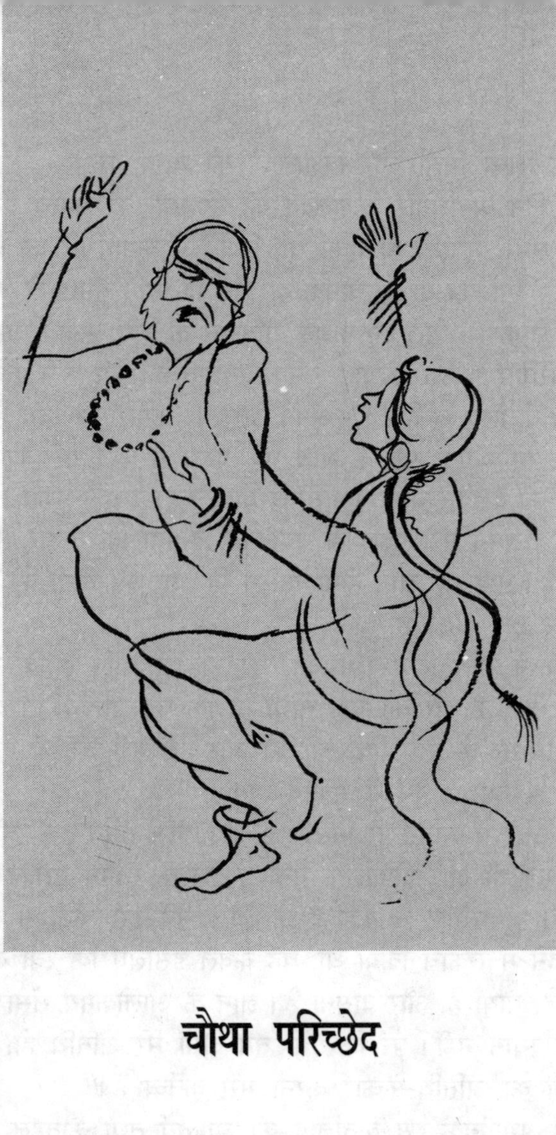

चौथा परिच्छेद

विशालदेव ने कुमारगिरि में एक महान आत्मा देखी। कुमारगिरि के ज्ञान और तेज के सामने वह झुक गया। कुमारगिरि के तर्क अकाट्य थे, विशालदेव के सब भ्रमों को वह क्षण में निवारण कर देता था। कुमारगिरि ने विशालदेव को योग का अभ्यास कराना आरम्भ कर दिया। कुमारगिरि

को योग्य शिष्य मिला और विशालदेव को योग्य गुरु।

उस दिन कुमारगिरि विशालदेव को उपासना का महत्त्व बतला रहे थे। उस समय सूर्यास्त हो चुका था, निर्जन में कुमारगिरि की कुटी का दीपक टिमटिमा रहा था। अचानक द्वार पर पद-ध्वनि सुनाई दी और साथ ही किसी ने कहा–''भूले हुए पथिक रात्रि-भर के लिए आश्रय चाहते हैं।''

कुमारगिरि ने उत्तर दिया–''उनका स्वागत है। मेरी कुटी प्रत्येक भूले हुए प्राणी के लिए खुली है।''–अपने उत्तर पर कुमारगिरि स्वयं हँस पड़े।

उसी समय एक स्त्री के साथ एक पुरुष ने कुटी में प्रवेश किया।

स्त्री को देखकर योगी कुमारगिरि चौंक उठे। उन्होंने पुरुष से कहा–''अतिथि ! तुमने मुझे पहले ही क्यों नहीं बताया कि तुम्हारे साथ एक स्त्री भी है। तुम्हें यह ज्ञान होना चाहिए कि यह उस योगी की कुटी है, जो संसार छोड़ चुका है।''

पुरुष ने उत्तर दिया–''भगवन्, मुझे यह तो ज्ञात है कि यह एक योगी की कुटी है; पर यह नहीं सोचा था कि एक इन्द्रियजित योगी को केवल रात्रि-भर के लिए एक स्त्री को और उस स्त्री को जो एक पुरुष के साथ है, आश्रय देने में संकोच होगा।''

इस उत्तर से कुमारगिरि निस्तेज हो गए। उस समय तक स्त्री आसन पर बैठ गई थी और दीपक के मन्द प्रकाश के सामने उसका मुख हो गया था। कुमारगिरि ने कहा–''अतिथि ! मैंने इस कुटी में स्त्री को आश्रय देने में संकोच किया था, वह केवल इसलिए कि स्त्री अन्धकार है, मोह है, माया है, और वासना है। ज्ञान के आलोकमय संसार में स्त्री का कोई स्थान नहीं। पर फिर भी तुम दोनों मेरे अतिथि हो; इसलिए तुम दोनों का अतिथि-सत्कार करना मेरा कर्तव्य है।''

स्त्री अभी तक इस वार्तालाप को आश्चर्य तथा कौतूहल के साथ सुन रही थी। उसने कुमारगिरि के वाक्य समाप्त होने पर उनके सामने अपना मस्तक नमाकर कहा–''प्रकाश पर लुब्ध पतंग को अन्धकार का प्रणाम है।''

वाक्य तीर की भाँति पैना तथा घातक था। स्वर संगीत की भाँति

कोमल। सौन्दर्य में कवित्व था, वासना की मस्ती में अहंकार ! कुमारगिरि इस असाधारण स्त्री का असाधारण अभिवादन सुनकर चौंक-से उठे, उन्होंने उस स्त्री की ओर ध्यान से देखा। स्त्री को देखकर वे चकित हो गए, अपने जीवन में उन्होंने इतनी सुन्दर स्त्री न देखी थी। स्त्री के उस वाक्य का उत्तर देना उन्होंने उचित न समझा, पुरुष से उन्होंने कहा–"अपने अतिथियों का परिचय पाने का मुझको अधिकार प्राप्त है।"

पुरुष ने उत्तर दिया–"भगवन् ! इस दास का नाम बीजगुप्त है और वह पाटलिपुत्र का एक सामन्त है, और यह स्त्री पाटलिपुत्र की सर्वसुन्दरी नर्तकी चित्रलेखा है।"

"बीजगुप्त और चित्रलेखा !"–इस बार कुमारगिरि चित्रलेखा की ओर मुड़े।–"नर्तकी चित्रलेखा, तुम्हारे कवित्व की कर्कशता पर उन्माद का आवरण है, तुम्हारे विष को तुम्हारा सौन्दर्य छिपाए हुए है। तुम मेरी अतिथि हो और तुमने मेरी अभ्यर्थना की है। आशीर्वाद देना मेरा धर्म है, भगवान् तुम्हें सुमति प्रदान करें।"

चित्रलेखा हँस पड़ी। उसके मधुर हास्य में मन को लुब्ध कर देनेवाला पराग था–"योगी ! सुमति के अर्थ में भेद होता है, अनुराग का सुख विराग का दुख है। प्रत्येक व्यक्ति अपने सिद्धान्तों को निर्धारित करता है तथा उन पर विश्वास भी करता है। प्रत्येक मनुष्य अपने को ठीक मार्ग पर समझता है और उसके मतानुसार दूसरे सिद्धान्त पर विश्वास करनेवाला व्यक्ति गलत मार्ग पर है।"

अनुराग की दासी नर्तकी ने विराग के स्वामी योगी का सामना किया। क्रान्ति और शान्ति का मुकाबला था, जीवन और मुक्ति में होड़ थी। कुमारगिरि ने अविचलित भाव से उत्तर दिया–"पर सत्य एक है, वास्तविकता का ज्ञान ! मार्ग वही ठीक है, जिससे शान्ति तथा सुख मिल सके।"–कुमारगिरि का स्वर गम्भीर था, तपस्या का तेज नवयुवक योगी के सुन्दर वेश को आलोकित कर रहा था। कुमारगिरि की बड़ी-बड़ी आँखों में शान्ति की ज्योति थी।

योगी की आँखें नर्तकी की आँखों से एक क्षण के लिए मिल गईं।

वासना तपस्या के सामने काँप उठी। चित्रलेखा ने अनुभव किया कि जिस योगी के सामने वह बैठी हुई है, वह बहुत उच्च कोटि का है। फिर भी उसने साहस के साथ कहा–"शान्ति और सुख ! शान्ति अकर्मण्यता का दूसरा नाम है; और रहा सुख, उसकी परिभाषा एक नहीं।"

योगी कुमारगिरि नर्तकी चित्रलेखा के मुख से दर्शन के विकृत सिद्धान्तों को तर्कयुक्त सुनकर स्तब्ध रह गए। जिस स्त्री से वे बातें कर रहे थे, वह सुन्दरी होने के साथ-साथ विदुषी भी थी। उस स्त्री में विचार-शक्ति थी और प्रतिभा भी थी। प्रतिभा का मुकाबला प्रतिभा ही कर सकती है, और ज्ञान के क्षेत्र में प्रतिभा तथा मौलिकता का सर्वोच्च स्थान है। कुमारगिरि कुछ देर तक मौन रहे इसके बाद उन्होंने धीरे से दृढ़ता के साथ कहा–"ठीक कहती हो, शान्ति अकर्मण्यता का दूसरा नाम है, और अकर्मण्यता ही मुक्ति है। जिसे सारा विश्व अकर्मण्यता कहता है, वह वास्तव में अकर्मण्यता नहीं है; क्योंकि उस स्थिति में मस्तिष्क कार्य किया करता है। अकर्मण्यता के अर्थ होते हैं–जिस शून्य से उत्पन्न हुए हैं, उसी में लय हो जाना। और वही शून्य जीवन का निर्धारित लक्ष्य है। और अभी तुमने सुख की परिभाषा की बात कही थी, उसे भी मैं ठीक मानता हूँ ! पर सुख एक ही है, उसमें भेद नहीं होता। वह सुख क्या है, जब मनुष्य यही जान गया, तब वह साधारण परिस्थिति से कहीं ऊपर उठ जाता है।"–चित्रलेखा ने कुमारगिरि की बातों में सार देखा। उसे ऐसा प्रतीत होने लगा कि वह नवयुवक योगी की ओर स्वयं ही बिना अपनी इच्छा के आकर्षित होती जाती है। उसने एक बार फिर साहस किया–"शून्य ! योगी, तुम्हारे उस शून्य पर विश्वास ही कौन करता है ? जो कुछ सामने है, यही सत्य है और नित्य है। शून्य कल्पना की वस्तु है। शून्य की महत्ता की दुहाई देनेवाले योगी ! क्या तुम अपने और मेरे ममत्व में भेद देखते हो ? यदि हाँ, तो तुम शून्य पर विश्वास नहीं करते, और यदि नहीं, तो तुम्हारा ज्ञान और अन्धकार, सुख और दुख, स्त्री और पुरुष, तथा पाप और पुण्य का भेदभाव मिथ्या है। मनुष्य को जन्म देते हुए ईश्वर ने उसका कार्यक्षेत्र निर्धारित कर दिया। उसने मनुष्य को

इसलिए जन्म दिया है कि वह संसार में आकर कर्म करे, कायर की भाँति संसार की बाधाओं से मुख न मोड़ ले। और सुख ! सुख तृप्ति का दूसरा नाम है। तृप्ति वहीं सम्भव है, जहाँ इच्छा होगी, वासना होगी।''

योगी गम्भीर था, और नर्तकी मुस्करा रही थी। बीजगुप्त अपनी शिष्या, अथवा अपनी जीवन-संगिनी चित्रलेखा के मुख से अपने सिद्धान्तों को तर्कपूर्वक सुनकर मन-ही-मन चित्रलेखा पर मुग्ध था, और विशालदेव नर्तकी के ज्ञान से चकित। दोनों कुमारगिरि के उत्तर की प्रतीक्षा कर रहे थे।

कुमारगिरि कुछ देर तक मौन-भाव से बैठे रहे, फिर उन्होंने गम्भीरतापूर्वक कहा—''ईश्वर ! ईश्वर और मनुष्य में कोई भेद नहीं। भेद केवल बाह्य है—सांसारिक है। माया और ब्रह्म के संयोग को ही ममत्व कहते हैं, और माया वास्तव में ब्रह्म का अंश होते हुए भी बाह्य दृष्टि से उससे पृथक् है। ब्रह्म जब तक माया में लिप्त रहता है, तब तक वह संसार के जाल में फँसा रहता है, माया को छोड़ देने के बाद वह स्वयं हो जाता है। तुम और मैं—वास्तव में यहाँ कोई भेद नहीं है; क्योंकि तुम भी ब्रह्म का अंश हो और मैं भी। पर, भेद केवल इतना है कि तुम माया-मिश्रित ब्रह्म हो और मैं माया को छोड़ चुका हूँ। इसलिए मैं माया को जीवन से पृथक् रखना चाहता हूँ कि कहीं पीछे न चले जाना पड़े। और सुख कहते हैं कि तृप्ति को, यहाँ भी तुम भूलती हो। यदि तृप्ति ही सन्तोष का एकमात्र साधन हो सके, तो वह सुख अवश्य है, पर कर्म-जाल में फँसे रहने पर तृप्ति के साथ सन्तोष नहीं होता। ब्रह्म, माया के संयोग से स्वयं को भूल जाता है और कर्म-जाल में भटकने लगता है, पर जिस समय वह माया को छोड़ देता है और अपने को जान लेता है, वह तृप्त हो जाता है और साथ ही उसे सन्तोष हो जाता है। दुखमय संसार को छोड़ देने ही को सुख कहते हैं।''—कुमारगिरि थोड़ी देर तक रुके। फिर चित्रलेखा को उत्तर देने का अवसर दिए बिना ही उन्होंने कहा—''और याद रखना ! तर्क का अन्त नहीं होता, सत्य अनुभव की वस्तु है। अनुभव और विश्वास, बिना इसके मनुष्य का ज्ञान प्राप्त करना

असम्भव है।''—इतना कहकर कुमारगिरि उठ खड़े हुए—''रात्रि अधिक बीत रही है, विश्राम करना उचित होगा।''

चित्रलेखा को कुमारगिरि के इस उत्तर से सन्तोष न हुआ, कुमारगिरि भी यही अनुभव कर रहा था; पर साथ-साथ कुमारगिरि के व्यक्तित्व ने चित्रलेखा को अपनी ओर आकर्षित कर लिया। योगी ने नर्तकी में ज्ञान देखा, और नर्तकी ने योगी में सौन्दर्य। एक विचित्र बात थी। दोनों एक-दूसरे से सन्तुष्ट न थे, पर प्रभावित अवश्य थे। दोनों ने एक-दूसरे में आकर्षण देखा, योगी ने ज्ञान का, और नर्तकी ने सौन्दर्य का; पर बीजगुप्त ने क्या देखा, यह वह स्वयं ही न समझ सका। कुमारगिरि और चित्रलेखा की बातचीत से उसके हृदय में एक प्रकार की अशान्ति उत्पन्न हो गई। अशान्ति सिद्धान्तों के सम्बन्ध में न थी। फिर किस प्रकार की अशान्ति थी, इसे वह जानने की लाख चेष्टा करता हुआ भी न जान सका। उसके हृदय ने चित्रलेखा के हृदय में कुमारगिरि के प्रति आकर्षण की छाया का एक क्षीण आभास पा लिया था; पर वह इस पर विश्वास न कर सका।

कुमारगिरि ने कहा—''मेरा शिष्य विशालदेव आज रात को मेरी कुटी में विश्राम करेगा, उसकी कुटी खाली है, अतिथि वहाँ जा सकते हैं।''

बीजगुप्त उठ खड़ा हुआ, साथ ही चित्रलेखा। चलते हुए चित्रलेखा ने कहा—''योगी ! तपस्या जीवन की भूल है, यह मैं तुम्हें बताए देती हूँ। तपस्या की वास्तविकता है आत्मा का हनन। अच्छा, श्रीचरणों को नर्तकी चित्रलेखा का प्रणाम।''—इतना कहकर वह हँसते हुए बीजगुप्त के साथ कुटी से बाहर चली गई।

चित्रलेखा के जाने के बाद कुमारगिरि हँस पड़े—''ठीक कहती हो ! तपस्या कहते हैं आत्मा के हनन को, और आत्मा ब्रह्म और माया के संयोग को कहते हैं। जिस समय आत्मा मर जाती है, माया का विकार लोप हो जाता है और सत्, चित्, आनन्द ब्रह्म रह जाता है, पर नर्तकी, तुममें यदि अनुभव होता, यदि तुम्हारी परिस्थिति दूसरी होती तो शायद तुम भी इस रहस्य को समझ सकतीं। तुममें ज्ञान है; पर उस ज्ञान का

कोई पथ-प्रदर्शक नहीं है। मुझे तुम पर दुख है।''

विशालदेव बीजगुप्त और चित्रलेखा को अपनी कुटी में पहुँचाकर गुरु की कुटी में लौट गया। शयन से पहले बीजगुप्त ने कहा–''चित्रलेखा !''

चित्रलेखा ने उत्तर दिया–''प्रियतम !''

बीजगुप्त ने एक ठंडा श्वास लेकर कहा–''हृदय पर एक प्रकार का भार-सा मालूम होता है। ऐसा प्रतीत हो रहा है कि मानो हम दोनों के जीवन पर दुख के बादल मँडरा रहे हैं। चित्रलेखा ! कुमारगिरि योगी है और सम्भवतः उसमें आकर्षण-शक्ति भी है।''

चित्रलेखा का मुख एक क्षण के लिए पीला पड़ गया; पर उसने सम्हलकर उत्तर दिया–''प्रियतम ! कुमारगिरि योगी है और मूर्ख है। उसकी आत्मा मर चुकी है।''

चित्रलेखा ने बीजगुप्त को और अपने को धोखा देने का प्रयत्न किया। उसने फिर कहा–''कुमारगिरि निर्जन का निवासी है और हम दोनों कर्मक्षेत्र के अभिनेता हैं। कुमारगिरि ने वासनाओं का हनन कर दिया है और हम दोनों वासनाओं पर विश्वास करते हैं। कुमारगिरि के जीवन का लक्ष्य है कल्पना का शून्य और हम दोनों के जीवन का लक्ष्य है मस्ती का पागलपन ! प्रियतम ! संसार में कोई भी व्यक्ति हम दोनों के बीच में नहीं आ सकता।''

बीजगुप्त का मुख प्रसन्नता से चमक उठा–''भगवान् ऐसा ही करें !''

चित्रलेखा ने बीजगुप्त को धोखा दे दिया; पर वह अपने को धोखा न दे सकी, उसने मन-ही-मन कहा–'पर कुमारगिरि सुन्दर अवश्य है।'

पाँचवाँ परिच्छेद

महायज्ञ के अभिमन्त्रित धूम्र से सुवासित राज-प्रासाद के विशाल प्रांगण में सम्राट् चन्द्रगुप्त मौर्य के अतिथि आसीन थे। रत्नजटित स्वर्ण के राज-सिंहासन पर महाराज विराजमान थे और उनका मुख पूर्व की ओर था। उनके दक्षिण ओर क्रम से यथायोग्य विशाल साम्राज्य के आमन्त्रित

सामन्तगण बैठे थे और वाम पार्श्व में राज्य के प्रधान कर्मचारी। सामने कर्मकांडी ब्राह्मणों तथा तपस्वियों का जमघट था।

यह सभा, प्रथा के अनुसार, महायज्ञ के बाद दर्शन पर तर्क करने के लिए एकत्र हुई थी। महाराज चन्द्रगुप्त ने हँसकर अपने प्रधानमन्त्री चाणक्य की ओर देखा–''नीति-कुशल मन्त्रिवर ! आपका नीतिशास्त्र अनेक स्थानों पर धार्मिक सिद्धान्तों की अवहेलना करता है। इस विरोध का क्या कारण है ? क्या आप यह बतलाने की कृपा करेंगे कि नीतिशास्त्र धर्म के अन्तर्गत है अथवा नहीं ?''

चाणक्य ने उठकर अपने सामने आसीन विद्वन्मंडली को मस्तक नमाया और फिर सम्राट् को अभिवादन करके वे बैठ गए। बैठकर उन्होंने उत्तर दिया–''महाराज का कथन सर्वथा उचित है। मेरे नीतिशास्त्र में कहीं-कहीं निर्धारित धर्म की रूढ़ियों के विरोधी सिद्धान्त मिलते हैं, यह स्पष्ट है और यह मैं मानता हूँ; पर उसके साथ ही मैं यह बतला देना चाहता हूँ कि धर्म समाज द्वारा निर्मित है। धर्म के नीतिशास्त्र को जन्म नहीं दिया है, वरन् इसके विपरीत नीतिशास्त्र ने धर्म को जन्म दिया है। समाज को जीवित रखने के लिए समाज द्वारा निर्धारित नियमों को ही नीतिशास्त्र कहते हैं, और इस नीतिशास्त्र का आधार तर्क है। धर्म का आधार विश्वास है और विश्वास के बन्धन से प्रत्येक मनुष्य को बाँधकर उससे अपने नियमों का पालन कराना ही समाज के लिए हितकर है। इसीलिए ऐसी भी परिस्थितियाँ आ सकती हैं, जब धर्म के विरुद्ध चलना समाज के लिए कल्याणकारक हो जाता है और धीरे-धीरे धर्म का रूप बदल जाता है।''

चाणक्य के वाक्य समाप्त होते ही विद्वन्मंडली में घोर निस्तब्धता छा गई। महाराज चन्द्रगुप्त ने गर्व से अपने मन्त्री की ओर देखा और फिर अपने सामने उपस्थित विद्वन्मंडली की ओर। मन्त्री ने बहुत बड़ी बात कह डाली थी और उनकी बात में यथेष्ट सार था; फिर बात भी नई थी, निर्धारित सिद्धान्तों के प्रतिकूल। इस बात का उत्तर कौन देगा, लोग इसकी प्रतीक्षा कर रहे थे।

विद्वन्मंडली में बैठे हुए एक नवयुवक योगी ने शान्त भाव से उत्तर दिया–''राजन् ! ईश्वर मनुष्य का जन्मदाता है और मनुष्य समाज का जन्मदाता है। धर्म ईश्वर का सांसारिक रूप है, वह मनुष्य को ईश्वर से मिलाने का साधन है। धर्म की अवहेलना, ईश्वर की अवहेलना है, सत्य से दूर हटना है। सत्य एक है, धर्म उसी सत्य का दूसरा नाम है ! यदि नीतिशास्त्र धर्म के सिद्धान्तों के प्रतिकूल है तो वह नीतिशास्त्र नहीं; वरन् अनीतिशास्त्र है। उचित और अनुचित–न्याय और अन्याय–इन सबकी कसौटी धर्म है, धर्म के अन्तर्गत सारा विश्व है !''

वयोवृद्ध मन्त्री चाणक्य ने अपने सामने बैठे हुए नवयुवक योगी कुमारगिरि को इस प्रकार देखा, जिस प्रकार एक दानव अपने सामने खड़े हुए बौने की ओर देखता है। वे मन-ही-मन हँसे–''धर्म की गुरुता को स्वीकार करके उसकी दुहाई देनेवाले योगी, जानते हो धर्म को किसने जन्म दिया है ?''

''ईश्वर ने, मनुष्य की अन्तरात्मा द्वारा !''

''और ईश्वर को ?''

लोग चाणक्य के इस प्रश्न से चकित हो गए। 'ईश्वर को किसने जन्म दिया ?' कितना भयानक प्रश्न था। जनसमुदाय में एक हल्का-सा कोलाहल विकसित हो उठा। कुमारगिरि ने उसी प्रकार शान्त भाव से उत्तर दिया–''ईश्वर अनादि है !''

''ठीक कहते हो योगी, ईश्वर अनादि है। यह बात नई नहीं है, प्रत्येक मनुष्य कहता है कि ईश्वर अनादि है, पर क्या तुम ईश्वर को जानते हो ? क्या यहाँ बैठा हुआ कोई भी व्यक्ति ईश्वर को जानता है ?'' चाणक्य का स्वर गम्भीर था और उनके नेत्रों में ज्योति थी। बिना किसी के उत्तर की प्रतीक्षा किए ही चाणक्य ने और कहा–''हाँ, ईश्वर अनादि है, पर उस ईश्वर को, मैं दावे के साथ कहता हूँ, कोई नहीं जानता–वह कल्पना से परे है। वह सत्य है; पर इतना प्रकाशवान कि मनुष्य के नेत्र उसके आगे नहीं खुले रह सकते। उस सत्य को जानने का प्रयत्न करो, उस ईश्वर को पाने के लिए घोर तपस्या करो; पर सब व्यर्थ है–निष्फल है।

यदि तुम ईश्वर को ही जान सको, यदि तुम्हारी-कल्पना में ही वह अखंड और निःसीम अनन्त का रचयिता आ सके, तो फिर वह ईश्वर कैसा ? पर योगी, हमारा और तुम्हारा ईश्वर, जिसकी हम पूजा करते हैं, उस ईश्वर से भिन्न है। हमारा और तुम्हारा ईश्वर कल्पनाजनित ईश्वर है। अपनी आवश्यकताओं को पूरा करने के लिए ही समाज ने उस ईश्वर को जन्म दिया है।''

चाणक्य ने रुककर अपने चारों ओर देखा, गहरा सन्नाटा छाया हुआ था। योगी कुमारगिरि के नेत्र बन्द थे, मानो वह किसी गहरे विचार में मग्न था। चाणक्य आसन से उठ खड़े हुए, खड़े होकर उन्होंने सभा-मंडल में अपने चारों ओर देखा। उनकी उस दृष्टि में गर्व था और अपने ऊपर विश्वास। उनकी आँखें सभा-मंडल में बैठे हुए अखंड विद्वानों को चुनौती दे रही थीं कि उनमें से कोई भी व्यक्ति उनका लोहा ले। थोड़ी देर तक उत्तर की प्रतीक्षा करने के बाद चाणक्य ने फिर कहा—''अभी बात अधूरी है ! हाँ, मैंने यह कहा था कि हमारा और तुम्हारा ईश्वर, जिसकी हम पूजा करते हैं, कल्पनाजनित चीज है और समाज द्वारा निर्मित है। उसके, भिन्न-भिन्न रूप हैं। अब आती है अन्तरात्मा की बात, यहाँ भी निर्धारित मत अधिक अंश में भ्रमात्मक है। अन्तरात्मा ईश्वर द्वारा निर्मित नहीं है, वरन् समाज द्वारा निर्मित है। यदि वास्तव में वह ईश्वर प्रदत्त होती, तो भिन्न-भिन्न समाज के व्यक्तियों की अन्तरात्माएँ भिन्न-भिन्न न होतीं। ईश्वर एक है, यदि वास्तव में उसने धर्म के नियम बनाए हैं, तो प्रत्येक व्यक्ति पर एक ही नियम लागू होता है। पर बात ऐसी नहीं है। एक समाज के व्यक्ति की अन्तरात्मा प्रायः दूसरे समाज के व्यक्ति की अन्तरात्मा के अनुसार नहीं होती। मनुष्य की अन्तरात्मा केवल उसी बात को अनुचित समझती है, जिसको समाज अनुचित समझता है। इसलिए यह निश्चयपूर्वक कहा जा सकता है कि अन्तरात्मा समाज द्वारा निर्मित है। मनुष्य के हृदय में समाज के नियमों के प्रति अन्धविश्वास और पूर्ण श्रद्धा को ही अन्तरात्मा कहते हैं। समाज से पृथक् उसका कोई अस्तित्व नहीं है !''

चाणक्य आसन पर बैठ गए। विद्वानों में बहुतों ने चाणक्य के अकाट्य तर्कों से प्रभावित होकर उनके आगे मस्तक नमा दिया।

कुमारगिरि ने चाणक्य के ये वाक्य सुने या नहीं, यह नहीं कहा जा सकता; वह अपने विचारों में उस समय भी तल्लीन था। उसके नेत्र बन्द थे और उसके शांत मुख पर एक अलौकिक तेज था; पर विजय उस समय चाणक्य की ही रही। कुमारगिरि लोगों के मतानुसार चाणक्य के अकाट्य तर्कों का कोई उत्तर न दे सके। चन्द्रगुप्त मुस्करा रहे थे। थोड़ी देर तक और प्रतीक्षा करने के बाद उसने अपने सहचर की ओर संकेत किया। उसने उसी समय उठकर कहा—"वाद-विवाद का अन्त हो गया, अब नृत्य आरम्भ होगा।"—निस्तब्धता भंग हो गई; उपस्थित सामन्तों ने हर्ष-ध्वनि की।

शृंगार-गृह से उसी समय चित्रलेखा ने सभा-मंडल में प्रवेश किया। आभूषणों की झंकार में एक प्रकार का विचित्र संगीत था। धर्म का नीरस तथा शुष्क वायुमंडल राग से भरे सौन्दर्य की मस्ती से विकंपित हो उठा; काँपती हुई उषा के धुँधलेपन को चीरते हुए मानो प्रातःकालीन सूर्य के अरुण प्रकाश ने प्रवेश किया। हेमन्त के शीतल तथा शुष्क वायु में मधुमास के हल्के ताप और मतवाले सौरभ का समावेश हुआ। सारा वातावरण ही बदल गया।

प्रांगण के बीचोबीच खड़ी होकर चित्रलेखा ने सबसे प्रथम सम्राट् चन्द्रगुप्त को अभिवादन किया। उस समय उसके सौन्दर्य में अभूतपूर्व आकर्षण था। उसका मुख पूर्णिमा के चन्द्रमा की भाँति था और उसकी लहराती हुई वेणी नाग की भाँति थी, जो विष से त्रस्त होकर चन्द्रमा से उसका अमृत छीनने को उससे लिपट गया हो। उसकी वेणी में गुँथे हुए मुक्ता-जाल इस प्रकार शोभित हो रहे थे, मानो चन्द्रमा को संकट में देखकर तारकावलि पंक्ति में बँधकर काले नाग से भिड़ गई थी। उसके शरीर पर महीन रेशम का दुपट्टा पड़ा हुआ था, जिसका होना अथवा न होना दोनों ही बराबर थे। उसके नीचे उसकी महीन जरी से कढ़ी हुई रेशम की चोली थी, जिससे उसके सुडौल उरोजों की आभा फूट निकलती

थी। स्वर्ण-तारों का लहँगा वह पहने हुए थी, जो रात्रि के उज्ज्वल प्रकाश में चकाचौंध उत्पन्न कर रहा था। रत्नजटित आभूषणों से वह लदी थी। उस समय वह साक्षात् लक्ष्मी-रूप में थी। महाराज को अभिवादन करने के बाद चित्रलेखा ने उपस्थित सामन्तों की ओर अपनी हँसती हुई दृष्टि डाली, सामन्तों का उल्लास सभा-मंडल में प्रतिध्वनित हो उठा। प्रत्येक उपस्थित सामन्त को उसकी दृष्टि कृतज्ञ करने के बाद बीजगुप्त पर रुक गई। इस बार उसकी आँखों की मुस्कराहट उसके मुख पर भी दौड़ गई। बीजगुप्त मुस्कराया, चित्रलेखा के मौन अभिवादन का मौन उत्तर मिल गया। चित्रलेखा ने अब विद्वन्मंडली के सामने अपना मस्तक नमाया। जिस समय वह अपनी दृष्टि उस ओर से हटा रही थी, उसने कुमारगिरि को देखा और उसकी दृष्टि उस नवयुवक योगी पर रुक गई। थोड़ी देर तक उसकी दृष्टि कुमारगिरि पर इस प्रतीक्षा में रुकी रही कि वह उसकी ओर देखे; पर ध्यानावस्थित योगी उस समय किसी दूसरे संसार में था। निराश होकर चित्रलेखा ने उधर से आँखें हटा लीं।

सारंगी ने मृदंग के गम्भीर ताल के साथ कल्याण के स्वर भरे; वह हल्का-सा हर्ष से पूरित जनरव, जो चित्रलेखा के प्रवेश के साथ ही आरम्भ हुआ था, एक क्षण में शान्त हो गया। चित्रलेखा के सुन्दर कमल-से कोमल पैरों ने घुँघरुओं के साथ सम पर ताल दिया और नृत्य आरम्भ हो गया। चित्रलेखा जिस स्थल पर जाती थी, विद्युत् की भाँति चमक उठती थी। मृदंग का ताल मानो मेघों का गम्भीर गर्जन था। चारों ओर गहरा सन्नाटा छाया हुआ था। प्रत्येक व्यक्ति मंत्रमुग्ध-सा कला के सर्वोच्च प्रदर्शन को निरख रहा था।

एकाएक कुमारगिरि ने अपने नेत्र खोले। उनके नेत्रों से उस समय एक प्रकार की दैवी ज्योति देदीप्यमान हो रही थी। वे उठ खड़े हुए, उठकर उन्होंने गम्भीरतापूर्वक कहा–"मन्त्री चाणक्य ! मैं ईश्वर को जानता हूँ; और तुम्हें तथा सारी सभा को सन्तुष्ट करने के लिए इसी स्थल पर ईश्वर को दिखला भी सकता हूँ।"

सभा का सन्नाटा भंग हो गया। कुछ लोगों ने कुमारगिरि के ये वाक्य

सुने और कुछ ने नहीं, न सुननेवालों में अधिकतर नवयुवक सामन्तगण थे, जो नृत्य देखने में व्यस्त थे। उन्होंने चिल्लाकर कहा–"उस योगी को बिठला दो !"

चित्रलेखा ने भी योगी के वाक्य नहीं सुने। वह उस समय नृत्य में व्यस्त थी। उसके पैरों में अजीब जादू था, कला का अभूतपूर्व कौशल था। महाराज चन्द्रगुप्त ने चाणक्य की ओर एक अर्थपूर्ण दृष्टि डाली, और चाणक्य ने सम्राट् की ओर। योगी कुमारगिरि एक बहुत बड़ी बात करने पर तत्पर थे, चाणक्य ने उठकर कहा–"सामन्तगण तथा विद्वानो ! योगी कुमारगिरि का दावा है कि वे ईश्वर को जानते हैं और इसी स्थल पर, इसी समय सब लोगों को ईश्वर का दर्शन भी करा सकते हैं; महाराज सहमत हैं, अतः थोड़ी देर के लिए नृत्य को स्थगित करा देना ही उचित है।"

इस बार सामन्तों ने यह सुना और साथ ही चित्रलेखा ने। चित्रलेखा ने रुककर क्रोधभरे नेत्रों से चाणक्य की ओर देखा और उससे दुगुने क्रोध के साथ कुमारगिरि की ओर। इसके बाद वह चुपके से एक कोने में जाकर बैठ गई। चाणक्य ने उठकर कहा–"योगी कुमारगिरि, हम सब ईश्वर को देखने के लिए प्रस्तुत हैं।"

कुमारगिरि ने अपना आसन छोड़ दिया। उनके उठने के साथ सभा-मंडल में घोर निस्तब्धता छा गई। उठकर वे सभा-मंडल के बीचोबीच खड़े हो गए। कुछ देर के लिए उन्होंने अपने नेत्र बन्द कर लिए, इसके बाद उन्होंने कहा–"उपस्थित पंडितो और सामन्तो, मेरी ओर देखो !"

लोगों ने देखा कि योगी कुमारगिरि जहाँ खड़े थे, उसी के पास यज्ञवेदी से एक अग्नि-शिखा निकली और वह शिखा छत की ओर बढ़ने लगी। उस अग्नि-शिखा का प्रकाश ग्रीष्म ऋतु के मध्याह्नकालीन सूर्य के प्रकाश से कहीं अधिक तीव्र था। छत पर पहुँचकर वह उसको भेद गई और आकाश की ओर बढ़ी। धीरे-धीरे वह पतली-सी अग्नि-शिखा आकार में बढ़ने लगी और उसका प्रकाश इतना तीव्र हो गया कि लोगों के नेत्र उस प्रकाश को न सहन कर सकने के कारण बन्द होने लगे; पर आश्चर्य

की बात यह थी कि उस अग्नि-शिखा में ताप न था, केवल प्रकाश था। कुमारगिरि ने कहा—"यह सत्य है।"

चाणक्य चिल्ला उठे—"योगी, तुम झूठ बोलते हो। वहाँ तो कुछ नहीं है।"

इस बार लोगों ने चाणक्य की ओर आश्चर्य से देखा। योगी कुमारगिरि ने कहा—"क्या वयोवृद्ध मन्त्री सत्य के प्रकाश को नहीं देख सकते ?"

चाणक्य ने फिर कहा—"कैसा प्रकाश ? वहाँ तो कुछ नहीं है ?"

कुमारगिरि ने चाणक्य को कोई उत्तर न दिया। उन्होंने फिर कहा—"और देखो !"

इस बार वह अग्नि-शिखा धुँधली होने लगी और अग्नि-पुंज में परिणत हो गई। उस अग्नि-पुंज में लोगों ने अनेक प्राणी देखे, जो उसी में एक ओर से निकलते और दूसरी ओर से लोप हो जाते थे। उसी अग्नि-पुंज में लोगों ने विशाल नगर बनते और नष्ट होते देखे। उन्होंने उसमें पृथ्वी, जल, वायु तथा आकाश देखे। धीरे-धीरे वह सब लोप हो गया और वही अग्नि-पुंज रह गया।

योगी कुमारगिरि ने कहा—"और यह ईश्वर है !"

चाणक्य इस बार पागल की भाँति चिल्ला उठे—"मुझे कुछ नहीं दिखलाई देता ! योगी, मैं फिर कहता हूँ कि तुम झूठ नोलते हो।"

कुमारगिरि ने आँखें बन्द कर लीं—सब कुछ लोप हो गया। आँखें खोलकर उन्होंने हँसते हुए कहा—"मन्त्री ! मैं यह कहूँगा कि तुम झूठ बोलते हो। और मेरे इस कथन की साक्षी सारी सभा है। यहाँ पर उपस्थित सज्जन तुम्हें इसका उत्तर देंगे।"

लोग चिल्ला उठे—"मन्त्री झूठ बोलते हैं, क्योंकि हमने सत्य और ईश्वर दोनों को देखा है।"

मर्माहत चाणक्य ने इस बार चन्द्रगुप्त की ओर देखा। सम्राट् ने भी कहा—"मन्त्री ! कुमारगिरि झूठ नहीं बोलते। हमने सत्य और ईश्वर् को देखा है।"

"मेरी आँखों ने आज प्रथम बार मुझको धोखा दिया है। नवयुवक योगी ! मैं हारा और तुम जीते।"—इतना कहकर चाणक्य बैठ गए।

योगी कुमारगिरि ने चलने को पैर उठाए ही थे कि उन्हें नर्तकी चित्रलेखा के शब्द सुनाई दिए—"योगी ! ठहरो ! मेरे भ्रम का निवारण अभी नहीं हुआ।"

लोगों की आँखें चित्रलेखा की ओर घूम पड़ीं। जनसमुदाय का कौतूहल बढ़ गया। योगी कुमारगिरि को रुक जाना पड़ा। आगे बढ़कर चित्रलेखा ने कहा—"योगी, तुमने जो कुछ दिखलाया था, वह मैंने नहीं देखा। मन्त्री चाणक्य को सब लोग झूठा ठहरा सकते हैं, पर मैं नहीं। मैं तुमसे सत्य और ईश्वर की दुहाई देकर पूछती हूँ कि क्या वास्तव में तुमने भी सत्य और ईश्वर के उस स्वरूप को देखा है, जिसको तुमने सारी सभा को दिखलाया है ?"

नर्तकी की आँखें योगी की आँखों से मिल गईं। योगी की आँखों में विश्वास का तेज था और तपस्या का बल; और नर्तकी की आँखों में उल्लास की चमक और अविश्वास की आभा थी। कुमारगिरि के मुख से अचानक ही निकल पड़ा—"नहीं !"

लोग चौंक उठे। मन्त्री चाणक्य आह्लाद से विह्वल होकर उठ खड़े हुए; पर चित्रलेखा ने उस ओर ध्यान नहीं दिया—"योगी ! क्या यह ठीक है कि तुमने अपनी आत्मशक्ति से सारे जनमंडल को प्रभावित करके अपनी कल्पना द्वारा निर्मित सत्य तथा ईश्वर का रूप दिखलाया है ? झूठ मत बोलना, मैं सत्य और ईश्वर की दुहाई देकर तुमसे यह प्रश्न पूछ रही हूँ—और यह भी याद रखना; तुम योगी हो !"

कुमारगिरि ने कुछ सोचकर उत्तर दिया—"ठीक कहती हो !"

यह प्रश्नोत्तर सुनकर लोग स्तब्ध रह गए। चित्रलेखा ने फिर पूछा—"एक और प्रश्न है। क्या यह भी ठीक है कि जिन लोगों की आत्मशक्ति इतनी प्रबल है कि वे तुम्हारी आत्मशक्ति से प्रभावित नहीं हो सके, उन लोगों को तुम अपनी कल्पनाजनित चीजें नहीं दिखला सके ?"

सभा में विचित्र हलचल मच गई। योगी कुमारगिरि को अपनी स्थिति

का आभास हो गया। कुछ देर तक सोचकर उन्होंने उसी तरह शान्त भाव से उत्तर दिया—"जो ईश्वर पर विश्वास करता है, उसी में आत्मशक्ति है; नास्तिक में आत्मशक्ति नहीं होती—यदि मनुष्य में कल्पना विद्यमान है, तो वह कल्पना अवश्य प्रभावित होगी; पर जहाँ कल्पना मर चुकी है, नास्तिकता का काला आवरण जहाँ कल्पना का दम घोंट चुका है, वहाँ मनुष्य के लिए ईश्वर को जान सकना असम्भव हो जाता है। जिन लोगों ने इस समय सत्य और ईश्वर को नहीं देखा है, उनकी कल्पनाएँ मर चुकी हैं—वे नास्तिक हैं और नास्तिक में आत्मशक्ति का होना असम्भव है।"

चाणक्य ने सम्राट् की ओर देखा, और सम्राट् ने चाणक्य को कुछ संकेत किया। उसके बाद चाणक्य ने बढ़कर विजय का मुकुट चित्रलेखा के मस्तक पर रख दिया—"नर्तकी चित्रलेखा ! आज की विजय तुम्हारी रही; तुमने सत्य के उस रूप को, जिसको आत्मशक्ति के दुरुपयोग द्वारा भ्रम के आवरण में छिपाने का प्रयत्न योगी कुमारगिरि ने किया था, हम लोगों को दिखला दिया।"—फिर उन्होंने कुमारगिरि से कहा—"और योगी, तुमने अनुचित किया। तुम्हें इसका दंड मिलना चाहिए; परंतु तुम्हें दंड देने का अधिकार चित्रलेखा को होगा।"

कुमारगिरि के नेत्र क्रोध से लाल हो गए—"इस सभा में कोई भी व्यक्ति मुझे पराजित नहीं कर सकता और न मुझको दंड देने का कोई व्यक्ति साहस ही कर सकता है।"—इतना कहकर योगी कुमारगिरि तनकर खड़े हो गए।

योगी का रौद्र वेश देखकर सारी सभा काँप उठी; पर चित्रलेखा हँस पड़ी। मुस्कुराते हुए वह योगी की ओर बढ़ी—सभा-मंडल में एक हल्का-सा कौतूहल उठ पड़ा। बढ़ते समय चित्रलेखा ने सारंगीवालों को कुछ संकेत किया। कुमारगिरि के पास पहुँचकर वह रुकी—"योगी ! तुम्हें दंड देने का अधिकार मुझको सौंपा गया है और मैं तुमको दंड देने पर तुली हुई हूँ। मेरा दंड देने का साहस देखो।"—इतना कहकर उसने सोने का विजय-मुकुट कुमारगिरि के मस्तक पर रख दिया।

उसी समय सारंगी में ईमन की गत बजी और चित्रलेखा बिजली की भाँति सम पर चमक उठी। नृत्य आरम्भ हो गया।—लोगों ने हर्ष-ध्वनि की।

कुमारगिरि अवाक् खड़ा रह गया। चित्रलेखा के दूर चले जाने पर, उसे होश आया, उस समय सारी सभा हर्ष-ध्वनि कर रही थी।—"दंड और पराजय ! इन पर विचार करना होगा।"—योगी कुमारगिरि कह उठा। और तेजी के साथ वह सभा-मंडल के बाहर चला गया।

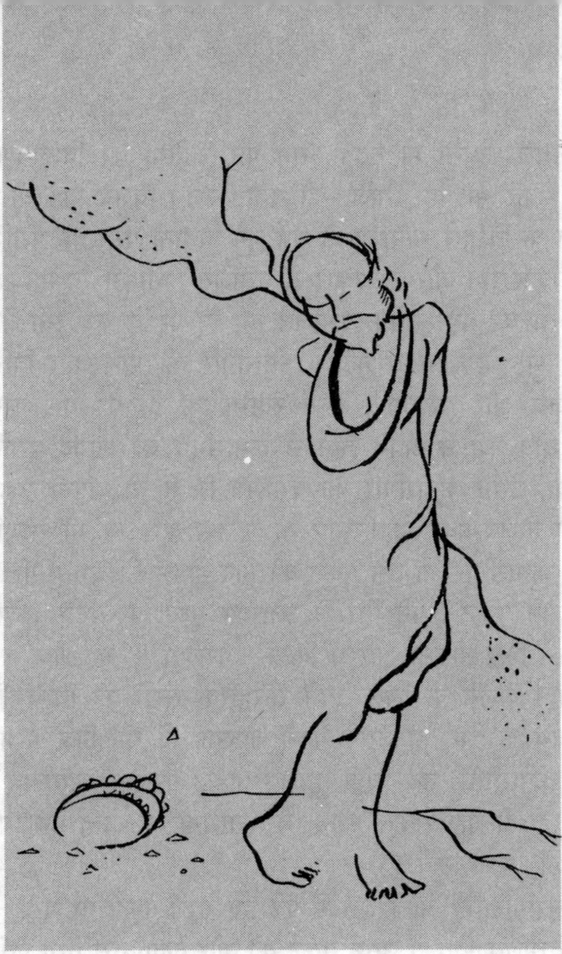

छठा परिच्छेद

अपमानित और पराजित योगी को नया अनुभव हुआ। उस अनुभव की तीव्रता से वह निस्तेज हो गया। उसने कभी कल्पना तक न की थी कि वह पराजित हो सकता है, और फिर पराजित होना एक स्त्री से ! और यह स्त्री भी कौन ? एक साधारण-सी नर्तकी ! कुमारगिरि के हृदय में

एक हलचल उत्पन्न हो गई। उसने परिस्थितियों का विश्लेषण किया। विजयी होकर भी वह पराजित हो गया। उसने विजय पाई थी, महाराज चन्द्रगुप्त के विशाल साम्राज्य के चुने-चुने विद्वानों पर। वह पराजित हुआ था अन्धकार से। और अन्धकार से पराजित होना तो स्वाभाविक ही है। स्त्री से तो बड़े-बड़े साधक पराजित हुए हैं; पर वे सब स्त्री के क्षेत्र में पराजित हुए थे, ज्ञान में नहीं ! कुमारगिरि की परिस्थिति विचित्र थी।

विजय और पराजय ! दोनों स्वाभाविक हैं; पर यह पराजय भी विचित्र थी। स्त्री ने अपने ज्ञान से कुमारगिरि को शायद पराजित नहीं किया था, उसने कुमारगिरि को पराजित किया था अपनी उदारता से। सोने का विजय-मुकुट कुमारगिरि के मस्तक को अब भी सुशोभित कर रहा था, कुमारगिरि को उस मुकुट की याद हो आई। कुमारगिरि को क्रोध हुआ, उसने मुकुट अपने सिर से उतारकर पृथ्वी पर पटक दिया। इसके बाद उसने फिर सोचना आरम्भ किया–"पराजय !" यह शब्द उसके क्षेत्र में न था। विजय के लिए उसने सांसारिक सुखों को तिलांजलि दे दी थी; विजय के लिए ही उसने गहरी तपस्या की थी; फिर भला पराजय क्यों ? कुमारगिरि उठ खड़ा हुआ–"नहीं, पराजय असम्भव है ! मैं पराजित हो ही नहीं सकता। क्या मेरी साधना का अन्त पराजय होगा ? कभी नहीं, कभी नहीं !"

कुमारगिरि की आँखें धूल में पड़े हुए स्वर्ण-मुकुट पर पड़ीं। कुछ देर तक अविचलित भाव से उसने मुकुट की ओर देखा; उसे ऐसा प्रतीत हुआ, मानो मुकुट कह रहा था–"योगी ! तुम पराजित नहीं हुए। तुम विजयी हो।" योगी के शरीर में एक प्रकार का कम्पन-सा दौड़ गया। कुमारगिरि धीरे-धीरे उस मुकुट की ओर बढ़ा, उसके पास पहुँचकर वह रुक गया– "विजययुक्त पराजय ! कितनी विचित्र समस्या है ! क्या मुझको इस विजय-उपहार पर कोई अधिकार है ! सारी सभा की दृष्टि से मैं उस स्त्री से पराजित हुआ हूँ, यह मुकुट उस स्त्री को पहना दिया गया था। यह मुकुट जूठन है !"–कुमारगिरि ने अपना मुख फेर लिया। उसने वहाँ से चले जाने का प्रयत्न किया; पर उसके पैर न उठे। मुकुट वहाँ पड़ा हुआ

था, चाँदनी का उज्ज्वल तथा श्वेत प्रकाश उसकी शोभा को सहस्र गुना बढ़ा रहा था। कुमारगिरि ने मुकुट की ओर फिर देखा–"पर मुझको यह मुकुट कैसे मिला ? जिसको सारी सभा विजयी समझती है, यदि वही अपने को मुझसे पराजित समझे, तो फिर विजय किसकी ? मेरी। नर्तकी ! तुमने मुझसे पराजय स्वीकार की–यह क्यों ?"

"इसलिए कि मैं तुमसे पराजित हुई !"

योगी चौंक उठा। सामने चित्रलेखा खड़ी थी, उसके मुख पर मधुर मुस्कान किलोल कर रही थी, उसकी आँखें हँस रही थीं–"विचित्र बात है योगी कि पराजित प्रफुल्लित है और विजयी व्यग्र है !"

कुमारगिरि ने कुछ कहा नहीं, वह मुकुट की ओर देख रहा था।

"यह क्या ? विजय-मुकुट धूल में पड़ा है। योगी, क्या तुम्हें अपनी विजय स्वीकार नहीं है ?"–चित्रलेखा की मुस्कराहट लोप हो गई थी।

बड़ा कठिन प्रश्न था। आत्माभिमानी योगी के लिए अपनी पराजय स्वीकार करना असम्भव था। फिर भी उसने कोई उत्तर नहीं दिया।

चित्रलेखा ने मुकुट उठा लिया।–"उद्धत योगी ! तुम्हें पराजित करना मेरे लिए असम्भव है, इतना विश्वास रखो।"–उसने मुकुट कुमारगिरि के मस्तक पर रख दिया। जिस मुकुट को वह फेंक चुका था उसको फिर से पहनते हुए कुमारगिरि हिचका नहीं, उसने इसका विरोध तक न किया। इस समय कुमारगिरि ने नेत्र बन्द कर लिए थे, वह कुछ सोच रहा था।

"योगी ! क्या सोच रहे हो ?"

इस बार कुमारगिरि ने अपने नेत्र खोले–"नर्तकी चित्रलेखा ! तुम समझती हो कि तुमने मुझे पराजित किया है, इसलिए तुम बार-बार मेरा अपमान कर रही हो; पर तुम्हारी यह चेष्टा तथा धारणा व्यर्थ है। योगी संसार छोड़ चुका है, मानापमान से उसका कोई सम्बन्ध नहीं रह गया। फिर तुम यह सब व्यर्थ कर रही हो !"

चित्रलेखा ने शान्त भाव से उत्तर दिया–"योगी ! तुम्हारी यह धारणा अनुचित है ! मैं फिर कहती हूँ कि तुम्हें पराजित करने की न तो मुझमें क्षमता है और न शक्ति है !"

कुमारगिरि ने चित्रलेखा पर अपनी आँखें गड़ा दीं। कुछ क्षणों के लिए उसने अपने सामने खड़ी हुई विचित्र स्त्री–चित्रलेखा को अनिमेष दृगों से देखा, उसका पीला मुख एकाएक लाल हो गया। उसका निश्चल तथा स्थिर शरीर एकाएक सिहर उठा। उसने चित्रलेखा का कोमल हाथ जोर से पकड़कर कहा–"नर्तकी ! सच कहना कि फिर तुम यहाँ छाया की भाँति क्यों चली आई हो ? इस प्रकार यहाँ भी मुझको लज्जित करने में तुम्हारा क्या ध्येय है ?"

आवेश में कुमारगिरि का सारा शरीर काँप रहा था। चित्रलेखा बिल्कुल मिली खड़ी थी, उसके नेत्र कुमारगिरि के नेत्रों से मिले हुए थे, चित्रलेखा के अलसाए-से नेत्रों में न जाने कहाँ की मदिरा थी। मुस्कराते हुए उसने उत्तर दिया–"मैं आई हूँ, अपने ऊपर विजय पानेवाले से दीक्षित होने के लिए।"

सौरभ से भरा मधुमास था, कम्पन से भरा मलय था, चाँदनी हँस रही थी, तारकावलि मुस्करा रही थी। निर्जन प्रदेश में और रात्रि के गहरे सन्नाटे में योगी कुमारगिरि के सामने नर्तकी चित्रलेखा खड़ी थी।

कुमारगिरि का आवेश लोप हो गया। वह सहमकर कुछ पीछे हट गया, दबी हुई जबान से उसने कहा–"सुन्दरी ! मुझसे दीक्षित होने के अर्थ पर भी कभी तुमने विचार किया है ?"

चित्रलेखा हँस पड़ी। उसकी हँसी का माधुर्य विचित्र था, उसमें सजीव सौन्दर्य से भरा संगीत था–""हाँ, एक बार नहीं, अनेक बार !"

कुमारगिरि ने असाधारण सुन्दरी चित्रलेखा से अपनी आँखें हटा लीं।–"नहीं ! तुम मेरा प्रयोजन नहीं समझीं। मेरी दीक्षा के अर्थ हैं संसार के समस्त भोग-विलास तथा वासनाओं को सदा के लिए तिलांजलि दे देना। जिस अकर्मण्यता से तुम घृणा करती हो, उसी अकर्मण्यता को अपनाना; जिस शुष्क साधना की तुम हँसी उड़ाती हो, उसी शुष्क साधना में अपने कोमल शरीर को तपाना।"

चित्रलेखा मौन थी। वह यह सोच रही थी कि वह क्या उत्तर दे। नर्तकी होते हुए भी, दर्शन के विकृत सिद्धान्तों की दासी होते हुए भी

चित्रलेखा को झूठ बोलने का अभ्यास न था। उसकी आत्मा का उत्तर था–'नहीं', उसके हृदय की प्रेरणा थी 'हाँ'; हृदय ने विजय पाई, उसने चित्रलेखा को जीवन का सबसे बड़ा झूठ बोलने को बाध्य किया–"योगी ! इस सबके लिए तैयार होकर आई हूँ।"

"इसके लिए तैयार होकर आई हो ?"–कुमारगिरि निष्प्रभ हो गया–"सुन्दरी, तुम भूल कर रही हो। जो कुछ तुम करने के लिए प्रस्तुत हो, वह बड़ा कठिन काम है। प्रत्येक व्यक्ति यह नहीं कर सकता। जानती हो, ममत्व का विस्मरण बड़ा दुःसाध्य कार्य है। तुम इसे न कर सकोगी !'

चित्रलेखा गम्भीर हो गई–"ठीक कहते हो योगी, यह कठिन अवश्य है; पर असम्भव नहीं है।"

योगी कुमारगिरि ने एक बार सिर से पैर तक चित्रलेखा को देखा। चित्रलेखा के वस्त्र शरीर पर वही थे, जो वह नृत्य के समय पहने हुए थी, वही सौन्दर्य और वही मादकता। चित्रलेखा की आँखों में आकर्षण था और उल्लास था। कुमारगिरि ने मन-ही-मन कहा–"यह स्त्री असाधारण सुन्दरी है !"–आज तक कुमारगिरि ने सौन्दर्य की ओर ध्यान न दिया था, प्रेम और वासना का क्षेत्र उसके लिए न था। उस सौन्दर्य से योगी के हृदय में एक हल्का-सा कम्पन हुआ। प्रथम बार योगी ने इस कम्पन से युक्त सांसारिक सुख का अनुभव किया। वह सुख कितना विचित्र था ! उसने कहा–"सुन्दरी चित्रलेखा ! तुम्हें दीक्षा देना कहाँ तक उचित है, इस पर विचार करना होगा। मैं अभी कुछ नहीं कह सकता।"

"अभी तुम कुछ नहीं कह सकते योगी !"–चित्रलेखा ने कुमारगिरि के शब्द दुहराए–"क्यों ! क्या तुम्हें मुझ पर विश्वास नहीं, या तुम्हें अपने पर ही विश्वास नहीं है ? योगी, यह याद रखना, मुझे दीक्षा देने या न देने का अर्थ तुम्हारे लिए चाहे कुछ भी हो; पर मेरे लिए यह जीवन-मृत्यु की समस्या है, और इस दृष्टि से तुम्हारा बड़ा उत्तरदायित्व है। यदि किसी के पास जल है और वह व्यक्ति पिपासाकुलित अतिथि को जल देने से इनकार कर उसे प्यास से तड़प-तड़पकर मरते देखता है, तो यह समझ रखना, वह बहुत बड़े पाप का भागी होता है। उसकी आत्मा को सुख मिलना

असम्भव है।''

इस उत्तर से कुमारगिरि सहम उठे–''सुन्दरी ! तुमसे सारी बातें स्पष्ट रूप से कह दूँ। तुम्हें दीक्षा देने में मुझे इसलिए संकोच होता है कि तुममें दर्शन के विकृत सिद्धान्तों ने जड़ जमा रखी है। उन सिद्धान्तों के साथ तर्क है और उन सिद्धान्तों पर विश्वास करनेवाले व्यक्ति में प्रभाव ! मैं डरता हूँ कि कहीं उन सिद्धान्तों को तुमसे निकालने की जगह मैं ही न उनमें फँस जाऊँ–नहीं, यह नहीं।'' कुमारगिरि रुक गया। अपनी मानसिक दुर्बलता को उसने पहली बार अनुभव किया था, और अनजाने में प्रकट भी कर दिया था। दुर्भाग्यवश उसने इस दुर्बलता को प्रकट किया एक नर्तकी के सामने। कुमारगिरि को अपने ऊपर क्रोध हुआ। उसका शान्त मुख उद्विग्नता से लाल हो गया–''सुन्दरी, मैंने जो कुछ कहा, उससे कोई प्रयोजन नहीं। अब तुमसे मेरी केवल इतनी प्रर्थना है कि तुम यहाँ से चली जाओ। मुझे समय दो कि मैं परिस्थितियों पर विचार करूँ।''

''बहुत अच्छा योगी ! यदि तुम्हें मेरी उपस्थिति से कुछ दुख होता है, तो मेरा यहाँ से चला जाना ही उचित होगा। तुम समझते हो कि जो स्त्री तुम्हारे सामने खड़ी है वह अन्धकार है, माया है। तुम्हें मेरे विकृत सिद्धान्तों से भय होता है; पर यह तुम्हारी धारणा निर्मूल है। जिस समय मैं तुमसे दीक्षा लेने चली थी; उसी समय मैंने अपने विश्वासों को, भावनाओं को तथा संस्कारों को तिलांजलि दे दी थी। और रही स्त्री के अन्धकार तथा माया होने की बात, योगी, वहाँ भी तुम भूलते हो। स्त्री शक्ति है ! वह सृष्टि है, यदि उसे संचालित करनेवाला व्यक्ति योग्य है; वह विनाश है, यदि उसे संचालित करनेवाला व्यक्ति अयोग्य है। इसलिए जो मनुष्य स्त्री से भय खाता है, वह या तो अयोग्य है, या कायर है। अयोग्य और कायर दोनों ही व्यक्ति अपूर्ण हैं।''

चित्रलेखा वहाँ से चल दी। कुछ दूर जाकर वह रुकी, कुमारगिरि की दृष्टि शून्य में गड़ी हुई थी। चित्रलेखा ने कहा–''हाँ, एक बात कहना मैं भूल गई थी, वह यह कि मैं तुम्हारे यहाँ कल फिर आऊँगी। तुम्हें विचार करने का यथेष्ट समय दे रही हूँ। यदि मुझे दीक्षा देना

उचित समझना, तो कल बतला देगा। अच्छा, श्रीचरणों को दासी का प्रणाम !''

कुमारगिरि ने चित्रलेखा को जाते देखा–वह एकाएक चौंक उठा। चित्रलेखा के स्वर का संगीत उसके कानों में गूँज रहा था, उसके सौन्दर्य की आभा उसकी आँखों के आगे नाच रही थी। वह उस अतृप्त शराबी की भाँति चित्रलेखा को देख रहा था, जिसको संज्ञाहीन हो जाने का भय हो और जिसके सामने सुगन्धित मदिरा बह-बहकर धूल में मिली जा रही हो। कुमारगिरि के लिए अपने को रोकना असम्भव हो गया, उसने चित्रलेखा को पुकारा–''सुन्दरी, ठहरो !''

कुमारगिरि की आँखें झुक गईं। उसकी आत्मा ने हृदय की उच्छृंखलता का विरोध तो अवश्य किया, पर हृदय ने यह कहकर–'मुझे इस स्त्री की बातों का उत्तर देकर अपनी स्थिति को स्पष्ट कर देना आवश्यक है !'–आत्मा की भर्त्सना को टाल दिया। चित्रलेखा लौट आई; उसके मुख पर मुस्कान थी और हृदय में कम्पन था।

''योगी ! तुमने शायद अपनी भूल समझ ली। बोलो, क्या कहते हो ?''

कुमारगिरि ने कोई उत्तर न दिया। वह उस चाँदनी में चित्रलेखा के सौन्दर्य को निरख रहा था। उसने चित्रलेखा का शृंगार देखा, और शृंगार भार से पुलकित सौन्दर्य देखा, उसने मदिरा देखी और मादकता देखी। उसने इच्छा का अनुभव किया, और इच्छा की मनोहरता का भी अनुभव किया। एकाएक उसके हृदय में यह प्रश्न उठा–''स्त्री क्या है, और सौन्दर्य क्या है ? भगवान् ने इन चीजों की रचना क्यों की है ?''–प्रश्न अनुचित था, वर्षों की चिर-संचित विचारधारा ने कहा–'क्या मैं अपने मार्ग से विचलित हो रहा हूँ ?'–भरपूर प्रयत्न करके उसने एकदम ही इस विचारावलि को दबा दिया।

''सुन्दरी, किस भूल की ओर तुमने संकेत किया था ? अपनी जान में मैंने कोई भूल ही नहीं की।''

प्रतिवाद करना उचित न था–''देव ! क्षमा करना। जिसको मैं गुरु

बनाने आई हूँ, वह भूल नहीं कर सकता। मैं अपने शब्दों पर क्षमा चाहती हूँ।''

''हाँ, अभी तुमने पूछा था कि मैं तुमसे क्या कहना चाहता हूँ, और शायद तुम यह भी पूछो कि मैंने तुमको क्यों बुलाया था। मैं स्वयं ही नहीं जानता कि मैंने यह सब क्यों किया, निश्चय ही मैंने इस बार एक बड़ी भूल की थी। फिर भी जब मैंने तुमको बुला ही लिया है, तो एक बात कह दूँ, वह यह है—मैं तुमको दीक्षा देने में असमर्थ हूँ, असमर्थ ही नहीं हूँ, वरन् यह काम मेरे लिए असम्भव है। तुम्हें दीक्षा देने का अर्थ होगा, शायद तुमसे स्वयं ही दीक्षित होना। और उसके लिए मैं तैयार नहीं।''—कुमारगिरि की आँखें अस्ताचल पर जाते हुए चन्द्रमा पर पड़ी थीं।

चित्रलेखा गम्भीर थी। उसके मुख पर निराशा का पीलापन था, उसके नेत्रों में करुणा की छाया थी। धीरे से उसने कहा—''देव ! तुमने जो भूल की, उसका तुमसे अधिक दुख मुझको है। क्या करूँ ? तुम्हारी असमर्थता का मेरे जीवन पर कैसा प्रभाव पड़ेगा, यह मैं अभी ठीक तरह से नहीं कह सकती; पर इतना निश्चय है कि तुमने मेरे जीवन को बहुत अधिक प्रभावित कर दिया है। अभी तक आशा थी, मैं जा रही थी भविष्य के आधार पर, यह सोचते हुए कि शायद तुम मुझे दीक्षा दे दो; पर अब वह आशा भी लोप हो गई। तुम्हारे मतानुसार मेरा जीवन अन्धकारमय है, मैं तुम्हारे प्रकाश को देखना चाहती हूँ; 'चाह' पूरी नहीं हो सकती; पर इसके लिए मैं तुम्हें दोष न दूँगी, मैं दोष दूँगी अपने भाग्य को !''—इतना कहकर चित्रलेखा योगी कुमारगिरि के और निकट चली गई।

योगी निस्तब्ध खड़ा था। चित्रलेखा ने उसके हाथ पकड़ लिए। योगी ने एक विचित्र कम्पन का अनुभव किया; पर इस कम्पन में सुख था, उल्लास था।—''हाँ ! मेरा और तुम्हारा साथ शायद असम्भव ही है। मैं स्त्री हूँ और तुम पुरुष; मैं नर्तकी हूँ और तुम योगी। मेरा क्षेत्र है वासना और तुम्हारा क्षेत्र है साधना। दोनों में प्रतिद्वन्द्विता है। तुम मेरे जीवन में बवंडर की भाँति आकर निकले जाते हो, ठीक ही है। प्रयत्न करूँगी

कि भविष्य में मैं तुमसे न मिल सकूँ; पर इसके पहले कि हम दोनों पृथक् हों, योगी, मैं तुम्हारे पैरों की धूल अपने मस्तक पर चढ़ाना चाहती हूँ।''– चित्रलेखा कुमारगिरि के पैरों पर गिर पड़ी।

कुमारगिरि का हृदय धड़क रहा था। चित्रलेखा को पैरों पर गिरा हुआ देखकर वह चौंक-सा उठा। उसने चित्रलेखा को उठा लिया। ऐसा करने में योगी के हाथ चित्रलेखा के उरोजों से स्पर्श कर गए। चित्रलेखा आनन्द से पुलकित हो उठी। योगी के लिए इस स्पर्श का कोई महत्त्व न था, साधारण रूप से अनजाने उससे ऐसा हो गया था, विचारधारा दूसरी ओर केन्द्रीभूत होने के कारण उसने इस पर ध्यान न दिया था; पर चित्रलेखा इसका कुछ दूसरा ही अर्थ समझी।

''तुम मेरे चरण क्यों छू रही हो सुन्दरी ?''

चित्रलेखा कुमारगिरि से मिली हुई खड़ी थी। उसने अपना मुख कुमारगिरि के मुख के पास ले जाकर कहा–''तुम मेरे आराध्य देव हो।''

कुमारगिरि की आँखें चित्रलेखा की आँखों से मिल गईं। चित्रलेखा की आँखों की मादकता का प्रभाव कुमारगिरि की आँखों पर भी पड़ रहा था। चित्रलेखा ने अपना मुख थोड़ा-सा और बढ़ाया। कुमारगिरि ने अपना मुख हटाया नहीं, उसका भी श्वास गरम हो गया था। उसका सारा शरीर काँपने लगा था।

इसी समय कुमारगिरि को सुनाई पड़ा–''गुरुदेव !''

कुमारगिरि चौंक उठा। वह इस प्रकार से चित्रलेखा के पास से हट गया जिस प्रकार वह मनुष्य चौंककर हटता है, जो सर्पिणी के पास तक उसे बिना देखे हुए पहुँच जाता है और उसी समय जब सर्पिणी उसे डसना चाहती है, कोई दूर पर खड़ा हुआ व्यक्ति उसे सचेत कर देता है। सामने विशालदेव खड़ा था। विशालदेव को देखकर कुमारगिरि लज्जा से मानो धूल में गड़ गया। वह आज पराजित हुआ था नर्तकी से, अपने शिष्य के ही सामने।

और चित्रलेखा को विशालदेव पर क्रोध हुआ। विशालदेव को इस अवसर पर आने का अधिकार न था। वह उस सर्पिणी की भाँति फुफकार

कर विशालदेव की ओर मुड़ी, जो संयोग के समय मनुष्य के सामने आते ही उस मनुष्य पर टूट पड़ती हो।–"युवा ! तुम कौन हो और यहाँ इस समय क्यों आए ?"–चित्रलेखा का स्वर तीव्र हो गया था।

"मैं गुरुदेव का शिष्य हूँ और इतनी अधिक रात्रि बीतने पर भी गुरुदेव के न लौटने के कारण मैं उन्हें ढूँढ़ने चला आया था।"

चित्रलेखा ने धीरे से कहा–"हाय रे भाग्य !"–इसके बाद उसने कुमारगिरि से कहा–"अच्छा, अब जाती हूँ गुरुदेव, पर इतना ध्यान में रखना कि मैं तुमसे दीक्षा लेना चाहती हूँ और तुमको मुझे दीक्षा देनी ही होगी।"–चित्रलेखा के मृदुल गम्भीर स्वर में आज्ञा देनेवाली स्वामिनी का गुरुत्व था–"मैं जनरव से निकलकर एकान्त में आना चाहती हूँ, माया को छोड़कर मैं ब्रह्म में लिप्त होना चाहती हूँ। तुम्हें समय दे रही हूँ गुरुदेव, कि इस प्रश्न पर विचार करो। तुम मनुष्य से ऊपर हो, मुझसे डरने का कोई कारण नहीं, तुमने वासनाओं पर विजय पा ली है नाथ, इसी से मैं तुमसे प्रार्थना करती हूँ। अच्छा, श्रीचरणों को दासी का प्रणाम !"–इतना कहकर चित्रलेखा वहाँ से चली गई।

कुमारगिरि ने विशालदेव का हाथ जोर से पकड़कर कहा–"तुम मूर्ख हो !"–उस समय चन्द्रमा अस्ताचल के नीचे उतर रहा था।

सातवाँ परिच्छेद

''श्वेतांक !''

''स्वामी !''

''बतला सकते हो, तुमने आज क्या देखा !''

''हाँ ! आज योगी कुमारगिरि को स्वामिनी ने पराजित किया है।

मुझे कितना हर्ष है।''

''तुम्हें हर्ष है !''–बीजगुप्त हँस पड़ा; पर उसकी हँसी रूखी थी–''तुम्हें हर्ष है कि चित्रलेखा ने कुमारगिरि को पराजित किया, पर श्वेतांक, मुझे दुख है। तुम शायद मेरी बात पर आश्चर्य करोगे; पर बात ठीक है। तुम हँस सकते हो, मैं भी शायद हँस सकता हूँ; पर मेरी आत्मा रोती है !''

श्वेतांक ने आश्चर्य से पूछा–''मैं स्वामी का तात्पर्य नहीं समझ सका।''

''नहीं समझ सके ? और तुम समझ भी किस प्रकार सकते हो। तुमने अभी संसार नहीं देखा है, तुम अनुभव से रिक्त हो। जिसे तुम चित्रलेखा की विजय समझे हो, वह उसकी बहुत बड़ी पराजय है। चित्रलेखा और कुमारगिरि ! कोई भी विजयी नहीं है, दोनों ही पराजित हुए हैं। परिस्थिति का चक्र तेजी के साथ घूम रहा है, उसी के फेरे में ये दोनों प्राणी फँस गए हैं।''

श्वेतांक बीजगुप्त की बात अब भी नहीं समझ सका। उस समय तक रथ बीजगुप्त के द्वार तक पहुँच चुका था। दोनों रथ से उतर पड़े। बीजगुप्त ने श्वेतांक का हाथ पकड़कर कहा–''अब तुमसे कुछ बातें करने की इच्छा है। चलो, मेरे साथ तुम्हें कुछ देर तक बैठना पड़ेगा।''

श्वेतांक वास्तव में बीजगुप्त की बात नहीं समझ सका था। स्वामी और सेवक–दोनों अध्ययन-भवन में गए। श्वेतांक को बैठने का आदेश देते हुए बीजगुप्त ने बैठकर कहा–''श्वेतांक ! जानते हो कि कुमारगिरि की पराजय क्यों हुई ?''

''नहीं !''

''इसका रहस्य मुझसे सुनो। तुम चित्रलेखा को उतना नहीं जानते, जितना मैं जानता हूँ। चित्रलेखा का व्यक्तित्व बहुत ऊँचा है और प्रभावशाली भी है। कुमारगिरि विद्वान है और योगी है, वासनाओं से उसका वैर है। और चित्रलेखा विदुषी होते हुए भी साधना की विरोधी है। कुमारगिरि और चित्रलेखा दोनों ही अहंभाव से भरे हुए ममत्व के

दास हैं और दोनों ही ममत्व की तुष्टि पर विश्वास करते हैं; पर दोनों के साधन भिन्न हैं और विपरीत हैं। एक ने साधना की शरण ली है, दूसरे ने आत्म-विश्वास की। पर आज जो कुछ हुआ, उससे दोनों ही व्यक्ति अपने-अपने साधन से विरत हो गए। निकट भविष्य में ही अपनी-अपनी शक्ति खो बैठेंगे।"

बीजगुप्त की बातों ने श्वेतांक के लिए पहेली का रूप धारण कर लिया था। उसने कहा—"स्वामिन् ! मैं आपकी विचारधारा की थाह नहीं पा सका।"

बीजगुप्त का स्वर धीमा पड़ गया—"इन बातों को अधिक स्पष्ट करने की न तो मुझमें क्षमता है और न मैं इसको उचित ही समझता हूँ। हाँ, यदि तुम यह जानना ही चाहते हो, तो मेरे बताए हुए मार्ग पर चलो।"

श्वेतांक ने कहा—"स्वामी की आज्ञा भर की देर है।"

बीजगुप्त ने कहा—"आज तुम चित्रलेखा को बधाई देने जाओ और उसके मुखांकित भावों का अध्ययन करो।"

श्वेतांक उसी समय चित्रलेखा के भवन पर पहुँचा। चित्रलेखा के भवन में प्रकाश हो रहा था, बधाई देने के लिए आए हुए सामन्त-युवकों की भीड़ द्वार को घेरे खड़ी थी। चित्रलेखा की दासियाँ उनका स्वागत तथा आतिथ्य-सत्कार कर रही थीं; पर चित्रलेखा न थी। श्वेतांक ने एक दासी से पूछा—"स्वामिनी कहाँ हैं ?"—उसने श्वेतांक को भवन के अन्दर ले जाकर एक सुसज्जित कमरे में बिठलाया—"स्वामिनी अभी नहीं लौटीं—आती ही होंगी।"—श्वेतांक प्रतीक्षा करने लगा।

प्रतीक्षा में खड़े हुए निराश सामन्तों की भीड़ छँटने लगी। एक के बाद एक करके सब सामन्त चले गए, घंटों बीत गए; पर फिर भी चित्रलेखा न आई। श्वेतांक को आश्चर्य हुआ। इस समय चित्रलेखा कहाँ गई होगी ? उसने फिर दासी से पूछा—"स्वामिनी के कब तक लौटने की सम्भावना है ?" उसने उत्तर दिया—"मैं कह नहीं सकती।"

श्वेतांक भी प्रतीक्षा में व्यग्र हो गया था। प्रायः आधी रात बीतने पर आ गई थी; पर चित्रलेखा का पता न था। श्वेतांक के मन में कई

बार घर लौटने की इच्छा हुई पर उसके कौतूहल ने उसे ऐसा करने से रोका। उसी समय अर्धरात्रि-सूचक घंटा बजा। श्वेतांक उठ खड़ा हुआ। दासी से उसने कहा–"स्वामिनी जब आएँ, तो कह देना कि मैं बधाई देने आया था।"–इतना कहकर वह भवन से बाहर निकला। उसी समय चित्रलेखा का रथ उसे आता हुआ दिखाई पड़ा। श्वेतांक रुक गया।

श्वेतांक ने रथ से चित्रलेखा को उतारा। चित्रलेखा श्वेतांक को देखकर मुस्कराई–"कहो श्वेतांक ! इतनी रात्रि तक तुमने जागने का कष्ट क्यों उठाया ?"

'स्वामिनी को बधाई देने के लिए !"–श्वेतांक हँस पड़ा।

चित्रलेखा का हाथ पकड़कर श्वेतांक उसे उसके शृंगार-गृह में ले गया। चित्रलेखा ने कहा–"श्वेतांक ! तुम मेरे अतिथि-भवन में बैठकर प्रतीक्षा करो, मैं अभी आती हूँ।"

वस्त्र बदलकर चित्रलेखा अतिथि-गृह में आई। उस समय वह केवल एक श्वेत धोती पहने हुए थी–"हाँ, श्वेतांक ! तुम मुझे बधाई देने आए हो ! क्यों ? किस बात पर ?"

"स्वामिनी की विजय पर !"

"मेरी विजय पर !"–चित्रलेखा का मुख जो कुछ क्षण पहले उल्लास से चमक रहा था, बिल्कुल पीला पड़ गया था। यौवन की उमंग में छिपी हुई यह विषाद की झलक श्वेतांक ने प्रथम बार देखी थी–वह इसका अर्थ नहीं समझ सका। सुन्दर मुख का प्रत्येक भाव-परिवर्तन सुन्दर होता है; विषाद का पीलापन लिये हुए वह वेश भी श्वेतांक को बड़ा मोहक लगा, और विशेषतः इसलिए कि उसके पीले मुख पर सहस्रों दीप-शिखाओं का प्रकाश पड़ रहा था–"मेरी विजय पर ! श्वेतांक, मैं बधाई की पात्री नहीं हूँ; वह मेरी विजय नहीं थी, वह मेरी एक बहुत बड़ी पराजय थी।"

चित्रलेखा ने भी वही बात कही, जो बीजगुप्त ने कही थी। और दोनों ने यह बात गम्भीरतापूर्वक कही थी। श्वेतांक को आश्चर्य हुआ।

चित्रलेखा ने श्वेतांक के मुखांकित भाव पढ़ लिये–"तुम्हें मेरी बातों

पर आश्चर्य होता होगा; पर आश्चर्य न करने का कोई कारण नहीं है। जानते हो, मैं अभी कहाँ गई थी ?''

''यह प्रश्न मैं भी पूछना चाहता था ! पर साहस नहीं पड़ा।''

''तो सुनो। मैं अभी आ रही हूँ कुमारगिरि की कुटी से। कुमारगिरि को अपमानित और लांछित करने का न मुझे कोई कारण था और न मुझको कोई अधिकार ही था। मेरा क्षेत्र दूसरा है, विद्वानों के क्षेत्र में पदार्पण करना मेरे लिए अनुचित था। मैंने जो कुछ किया, वह बुरा किया। इस समय मैं उससे क्षमा-प्रार्थना करने गई थी।''

श्वेतांक अवसन्न रह गया। चित्रलेखा का यह कैसा भाव-परिवर्तन था, यह वह समझ न सका। उसने पूछा–''पर जो ठीक है उसको बतला देना प्रत्येक मनुष्य को उचित है। और जो मनुष्य धोखा देकर मनुष्य को भ्रम में डाल रहा हो, उस मनुष्य की वास्तविकता पर प्रकाश डालना कर्तव्य है। देवि ! तुमने जो कुछ किया, वह ठीक किया।''

''इसी बात का तो मुझे दुख है। मैंने जो कुछ किया, उसे सारा संसार ठीक समझता है; पर मैं ठीक नहीं समझती। कुमारगिरि योगी है, और उसमें शक्ति है, उसका सत्य और ईश्वर ये दोनों ही उसकी कल्पना-जनित थे; पर साथ ही मनुष्य में इतनी उत्कृष्ट कल्पना का होना भी असम्भव है। इस कल्पना का स्रोत कहाँ है ? यही प्रश्न है। कुमारगिरि में सृजन की शक्ति है; मैंने जो कुछ किया वह विनाश का काम था। व्यक्तित्व की उत्कृष्टता किसी भी बात को काटने में नहीं होती, उसे सिद्ध करने में होती है; बिगाड़ने में नहीं होती, बनाने में होती है।''

''पर यदि मनुष्य ऐसी इमारत बनाता है, जो उसमें रहनेवाले व्यक्तियों को हानिकारक है, तो उसे नष्ट कर देना क्या उचित नहीं है ?''

चित्रलेखा हँस पड़ी–''तर्क से कोई लाभ नहीं, मैं इतना अनुभव कर रही हूँ कि मैंने बुरा किया; पर जो कुछ कर दिया, वह कर दिया, उसका परिणाम भुगतना ही पड़ेगा।''

''परिणाम !''–श्वेतांक के लिए एकदम दूसरी समस्या थी–''कैसा परिणाम देवि ?''

''यह तुम्हें निकट भविष्य में मालूम हो जाएगा।''—चित्रलेखा ने दासी को पुकारा।

''अभी मैंने भोजन नहीं किया है। और श्वेतांक सम्भवतः तुमने भी भोजन नहीं किया है।''

चित्रलेखा ने दासी को दो थालों में भोजन लाने की आज्ञा दी।

दासी चली गई। चित्रलेखा ने मदिरा की सुराही निकाली। स्वयं पीकर उसने श्वेतांक को भी मदिरा दी। श्वेतांक उस समय तक मदिरा पीने का अभ्यस्त हो गया था। उसने भी पात्र खाली कर दिया। चित्रलेखा ने श्वेतांक से कहना प्रारम्भ किया—''श्वेतांक, मेरा तुम पर स्नेह है, और उस व्यक्ति से कोई बात न छिपानी चाहिए, जिससे स्नेह हो।''

श्वेतांक चित्रलेखा के इस कथन पर न्यौछावर हो गया। श्वेतांक वास्तव में चित्रलेखा को स्वामिनी की भाँति मानता था, यद्यपि चित्रलेखा का उसके साथ बर्ताव सदा ममतापूर्ण-सा था। उसने कहा—''देवि ! मैं विश्वास दिलाता हूँ कि मैं किसी अंश में सहानुभूति में कम नहीं हूँ।''

चित्रलेखा ने श्वेतांक का हाथ पकड़कर कहा—''श्वेतांक ! तुम मेरा भेद किसी पर प्रकट न करोगे ?''

''मैं शपथ खाकर प्रतिज्ञा करता हूँ।''

''और मेरी सहायता करोगे ?''

''मैं शपथ खाकर प्रतिज्ञा करता हूँ।''

चित्रलेखा ने श्वेतांक का हाथ छोड़ दिया—''सुनो ! मेरी आज की विजय वास्तव में मेरी विजय न थी, वरन् मेरी पराजय थी। कुमारगिरि ने मेरे जीवन को बुरी तरह प्रभावित कर दिया है।''

श्वेतांक को उस भयानक सत्य का आभास हुआ, जिसकी ओर बीजगुप्त ने संकेत किया था। अपने अविश्वास को दूर करने के लिए उसने पूछा—''किस प्रकार ?''

''किस प्रकार ? इतना भी नहीं समझ सके हो ? सुनो, मैं कुमारगिरि से प्रेम करने लग गई हूँ। मुझे ऐसा अनुभव होता है मानो मेरा और कुमारगिरि का युग-युगान्तर का सम्बन्ध है। आज उस सभा में उस योगी

ने समस्त भारतवर्ष के अखंड विद्वानों पर विजय पाई, प्रत्येक व्यक्ति उससे प्रभावित था; पर मैं नहीं। और यह क्यों ? यह केवल इसलिए कि कुमारगिरि को मैं जानती हूँ और मुझको कुमारगिरि। हम दोनों जन्म-जन्मान्तरों में बराबर साथ रहे हैं।''

श्वेतांक पुनर्जन्म पर विश्वास करता था–उसने चित्रलेखा की बातों का विरोध न किया–''हाँ, समझा !''

''जिस दिन से मैंने कुमारगिरि को देखा है, उस दिन से मैं उसकी ओर आकर्षित हो रही हूँ। उसकी आत्मा की थाह वही ले सकता है, जिसने उसकी आत्मा को अच्छी तरह से समझ लिया हो। मैं उसको अच्छी तरह से जानती हूँ और साथ ही उसकी आत्मा को। श्वेतांक ! कुमारगिरि मेरे जीवन का प्रधान अभिनेता है !''

''समझ गया हूँ देवि ! पर मैं किस प्रकार सहायता कर सकता हूँ ?''

दासी भोजन के दो थाल परसकर ले आई। चित्रलेखा ने श्वेतांक को भोजन करने का आदेश देकर भोजन करना आरम्भ कर दिया।

भोजन करने के पश्चात् चित्रलेखा ने कहा–''हाँ, तुमने पूछा था कि तुम किस प्रकार मेरी सहायता कर सकते हो ! तुम मेरी सहायता केवल इस प्रकार कर सकते हो कि तुम बीजगुप्त पर मेरा भेद प्रकट न करो। बीजगुप्त को मुझ पर अविश्वास होगा; पर तुम्हारा यह काम होगा कि तुम बीजगुप्त के अविश्वास को दूर कर दो !''

श्वेतांक कुछ सोचने लगा। चित्रलेखा ने उससे जो कुछ कहा था, उसको करना श्वेतांक के लिए कठिन था। बीजगुप्त उसका स्वामी था–बीजगुप्त को धोखा देना स्वामी के साथ विश्वासघात करना था; पर साथ ही चित्रलेखा भी उसकी स्वामिनी थी–और साथ-साथ...।

चित्रलेखा ने श्वेतांक के मुखांकित भाव पढ़ लिये। उसने मदिरा का पात्र फिर भरकर श्वेतांक के होंठों से लगा दिया। उस समय चित्रलेखा मुस्करा रही थी। श्वेतांक ने पात्र खाली कर दिया। उसी प्रकार मुस्कराते हुए चित्रलेखा ने पूछा–''बोलो ! क्या तुम मेरी यह प्रार्थना स्वीकार करोगे ?''

श्वेतांक मौन ही रहा–हाँ और नहीं, उसके मुख से कुछ भी न निकला।

चित्रलेखा की मुस्कराहट लोप गई–क्रोध की हल्की-सी लाल रेखा उसके पराग-से रंजित कपोलों पर दौड़ गई; उसके कोमल हाथ आवेश में थिरक उठे। उसने श्वेतांक का हाथ पकड़ लिया–"श्वेतांक ! मैं तुम्हें आज्ञा देती हूँ कि जो कुछ मैंने कहा है, तुम्हें करना पड़ेगा।"

श्वेतांक चित्रलेखा के इस क्रोध के सामने झुक गया। उसने धीरे से कहा–"जो आज्ञा ! स्वीकार है !"

"तुम्हें शपथ लेनी पड़ेगी !"–चित्रलेखा कुछ रुकी–"नहीं, तुम्हें शपथ लेने की कोई आवश्यकता नहीं। तुमने अपना वचन मुझको दिया है और अपने वचनों की पवित्रता पर तुम्हें ध्यान रहेगा, इतना मुझे विश्वास है !"–इतना कहकर चित्रलेखा ने श्वेतांक के होंठों से मदिरा का तीसरा प्याला लगा दिया।

श्वेतांक के नेत्र बन्द थे। उसने अपूर्व सुख का अनुभव किया। मदिरा पीकर उसने कहा–"देवि ! मैंने सदा तुम्हारी पूजा की है। मेरे जीवन का तुम्हारे जीवन से गहरा सम्बन्ध है। तुम मेरी स्वामिनी हो और मैं तुम्हारा दास हूँ। तुम्हारा प्रत्येक वाक्य मेरे लिए वेद-वाक्य है, इतना विश्वास रखना। और अपने वचनों की पवित्रता के विषय में मैं केवल इतना ही कह सकता हूँ कि मैं नीच नहीं हूँ।"

श्वेतांक उठ खड़ा हुआ। चित्रलेखा ने कहा–"क्या आज मुझे श्वेतांक को पहुँचाने का प्रबन्ध करना पड़ेगा ?"

"नहीं !"–श्वेतांक के नशे में कम्पन न था, आत्म-विस्मृति न थी–"अभी होश में हूँ और होश में ही रहूँगा।"–इतना कहकर श्वेतांक वहाँ से चल दिया।

जिस समय श्वेतांक भवन में लौटा, उसने बीजगुप्त के अध्ययन-भवन में प्रकाश देखा। परिचारिका ने उससे कहा–"स्वामी तुम्हारी प्रतीक्षा कर रहे हैं।"

श्वेतांक ने अध्ययन-गृह में प्रवेश किया। बीजगुप्त उस समय बैठा

हुआ कुछ सोच रहा था। आज तक श्वेतांक ने बीजगुप्त को चिन्तित न देखा था। बीजगुप्त के सामने मदिरा का रिक्त पात्र था और चिन्ता का अथाह सागर था। कल्पना के उद्यान में भय के तप्त वायु का झोंका था; सुख के साम्राज्य में दुख की क्रान्ति थी। श्वेतांक को देखकर बीजगुप्त मानो निद्रा में चौंक उठा–"तुम आ गए। पर बहुत देर लग गई।"

श्वेतांक बैठ गया। सुराही से उँडेलकर उसने शीतल जल से पात्र भरकर एक घूँट में खाली कर दिया।

कुछ देर तक उत्तर की प्रतीक्षा करने के बाद बीजगुप्त ने फिर कहा– "श्वेतांक, तुम मेरे प्रश्न का उत्तर नहीं दे रहे हो, क्या कारण है ?"

"हाँ स्वामी, स्वामिनी की प्रतीक्षा में मुझे इतनी देर लग गई।"

"चित्रलेखा की प्रतीक्षा में ?"–बीजगुप्त सँभलकर बैठ गया–"क्या कहा, जिस समय तुम चित्रलेखा के भवन पर पहुँचे, उस समय वह वहाँ नहीं थी ?"

श्वेतांक झिझका। उसे अपनी प्रतिज्ञा और शपथ का स्मरण हो आया–"स्वामी का अनुमान ठीक है, चित्रलेखा अपने भवन में न थी।"

बीजगुप्त ने श्वेतांक के वाक्यों में हिचकिचाहट देखी, उसने फिर पूछा–"तुम्हें शायद उसने यह बताया होगा कि वह कहाँ गई थी ?"

श्वेतांक के हृदय में तर्क-वितर्क उठ खड़े हुए; पर निर्णय पर पहुँचने के लिए उसके पास यथेष्ट समय न था। उसने बिना किसी हिचकिचाहट के उत्तर दिया–"स्वामिनी ने तो कुछ नहीं कहा; पर ऐसा प्रतीत होता है कि वे मन्त्री चाणक्य के यहाँ आमन्त्रित थीं।"

बीजगुप्त के हृदय से एक भार-सा हट गया। उसके हृदय में न जाने कैसे यह धारणा उत्पन्न हो गई थी कि चित्रलेखा सम्भवतः कुमारगिरि के यहाँ गई थी। श्वेतांक के इस उत्तर से उसका भय दूर हो गया। उसने श्वेतांक से फिर पूछा–"हाँ, अब बताओ, तुमने चित्रलेखा को बधाई दी थी ?"

"हाँ !"–श्वेतांक ने धीरे से कहा–"पर चित्रलेखा ने मुझसे यह कहा कि वह बधाई की पात्र नहीं है। अपनी विजय पर उसे गर्व न था, उसे

उस पर सुख भी न था; मुझे इस पर आश्चर्य हुआ। चित्रलेखा को अपनी विजय पर दुख था।''

बीजगुप्त मुस्कराया; पर उसकी उस मुस्कराहट में करुणा का अथाह सागर छिपा हुआ था–''मैंने तुमसे क्या कहा था ? चित्रलेखा का अपनी विजय स्वीकार न करना ही इस बात का द्योतक है कि चित्रलेखा की पराजय हुई।''

''स्वामी के अर्थ को कुछ-कुछ समझ सका हूँ।''

''कुछ-कुछ समझने के कोई अर्थ नहीं होते। यदि तुम समझ सकते हो तो पूर्णतया, नहीं तो बिल्कुल ही नहीं।''–बीजगुप्त उठ खड़ा हुआ–''श्वेतांक, यह याद रखना कि मनुष्य स्वतन्त्र विचारवाला प्राणी होते हुए भी परिस्थितियों का दास है। और यह परिस्थिति-चक्र क्या है, पूर्वजन्म के कर्मों के फल का विधान है। मनुष्य की विजय वहीं सम्भव है, जहाँ वह परिस्थितियों के चक्र में पड़कर उसी के साथ चक्कर न खाए, वरन् अपने कर्तव्याकर्तव्य का विचार रखते हुए उस पर विजय पावे। चित्रलेखा परिस्थितियों के चक्र में पड़ गई है, कुमारगिरि का उसके जीवन में आना उसके लिए घातक है और उसका कुमारगिरि के जीवन में आना कुमारगिरि के लिए घातक है। दुर्भाग्यवश दोनों ही एक-दूसरे के जीवन में बिना जाने हुए अपनी-अपनी साधनाओं को भ्रष्ट करने के लिए आ गए हैं–भगवान् ही उनकी सहायता कर सकता है !''

आठवाँ परिच्छेद

महासागर के शान्त वक्षस्थल पर भयानक झंझावात उठने के पहले एक घोर निस्तब्धता छा जाती है। उस समय वायुमंडल उत्तेजित हो उठता है और सारा वातावरण भावी क्रान्ति की आशंका से शून्य-सा हो जाता है।

और उसके बाद ? वायु के प्रचंड झोंके—लहरों का तांडव-नर्तन तथा विप्लव-गायन।

आकाश के वक्ष पर ज्वालामुखी के फटने के पहले एक घोर दबी हुई अशान्ति फैल जाती है, उसका नीला रंग धूमिल हो जाता है और विनाश के भय से सारा आकाश-मंडल वायु से रिक्त हो जाता है।

और उसके बाद ? अग्नि के शोले—और विनाश।

चित्रलेखा का रथ बीजगुप्त के द्वार पर रुका—उस समय सन्ध्या हो गई थी। दिन की भयानक गरमी के बाद पाटलिपुत्र की सड़कों पर सामन्तों के रथ उमड़ पड़े थे; फूलों के हार लिए हुए मालिन युवतियाँ सामन्तों को हार पहना रही थीं—सुवासित तथा शीतल शर्बत के पात्र धनी युवक तथा युवतियों के होंठों का चुम्बन कर रहे थे। चारों ओर उल्लास और विलास था।

राजमार्ग उस समय मानो उत्सव का केन्द्र हो रहा था। जौहरियों की दुकानों पर युवतियाँ रंगरेलियाँ कर रही थीं, और तम्बोलियों की दुकानों पर युवक। बीजगुप्त भी उसी जनरव का एक भाग था।

श्वेतांक उस समय बाहर जाने की तैयारी कर रहा था। उसका रथ बाहर खड़ा था, परिचारिका उसको वस्त्र बहना रही थी। प्रहरी ने आकर सूचना दी—"प्रभु ! स्वामिनी का रथ द्वार पर प्रभु की प्रतीक्षा कर रहा है।"

श्वेतांक चौंक उठा। उस समय बीजगुप्त की अनुपस्थिति उसे बुरी लगी; उसने पाप किया था और सम्भवतः उसे और अधिक पाप करना होगा, जिसके लिए वह तैयार न था। फिर भी श्वेतांक ने उत्तर दिया—"कह दो कि शीघ्र ही आ रहा हूँ।"

श्वेतांक बाहर निकला। उस समय वह बहुत सुन्दर लग रहा था। श्वेतांक चित्रलेखा के पास गया—"क्या आज्ञा है देवि ?"

चित्रलेखा ने स्वाभाविक हँसी के साथ उत्तर दिया—"बीजगुप्त से मिलना था; पर शायद वह घर पर नहीं हैं।"

श्वेतांक ने भी हँसते हुए उत्तर दिया—"स्वामिनी का अनुमान ठीक है।"

"फिर यह सोचा कि तुम्हीं से मिल लूँ।"

"देवि ने इस दास का बड़ा अनुग्रह किया, देवि की सेवा में मैं सदा प्रस्तुत हूँ।"

"इसकी कोई आवश्यकता नहीं। आज चित्त उचाट था और यह इच्छा हुई कि जनरव में ही अपने चित्त को कुछ शान्त करूँ। घूमने का लक्ष्य लेकर निकली थी, यदि बीजगुप्त नहीं मिले, तो कोई चिन्ता नहीं; तुम तो हो।"

"बहुत अच्छा !"—इतना कहकर श्वेतांक अपने रथ की ओर बढ़ा। पर चित्रलेखा ने श्वेतांक का हाथ पकड़ लिया—"नहीं, तुम्हें मेरे साथ इसी रथ पर चलना होगा।"

मन्त्र-मुग्ध की भाँति श्वेतांक चित्रलेखा के रथ पर बैठ गया; रथ राजमार्ग की ओर चल पड़ा। चित्रलेखा बैठी हुई थी, घोड़ों की बाग श्वेतांक के हाथ में थी। राजमार्ग पर पहुँचते ही घोड़ों की बाग चित्रलेखा ने अपने हाथों में ले ली। अश्व थिरक उठे। गर्व से मस्तक उठाकर वे राजमार्ग में घुसे—उन्हें शायद यह विदित हो गया था कि उनकी बागडोर उस स्त्री के हाथ में है, जो पाटलिपुत्र के बड़े-से-बड़े सामन्तों को केवल संकेत पर नचा सकती है। चित्रलेखा के रथ को देखकर बड़े-बड़े सामन्तों के रथ रुक जाते थे, लोग उसे अभिवादन करते थे और साथ ही उसकी प्रशंसा। श्वेतांक को उसके साथ बैठे हुए देखकर कुछ लोगों ने व्यंग्य-वाक्य भी कहे; पर चित्रलेखा उस समय केवल हँस दी, उसने उन वाक्यों पर कोई ध्यान नहीं दिया।

उस समय चित्रलेखा फूलों के हार से लदी हुई थी। प्रत्येक सामन्त उसकी ओर एक हार फेंक देता था; चित्रलेखा उसे पहनकर उसको कृतार्थ कर देती थी। रथारूढ़ा चित्रलेखा उस समय साक्षात् शिवा की प्रतिमा थी—लोग उसका सम्मान करते थे, उसके सामने झुक जाते थे और उसकी पूजा करते थे। राजपथ का विशाल जनरव मानो चित्रलेखा का स्वागत कर रहा था।

दूसरी ओर से एक रथ आकर चित्रलेखा के रथ के पास रुका।

चित्रलेखा उस समय एक नवयुवक से बातें कर रही थी। रथ खड़ा हुआ था। दूसरे रथ के रुकने के साथ ही चित्रलेखा का ध्यान भंग हुआ—पार्श्व में बीजगुप्त हँस रहा था।

"आज राजमार्ग पर चित्रलेखा को देखकर आश्चर्य होता है।"

"और आज बीजगुप्त को उसके घर में न पाकर आश्चर्य हुआ !"

उत्तर और प्रत्युत्तर—दोनों में गूढ़ रहस्य छिपा था, जिसे दोनों ने समझ लिया। श्वेतांक रथ से उतर पड़ा, बीजगुप्त ने कहा—"चित्रलेखा बीजगुप्त के यहाँ निमन्त्रित है—सम्भवतः निमन्त्रण अस्वीकार न होगा।"

चित्रलेखा ने उत्तर दिया—"चित्रलेखा को बीजगुप्त का निमन्त्रण सहर्ष स्वीकार है।"

उस समय सन्ध्या बीत रही थी—राजमार्ग पर प्रकाश होने लगा था। बीजगुप्त अपने रथ से उतरकर चित्रलेखा के रथ पर बैठ गया—घोड़ों की रास उसने अपने हाथ में ले ली। श्वेतांक ने बीजगुप्त का रथ सम्हाला।

दोनों रथ बीजगुप्त के भवन की ओर मोड़ दिए गए। बीजगुप्त ने कहा—"मुझे दुख है कि जिस समय तुम मेरे भवन में गईं, उस समय मैं अनुपस्थित था।"

"दुख होने की कोई बात नहीं।"—चित्रलेखा मुस्कराई—"दोष मेरा ही था, क्योंकि मैं ऐसे समय पर पहुँची थी, जब मैं कभी भी तुम्हारे यहाँ नहीं जाती थी, इसलिए तुम्हारा भवन में न होना अस्वाभाविक नहीं था।"

चित्रलेखा मौन बैठी थी और बीजगुप्त भी मौन था। कुछ देर तक दोनों में कोई बात नहीं हुई, इसके बाद बीजगुप्त ने आरम्भ किया—"चित्रलेखा ! कई दिनों से चित्त उद्विग्न रहा है। क्यों ? यह मैं स्वयं ही नहीं जानता। एक बात पूछूँगा—कई दिनों से तुम मेरे यहाँ नहीं आई, इसका क्या कारण है ?"

चित्रलेखा ने अपना मुख उठाया—"कारण पूछते हो ! नहीं आ सकी, क्योंकि आने की इच्छा न थी।"

बीजगुप्त को इस उत्तर की आशा न थी। उसका अनुमान था कि चित्रलेखा कोई कारण बताएगी; पर इतनी स्पष्ट तथा वास्तविक बात

सुनकर उसे आश्चर्य हुआ और कुछ क्रोध हुआ। क्रोध अपने ऊपर तो हुआ ही; पर चित्रलेखा पर भी हुआ–''आने की इच्छा न थी ! इसका कारण जानने का मैं अधिकारी हूँ।''

चित्रलेखा ने बीजगुप्त के मुख की ओर देखा; उस पर दृढ़ता थी और गम्भीरता थी; क्रोध की छाप थी और स्वामित्व की गुरुता थी। चित्रलेखा का मुख लाल हो गया, फिर भी अपने भावों को दबाते हुए कहा–''अधिकारी हो ! इतना नहीं जानती थी। मनुष्य पर मनुष्य का क्या अधिकार है, यह मैं नहीं समझ सकी। फिर भी तुम कारण जानना चाहते हो तो सुनो–इन दिनों किसी अंश तक मेरा चित्त उद्विग्न रहा है और उस उद्विग्नता में मैं अपने को और अपनों को भूल-सी गई थी।''

इस समय रथ बीजगुप्त के भवन के द्वार पर रुक गया। श्वेतांक ने अपने रथ से उतरकर बीजगुप्त और चित्रलेखा को उतारा। तीनों बीजगुप्त के केलि-भवन में गए। इसके बाद श्वेतांक वहाँ से चलने लगा। श्वेतांक को जाते हुए देखकर बीजगुप्त ने कहा–''श्वेतांक ! ठहरो, तुम्हारे जाने की कोई आवश्यकता नहीं है।''

चित्रलेखा ने बीजगुप्त से कहा–''नहीं, श्वेतांक की यहाँ कोई आवश्यकता नहीं।''

''साथ ही श्वेतांक की उपस्थिति से कोई हानि भी नहीं है।''–बीजगुप्त हँस पड़ा–''वरन् इसमें श्वेतांक का लाभ ही है। इस अनुभवहीन व्यक्ति को सम्भवतः कुछ अनुभव भी प्राप्त हो।''–श्वेतांक रुक गया, बीजगुप्त ने उसे मदिरा देने का संकेत किया।

इस काम में श्वेतांक अभ्यस्त हो गया था। मदिरा का पात्र उसने बीजगुप्त को दिया, चित्रलेखा को दिया और स्वयं भी लिया। फिर थोड़ी दूर हटकर श्वेतांक बैठ गया।

बीजगुप्त ने आरम्भ किया–''हाँ ! अभी तुमने कहा था कि तुम किसी उद्विग्नता में स्वयं को और अपनों को भूल गई थीं; इस विस्मृति को उत्पन्न करनेवाली उद्विग्नता भी विचित्र होगी।''

चित्रलेखा हँसी–''तो क्या मैं यह समझूँ कि बीजगुप्त मुझे अपनी

मनःप्रवृत्ति का विश्लेषण करने को बाध्य कर रहे हैं ?''

''नहीं, बाध्य नहीं कर रहा हूँ, वरन् प्रार्थना कर रहा हूँ कि मुझको यह ज्ञात हो जाए।''

''यदि बीजगुप्त यह प्रार्थना कर रहे हैं, तो उनको यह विदित हो कि उद्विग्नता असाधारण है और उस उद्विग्नता का कारण भी असाधारण है ! पर साथ ही चित्रलेखा उस उद्विग्नता पर अधिक कहने में असमर्थ है।''

बीजगुप्त ने श्वेतांक की ओर देखा। श्वेतांक मौन भाव से उस बातचीत को सुन रहा था। ''चित्रलेखा असमर्थ है !''–बीजगुप्त ने धीरे से कहा–''आज हम दोनों के परिचय के बाद पहला अवसर उपस्थित हुआ है, जब चित्रलेखा बीजगुप्त से अपनी बातें छिपा रही है। चित्रलेखा का हृदय बदल गया है; इसका बीजगुप्त को कुछ क्षीण आभास हो रहा है।''

मदिरा की गरमी वहाँ बैठे हुए व्यक्तियों पर अपना प्रभाव जमाने लगी थी। दूसरा प्याला अपने होंठों से लगाते हुए चित्रलेखा ने कहा– ''इस परिवर्तनशील संसार में किसी भी चीज का बदल जाना अस्वाभाविक नहीं है।''

बीजगुप्त स्तब्ध-सा रह गया। इस उत्तर के लिए वह तैयार न था। ''क्या कहा, इस परिवर्तनशील संसार में किसी भी चीज का बदल जाना अस्वाभाविक नहीं है ? तो फिर समझ लूँ कि चित्रलेखा का प्रेम बदल सकता है।''

चित्रलेखा ने जो बात कह दी थी, उसके लिए वह स्वयं भी पछता रही थी। बिना सोचे-समझे, परिणाम पर बिना ध्यान दिए हुए, आवेश में आकर उसने यह बात कह दी थी, उसने यह सोचा तक न था कि उस बात पर इतना महत्त्वपूर्ण प्रश्न हो सकता है। उसने साहस किया– ''नहीं, बीजगुप्त का अनुमान मिथ्या है। चित्रलेखा का प्रेम सागर की भाँति गम्भीर है, उसका बदलना असम्भव सा है; पर साथ ही मैं यह मानती हूँ और उसको ठीक भी समझती हूँ कि प्रेम परिवर्तनशील है।

प्रकृति का नियम परिवर्तन है, प्रेम उसी प्रकृति का एक भाव है। प्रकृति का नियम प्रेम पर भी लागू हो सकता है।''

कटु होते हुए भी चित्रलेखा ने जो कुछ कहा, वह किसी अंश तक सत्य था–इसका बीजगुप्त ने अनुभव किया। बात सत्य थी, कहने का अवसर उपयुक्त था; और बात का प्रसंग भी समयोचित था। बीजगुप्त ने अनुभव किया कि चित्रलेखा उससे दूर हटती जा रही है और वह चित्रलेखा से। एक अज्ञात शक्ति अथवा प्रेरणा इन दो प्राणियों के बीच में आ गई है !

''चित्रलेखा ! तुम भूलती हो। प्रेम का सम्बन्ध आत्मा से है, प्रकृति से नहीं। जिस वस्तु का प्रकृति से सम्बन्ध है, वह वासना है, क्योंकि वासना का सम्बन्ध बाह्य से है। वासना का लक्ष्य यह शरीर है, जिस पर प्रकृति ने कृपा करके उसको सुन्दर बनाया है। प्रेम आत्मा से होता है, शरीर से नहीं। परिवर्तन प्रकृति का नियम है, आत्मा का नहीं। आत्मा का सम्बन्ध अमर है।''

चित्रलेखा हँस पड़ी–''आत्मा का सम्बन्ध अमर है ! बड़ी विचित्र बात कह रहे हो बीजगुप्त ! जो जन्म लेता है वह मरता है; यदि कोई अमर है तो अजन्मा भी है। जहाँ सृष्टि है, वहाँ प्रलय भी रहेगा। आत्मा अजन्मा है इसलिए अमर है; पर प्रेम अजन्मा नहीं है। किसी व्यक्ति से प्रेम होता है, तो उस स्थान पर प्रेम जन्म लेता है। सम्बन्ध होना ही उस सम्बन्ध का जन्म लेना है। वह सम्बन्ध अनन्त नहीं है, कभी-न-कभी उस सम्बन्ध का अन्त होगा ही। प्रेम और वासना में भेद है, केवल इतना कि वासना पागलपन है, जो क्षणिक है और इसीलिए वासना पागलपन के साथ ही दूर हो जाती है; और प्रेम गम्भीर है। उसका अस्तित्व शीघ्र नहीं मिटता। आत्मा का सम्बन्ध अनादि नहीं है, बीजगुप्त।''

बीजगुप्त ने देखा कि चित्रलेखा की तर्कना-शक्ति बहुत बढ़ गई है। बीजगुप्त का यह वार भी खाली गया–बीजगुप्त तड़प उठा–''जो कुछ तुम कहती हो वह ठीक हो सकता है ! मैं उसका विरोध नहीं करता। यह तो अपना विश्वास है; पर इतना यहाँ पर कह देना अनुचित न होगा

कि उन्माद और ज्ञान में जो भेद है, वही वासना और प्रेम में है। उन्माद अस्थायी होता है और ज्ञान स्थायी। कुछ क्षणों के लिए ज्ञान लोप हो सकता है; पर वह मिटता नहीं। जब पागलपन का प्रहार होता है, ज्ञान लोप होता हुआ विदित होता है; पर उन्माद बीत जाने के बाद ही ज्ञान स्पष्ट हो जाता है। यदि ज्ञान अमर नहीं है, तो प्रेम भी अमर नहीं है; पर मेरे मत में ज्ञान अमर है—ईश्वर का एक अंश है और साथ ही प्रेम भी।''

चित्रलेखा उस समय लेटी हुई थी, उसकी आँखें अधखुली थीं। उसके सुन्दर मुख पर उन्माद अठखेलियाँ कर रहा था। वह उठ बैठी, उसने कहा—''बीजगुप्त ! ठीक कहते हो, मैं भ्रम में थी, भ्रम के आवरण में मैं अपने को भूल गई थी—क्षमा करना !'' इतना कहकर उसने अपना हाथ बीजगुप्त के गले में डाल दिए।

श्वेतांक ने यह देखा—वह उठ खड़ा हुआ। बीजगुप्त ने कहा—''श्वेतांक ! तुम जा सकते हो। रथ अभी मत खुलवाना, आज मेरा निमन्त्रण है और तुम्हारा भी।''

नवाँ परिच्छेद

आर्यश्रेष्ठ मृत्युंजय जन्म से क्षत्रिय होते हुए भी कर्म से ब्राह्मण थे। पाटलिपुत्र के इस वयोवृद्ध सामन्त के भवन में उल्लास-विलास के स्थान में त्याग और विराग का आधिपत्य था। लोग उनकी उपमा विदेह से देते थे, और वे इस उपमा के योग्य भी थे। सारा नगर मृत्युंजय के नाम से

परिचित था—बहुत थोड़े-से चुने हुए व्यक्ति उनके व्यक्तित्व के थे। मृत्युंजय का क्षेत्र क्रीड़ा और कोलाहल से भरा हुआ जनरव न था, उनका क्षेत्र था, उपासना और ध्यान—निरन्तर एकान्त।

इस एकान्तवासी क्षत्रिय के पास धन था और वैभव था। नगर के प्रमुख सामन्तों में उसकी गणना थी और राज्य-सभा में उसका आसन ऊँचा। उसका नाम सुनकर लोग आदर से मस्तक नमा देते थे और उसके सम्मुख होते ही लोगों में उसके प्रति भक्ति-भाव उमड़ पड़ता था। आर्यश्रेष्ठ मृत्युंजय की साधना विशाल थी, उनमें आत्मिक बल था और आध्यात्मिक ज्योति।

मृत्युंजय के पुत्र न था, केवल एक कन्या थी। कन्या का नाम था यशोधरा। एकमात्र सन्तान होने के कारण मृत्युंजय का यशोधरा पर स्नेह था। उस समय यशोधरा की अवस्था प्रायः अठारह वर्ष की थी। यशोधरा के यौवन के विकास का काल था, और मृत्युंजय के जीवन के निर्वाण का। अगाध सम्पत्ति की स्वामिनी यशोधरा से विवाह करने के लिए प्रत्येक युवक का तत्काल तत्पर हो जाना तो स्वाभाविक था ही; पर साथ ही यशोधरा सुन्दरी थी, और सुन्दरी भी उच्च कोटि की। उसके शान्त मुख-मंडल पर भोलापन अपना आधिपत्य जमाए हुए था, उसकी हँसी की सुरीली झंकार में यौवन से पराजित बचपन ने शरण ली थी। हरिणी की-सी बड़ी-बड़ी सुन्दर आँखों में संकोच था और उसके रसयुक्त अरुण कपोलों में लज्जा थी। यशोधरा का यौवन सुधा और उल्लास का मिश्रण था, उसमें गर्व की उच्छृंखलता न थी, उसमें लज्जा की शान्ति थी।

वृद्ध मृत्युंजय यशोधरा के लिए वर खोज रहे थे। एकाएक उनकी दृष्टि बीजगुप्त पर पड़ी। बीजगुप्त का विवाह न हुआ था, और बीजगुप्त उच्च कुल का नवयुवक था। मृत्युंजय के हितैषियों ने—और उन हितैषियों में वे व्यक्ति भी थे जिनके हृदयों में यशोधरा का पुत्र-वधू बनाने की लालसा प्रबल थी—मृत्युंजय से एक ही नहीं अनेक बार बीजगुप्त और चित्रलेखा के सम्बन्ध का वर्णन किया; पर अनुभवी और वृद्ध मृत्युंजय ने सदा यही उत्तर दिया—"यह बीजगुप्त के उन्माद का काल है; भविष्य

बहुत लम्बा-चौड़ा है और बीजगुप्त यथेष्ट शिक्षित। वह इस समय अनुभव-सागर में तिर रहा है।"

बीजगुप्त उस दिन मृत्युंजय के घर पर आमन्त्रित था। यशोधरा की वर्षगाँठ के उपलक्ष्य में मृत्युंजय के यहाँ एक विशाल उत्सव था। बीजगुप्त ने यशोधरा को एक-आध बार जब वह निरी बालिका थी, देखा था। मृत्युंजय से उसका विशेष परिचय भी न था। उस दिन मृत्युंजय के यहाँ से निमन्त्रण पाकर उसे आश्चर्य हुआ और उससे भी अधिक आश्चर्य उस समय हुआ, जब उसने यह पढ़ा कि वह चित्रलेखा के साथ आमन्त्रित है।

बीजगुप्त ने चित्रलेखा से कहा—"चित्रलेखा ! एक विचित्र बात हुई है ! तुम वयोवृद्ध मृत्युंजय को जानती होगी।"

"हाँ।"

"और सम्भवतः उनकी कन्या यशोधरा को !"

कुछ सोचकर चित्रलेखा ने कहा—"हाँ, उसे भी एक-आध बार देखा है।"

"यशोधरा की वर्षगाँठ के उपलक्ष्य में आज मृत्युंजय के यहाँ उत्सव में आमन्त्रित हूँ। मेरा मृत्युंजय से अधिक परिचय नहीं है, इसलिए इस निमन्त्रण को पाकर मुझे आश्चर्य हुआ है; पर इससे भी अधिक आश्चर्य मुझको इस बात पर हुआ है कि मेरे साथ-साथ तुम भी आमन्त्रित हो और तुम्हें मेरे द्वारा निमन्त्रण मिला है।"

"इसका अर्थ यह है कि मेरा जाना अनुचित है।"

"नहीं चित्रलेखा ! तुम्हें निमन्त्रण मिला है मेरे द्वारा और मेरे साथ चलने को। यह उचित भी है, क्योंकि समाज तुम्हारे और मेरे सम्बन्ध को पवित्र मानता है।"

चित्रलेखा ने कुछ देर तक चुप रहने के बाद कहा—"बीजगुप्त ! मैं उच्च कुलों के उत्सवों में केवल नर्तकी की स्थिति में ही जाने की अभ्यस्त हूँ, बहुत सम्भव है कि कुलीन स्त्रियाँ मेरा अपमान करें। यदि ऐसी स्थिति उत्पन्न हो गई, तो क्या करना होगा, यह मैं नहीं जानती।"

बीजगुप्त हँस पड़ा—"मेरे साथ रहते हुए तुम्हारा अपमान करने का साहस किसी को न पड़ेगा, यह विश्वास रखो।"—इतना कहकर बीजगुप्त ने श्वेतांक को बुलाया।

श्वेतांक के साथ दोनों बाहर निकले। बीजगुप्त के रथ पर चित्रलेखा और बीजगुप्त आरूढ़ हुए, श्वेतांक ने घोड़ों की लगाम ली।

निर्धारित समय पर आमन्त्रित अतिथि मृत्युंजय के द्वार पर पहुँचे। प्रहरी ने उच्च स्वर से कहा—"महासामन्त बीजगुप्त का रथ द्वार पर है !" यशोधरा के साथ मृत्युंजय द्वार पर आया। मृत्युंजय ने बीजगुप्त का स्वागत किया और यशोधरा ने चित्रलेखा का—श्वेतांक पीछे-पीछे चला।

द्वार पार कर सब लोग नृत्य-भवन में पहुँचे। पाटलिपुत्र के प्रायः सभी प्रभावशाली व्यक्ति उपस्थित थे। सबों ने बीजगुप्त तथा चित्रलेखा के आने पर हर्ष-ध्वनि की। चित्रलेखा यशोधरा के साथ स्त्रियों के समुदाय में चली गई, बीजगुप्त मृत्युंजय के साथ रहा।

यशोधरा को देखकर चित्रलेखा चकित हो गई। उसे आज तक अपनी सुन्दरता पर गर्व था और आत्मविश्वास था; पर यशोधरा ने एक क्षण में उसका गर्व दूर कर दिया; आत्मविश्वास डिगा दिया। यशोधरा ने आदरपूर्वक चित्रलेखा को आसन दिया और स्वयं उसके पास बैठ गई। यशोधरा को चित्रलेखा के पास बैठा देखकर और चित्रलेखा का विशेष आदर करते देखकर अन्य महिलाओं को बुरा लगा।

अपने बाल्यकाल में यशोधरा ने चित्रलेखा का नृत्य देखा था। उस समय वह चित्रलेखा के नृत्य से प्रभावित भी हुई थी। आज उसे उसके पिता का आदेश था कि वह चित्रलेखा के साथ रहे; यह काम यशोधरा को रुचिकर था।

चित्रलेखा के चारों ओर युवतियाँ एकत्र हो गई थीं—कुछ हँस रही थीं और कुछ व्यंग्य-वचन कह रही थीं; पर चित्रलेखा ने इसका बुरा न माना। अपनी स्थिति वह बहुत अच्छी तरह से समझती थी। पास ही खड़ी हुई एक बहुत बड़े सामन्त की स्त्री ने कहा—"आज नर्तकी चित्रलेखा को हमारी समता करके हमारे समाज में आने के उपलक्ष्य में बधाई है।"

बात जितनी कटु थी, उत्तर उससे अधिक कटु था—"अपने सौन्दर्य के बल से, अपना स्वागत कराने के लिए, अभिमानिनी स्त्रियों को बाध्य करनेवाली को बधाई की कोई आवश्यकता नहीं।"

एक ने दूसरी की ओर देखा और दूसरी ने तीसरी की ओर। बात जिस तीव्रता से कही गई थी, उसका प्रभाव एकत्रित पुरुष-समुदाय पर भी पड़ा। बीजगुप्त उस ओर घूम पड़ा। उसे भय था कि चित्रलेखा का, बहुत सम्भव है, अपमान हो; इस उत्तर-प्रत्युत्तर से उसका भय और बढ़ गया—"क्या बात है ?"

चित्रलेखा का क्रोध से लाल मुख एकदम शान्त हो गया—"कुछ नहीं, आपस में हँसी हो रही थी !"—उस समय चित्रलेखा हँस रही थी।

यशोधरा चित्रलेखा के इस भाव-परिवर्तन पर मुग्ध हो गई। बीजगुप्त के जाने के बाद उसने चित्रलेखा से कहा—"बहन, तुम लोक-व्यवहार में बहुत कुशल हो !"

"तभी तो इतनी प्रभावशालिनी हूँ !"—चित्रलेखा हँस पड़ी।

चित्रलेखा की हास्य-ध्वनि झंकृत हो उठी। नवयुवक-समुदाय की आँखें उधर उठ गईं। बीजगुप्त से उसी समय उन नवयुवकों ने गाने का प्रस्ताव किया।

वीणा लेकर बीजगुप्त ने बागीश्वरी की अलाप भरी—चारों ओर निस्तब्धता छा गई। स्त्री और पुरुष दोनों मन्त्रमुग्ध-से बीजगुप्त के गाने को सुन रहे थे। बीजगुप्त ने गाना समाप्त कर दिया। इसके बाद मृत्युंजय ने स्वयं वीणा लेकर यशोधरा की ओर संकेत किया। यशोधरा ने भी बागीश्वरी गाना आरम्भ किया। यशोधरा का गाना समाप्त होने पर लोगों ने अनुभव किया कि बीजगुप्त के गाने के आगे यशोधरा का गाना फीका था। चित्रलेखा ने लोगों के ये भाव पढ़ लिए, उसने कहा—"यशोधरा से एक प्रार्थना मैं भी करूँगी—यदि उसकी इच्छा हो, तो इस समय वह कल्याण में कोई गाना गावे।"

लोगों की दृष्टि चित्रलेखा की ओर घूम गई। मृत्युंजय ने चित्रलेखा की ओर देखा। वे चित्रलेखा के कथन के महत्त्व को न समझ सके। फिर

प्रार्थना एक आमन्त्रित अतिथि द्वारा की गई थी। मृत्युंजय ने वीणा में कल्याण के स्वर भरे और यशोधरा ने गाना आरम्भ किया। इस बार यशोधरा ने सबको मुग्ध कर दिया। लोग उसकी मुक्तकंठ से प्रशंसा करने लगे। गाना समाप्त हो गया और चित्रलेखा ने यशोधरा को बधाई दी– "बहन यशोधरा, मैं तुम्हारे सुन्दर गायन के उपलक्ष्य में बधाई देती हूँ।"

मृत्युंजय चित्रलेखा की प्रार्थना का महत्व अब समझे–"और चित्रलेखा, मैं तुमको यशोधरा की ओर से धन्यवाद देता हूँ।"

इस वार्तालाप को बीजगुप्त सुन रहा था, हँसते हुए उसने कहा– "क्या अब मैं चित्रलेखा से अपना नृत्य दिखाने की प्रार्थना कर सकता हूँ ?"

चित्रलेखा ने हँसते हुए उत्तर दिया–'बीजगुप्त की प्रार्थना मेरे लिए आज्ञा के समान है !"

मृत्युंजय ने वीणा ली और बीजगुप्त ने मृदंग। चित्रलेखा ने नृत्य आरम्भ कर दिया। सब लोग चित्रलेखा की प्रशंसा कर रहे थे। और चित्रलेखा अपना कौशल दिखा रही थी। इसी समय प्रहरी ने पुकारा– "योगी कुमारगिरि अपने शिष्य के साथ द्वार पर पधारे हैं।"

मृत्युंजय ने वीणा रख दी, वे कुमारगिरि का स्वागत करने बाहर गए। मृत्युंजय के वीणा रखने के साथ ही चित्रलेखा का नृत्य बन्द हो गया।

मृत्युंजय कुमारगिरि को भीतर ले आए। कुमारगिरि के साथ विशालदेव भी था। कुमारगिरि के सामने सब लोग खड़े हो गए। उसी समय चित्रलेखा ने बीजगुप्त से कहा–"मैं अब जाऊँगी, मेरा काफी अपमान हो चुका है ?"

"यह कैसे ?"

"मेरी दृष्टि में कला का सर्वोच्च स्थान है। जो मनुष्य कला का अपमान करता है, वह मनुष्य नहीं है, पशु है। मृत्युंजय को कुमारगिरि का स्वागत करने के लिए नृत्य को बन्द कर देना मेरा अपमान नहीं है तो क्या है ?"

बीजगुप्त मुस्कराया–"जैसी तुम्हारी इच्छा।"

इस समय तक कुमारगिरि आसन पर बैठ गए थे। चित्रलेखा ने आगे बढ़कर योगी कुमारगिरि का अभिवादन किया, फिर उसने मृत्युंजय से कहा–"मैं जाने की आज्ञा चाहती हूँ।"

मृत्युंजय के उत्तर देने के पहले ही कुमारगिरि ने उत्तर दिया–"यह क्यों ? क्या मेरी उपस्थिति तुम्हें अरुचिकर है नर्तकी ? और यह स्वाभाविक भी है।"–कुमारगिरि का शिशु-सा कोमल तथा मधुर हास्य संगीत की भाँति गूँज उठा।

चित्रलेखा ने कुछ सोचकर कहा–"नहीं योगी, तुम्हारी उपस्थिति संसार में किसी को अरुचिकर नहीं हो सकती, इतना विश्वास रखो। मेरे यहाँ से जाने का दूसरा कारण है।"

"पर तुमने जाने का अवसर उचित नहीं चुना।"

"तो फिर मैं न जाऊँगी।"

मृत्युंजय ने वीणा फिर उठाई; पर चित्रलेखा ने नृत्य आरम्भ करने से इनकार कर दिया। इस बार यशोधरा ने आगे बढ़कर चित्रलेखा से कहा–"बहन, तुम्हारी बात मैंने नहीं टाली थी, इस बार मेरा अनुरोध है कि तुम नृत्य करो, और मेरा अनुरोध तुम न टालोगी, इसका मुझे विश्वास है।"

चित्रलेखा ने यशोधरा का अनुरोध वास्तव में न टाला, उसने नृत्य आरम्भ कर दिया। योगी कुमारगिरि ने यशोधरा की ओर देखा–और थोड़ी देर तक वे एकटक यशोधरा की ओर देखते रहे। योगी ने चित्रलेखा और यशोधरा की तुलना आरम्भ कर दी। दोनों ही उच्च कोटि की सुन्दरियाँ थीं, पर एक में मादकता प्रधान थी और दूसरी में शान्ति ! चित्रलेखा की मादकता भयानक थी–उसका नृत्य उसकी सजीवता की प्रतिमूर्ति; पर साथ ही यशोधरा की शान्ति अथाह सिन्धु की भाँति थी, जिसमें पड़कर मनुष्य अपने को भूल जाता है। चित्रलेखा जीवन की हलचल थी; यशोधरा मृत्यु की शान्ति ! कुमारगिरि को अनुभव हुआ, मानो वह संसार की ओर आकर्षित हो रहा है। अनुराग की सजीवता विराग की अकर्मण्यता पर विजय पा रही है।

नृत्य समाप्त हुआ। मृत्युंजय ने दासी से पूछा–"भोजन में कितना विलम्ब है ?"

"भोजन तैयार है, केवल आज्ञा की देर है।"

आमन्त्रित अतिथि भोजन-गृह में जाकर बैठ गए। दासियों ने भोजन परसना आरम्भ किया। बीजगुप्त के पास यशोधरा बैठी–चित्रलेखा यशोधरा के पास थी और उसी के पास श्वेतांक।

भोजन आरम्भ हुआ और पास बैठे हुए अतिथियों में वार्तालाप। यशोधरा पहले कभी बीजगुप्त से न बोली थी। बीजगुप्त ने कहा–"देवि ! आज पहली बार हमारा पूरा परिचय हुआ है, और इस परिचय पर मैं अपने को बधाई देता हूँ।"

अपने जीवन में आज पहली बार यशोधरा की हरिणी की-सी बड़ी-बड़ी आँखें, एक दूसरे मनुष्य की आँखों के सामने न उठ सकीं। यशोधरा का हृदय धड़क रहा था, धीरे से उसने उत्तर दिया–"मेरा परिचय कोई महत्त्व की बात नहीं है।"

बातचीत सुनकर चित्रलेखा हँस पड़ी–"भगवान् करे, यह परिचय घनिष्ठता में परिणत हो, और घनिष्ठता जीवन के पवित्र बन्धन में।"

यशोधरा ने कृतज्ञता-भरे नेत्रों से चित्रलेखा की ओर देखा, बीजगुप्त ने कौतूहल से। पर श्वेतांक एकटक यशोधरा की ओर देख रहा था। एकाएक यशोधरा की आँखें श्वेतांक से मिल गईं। इस समय तक यशोधरा ने श्वेतांक को न देखा था। अपने भवन में आमन्त्रित प्रत्येक व्यक्ति को वह पहचानती थी; श्वेतांक केवल ऐसा व्यक्ति था, जिसको वह नहीं जानती थी। बीजगुप्त से यशोधरा ने पूछा–"यह नवयुवक कौन है ?"

"मेरा सेवक और साथ ही मेरा छोटा भाई !"–बीजगुप्त हँस पड़ा। यशोधरा को कौतूहल हुआ–"सेवक और छोटा भाई !"–बात भी विचित्र थी–"यह कैसे ?"

"यह इस प्रकार कि इस व्यक्ति का नाम श्वेतांक है। यह भी क्षत्रिय नवयुवक है और उच्च कुल का है, पर अभी तक ब्रह्मचारी है और अपने

गुरु के साथ रहा है। गुरु ने पाप का पता लगाने के लिए इस व्यक्ति को मेरे पास छोड़ दिया है—मेरे द्वारा यह नवयुवक समाज में पदार्पण कर रहा है।''

यशोधरा का आश्चर्य और भी बढ़ा—''पाप का पता लगाने के लिए इनके गुरु ने इनको आपके पास भेजा है ! क्या वास्तव में आपका स्थान अथवा आपके व्यक्तित्व से सम्पर्क पाप का पता लगाने का उपयुक्त स्थान है ?''

बीजगुप्त मन-ही-मन हँसा। कितनी भोली बालिका थी और कितनी भ्रम में थी—''सम्भवतः पापी-से-पापी मनुष्य नहीं कह सकता कि वह पापी है। प्रत्येक व्यक्ति अपने को अच्छा समझता है, अपने को ठीक तरह से समझना उसके लिए असम्भव है। यदि श्वेतांक इस निर्णय पर पहुँचे कि मैं पापी हूँ, तो मैं वास्तव में पापी हूँ।''

यशोधरा के उर में एक ठेस-सी लगी। जिस व्यक्ति के प्रणय-बंधन की कल्पना से उसका हृदय प्रफुल्लित हो उठा था, वही व्यक्ति एक बहुत बड़े आचार्य द्वारा पाप का पता लगाने का उपयुक्त साधन माना गया था ! उसने श्वेतांक की ओर देखा—कितना भोला और सुन्दर नवयुवक था ! और बीजगुप्त ?

उस समय भोजन समाप्त हो गया था। लोग उठ खड़े हुए। हाथ-मुँह धोकर फिर सब लोग एकत्र हुए। बीजगुप्त ने श्वेतांक का हाथ पकड़कर मृत्युंजय से उसका परिचय कराया। इसके बाद सब लोग अपने-अपने घर को विदा हुए।

दसवाँ परिच्छेद

मृत्युंजय के उस आलोकित भवन का आलोक वैसा ही रहा, सजीवता में कमी अवश्य हो गई थी। अनावश्यक अतिथियों के चले जाने के बाद नाटक के प्रधान अभिनेता ही रह गए। योगी कुमारगिरि, विशालदेव, चित्रलेखा, बीजगुप्त और श्वेतांक, केवल इन्हीं व्यक्तियों को मृत्युंजय ने

रोक लिया था। थोड़ी देर तक मौन रहने के बाद मृत्युंजय ने बीजगुप्त का हाथ पकड़ा। उन्होंने भरे हुए गले से कहा–"सामन्त बीजगुप्त ! इस उत्सव में एक बड़ा रहस्य छिपा था और उस रहस्य से तुम्हारा बड़ा घनिष्ठ सम्बन्ध है।"–इतना कहकर उन्होंने यशोधरा की ओर अर्थ-भरी दृष्टि से देखा। बीजगुप्त के मुख का रंग उतर गया। चित्रलेखा मुस्कराई।

"और मुझे पूर्ण आशा है कि वृद्ध मृत्युंजय की बात अस्वीकृत न होगी।"

मृत्युंजय के भावों की थाह प्रायः सब व्यक्तियों ने पा ली थी, फिर भी बीजगुप्त ने कहा–"देव ! स्वीकार करना अथवा न करना प्रस्ताव की उपयुक्तता और परिस्थिति की अनुकूलता पर निर्भर होता है। आपका प्रस्ताव जैसा होगा, उसके अनुसार मेरा उत्तर भी होगा।"

मृत्युंजय ने कुछ देर तक सोचा–"बीजगुप्त, तुम्हारा विवाह अभी तक नहीं हुआ है ?"

बीजगुप्त ने सुना और चित्रलेखा की ओर देखा। क्या उत्तर दे, वह यह निर्णय न कर सका। बात ठीक थी, पर साथ-साथ बीजगुप्त के मतानुसार गलत भी थी–"शास्त्रानुसार नहीं।"

इस बार कुमारगिरि ने गम्भीर स्वर में कहा–"युवा ! क्या शास्त्र-अविहित भी विवाह हो सकते हैं ?"

बीजगुप्त ने कहा–"स्त्री और पुरुष के चिरस्थायी सम्बन्ध को ही विवाह कहते हैं।"

कुमारगिरि हँस पड़े–"पर विवाह शब्द समाज द्वारा निर्मित है। शास्त्र स्त्री और पुरुष के सम्बन्ध को पवित्र बनाकर समाज में मान्य करा देता है। बीजगुप्त, तुम अर्द्ध-सत्य की शरण ले रहे हो !"

बीजगुप्त ने उसी गम्भीरता से कहा–"योगिराज, सत्य आधा नहीं होता, वह पूर्ण होता है; पर यह तर्क-वितर्क का समय नहीं है, इसलिए इस समय उत्तर देना अनुचित होगा।"–इतना कहकर बीजगुप्त ने मृत्युंजय से कहा–"आर्य ! मैंने कहा था कि मेरा विवाह शास्त्रानुसार नहीं हुआ है, इसको स्पष्ट कर देना आवश्यक होगा। लोक की दृष्टि में मैं

अविवाहित हूँ, पर मैं वास्तव में विवाहित हूँ। चित्रलेखा मेरी पत्नी है। यद्यपि चित्रलेखा का पाणिग्रहण मैंने शास्त्रानुसार नहीं किया है, और समाज के नियमों के अनुसार कर भी नहीं सकता हूँ, फिर भी मेरा और चित्रलेखा का सम्बन्ध पति और पत्नी का-सा है। मैं प्रेम में विश्वास करता हूँ—और ऐसी स्थिति में मेरा अब विवाह करना असम्भव है, क्योंकि मेरे प्रेम की अधिकारिणी कोई दूसरी स्त्री नहीं हो सकती।''

जिस समय बीजगुप्त यह कह रहा था, उसकी दृष्टि नीचे थी। मृत्युंजय ने कहा—''बीजगुप्त, तुम्हारा कहना, सम्भव है, उचित हो; पर जिस समय लोक तुमको अविवाहित कहता है, उस समय तुम अविवाहित हो। रही विवाह करने की बात, वहाँ तुमसे मैं तुम्हारा ध्यान इस ओर आकर्षित करा सकता हूँ कि विवाह पुत्रोत्पत्ति के लिए होता है और इसलिए आवश्यक है। चित्रलेखा की सन्तान बीजगुप्त की सन्तान न होगी और न वह सन्तान बीजगुप्त की उत्तराधिकारी ही हो सकती है, कभी इस पर भी विचार किया है ?''

वास्तव में बीजगुप्त ने इस पर विचार न किया था। बीजगुप्त ने इसका कोई उत्तर न दिया। यह उसके लिए बिल्कुल नई समस्या थी। मृत्युंजय इस बार चित्रलेखा की ओर मुड़े—''देवि चित्रलेखा ! तुम विदुषी हो। तुमसे अधिक कहना व्यर्थ है। तुम बीजगुप्त की परिस्थिति को अच्छी तरह से समझती हो।''

चित्रलेखा अभी तक मौन थी। इस बार उसने उत्तर दिया—''आर्यश्रेष्ठ ! तुम्हारा कथन सर्वथा उचित है। मैं समाजच्युत नर्तकी ही हूँ, बीजगुप्त की पत्नी होना मेरे लिए असम्भव है। ऐसी स्थिति में मैं वह करने को प्रस्तुत हूँ जिससे बीजगुप्त का भला हो; पर आप इतना जानते हैं कि ऐसा करने में मुझे बड़ा त्याग करना पड़ेगा !''

''त्याग करना पड़ेगा नर्तकी !''—कुमारगिरि मुस्कराए—''बड़ी विचित्र बात कह रही हो। तुम सम्भवतः अपनी मनःप्रवृत्ति को भूल रही हो। तुमने एक बार मुझसे कहा था कि तुम विराग के जीवन को अपनाना चाहती हो, उसके लिए यह सबसे अच्छा अवसर है।''

कुमारगिरि की इस बात से बीजगुप्त चौंक पड़ा। उसने कहा–"योगिराज, यदि आप विराग पर विश्वास करते हैं, और एक व्यक्ति को विराग का उपदेश दे सकते हैं, तो फिर मुझे क्यों बंधन में बँधने को बाध्य किया जा रहा है ?"

"इसलिए कि तुम विराग के योग्य नहीं हो। और साथ ही तुम समाज के नियमों के प्रतिकूल भी चल रहे हो। तुम्हें यह उचित होगा कि तुम कम-से-कम समाज के नियमों का तो पालन करो ही।"

चित्रलेखा इस समय तक कुमारगिरि के कथन पर विचार कर रही थी, उसने कहा–"योगी, एक प्रश्न और करूँगी, क्या तुम मुझे गुरुदीक्षा देने के लिए तैयार हो ? यदि हाँ, तो फिर इसी समय मैं तुम्हारी शिष्या हुई।"

कुमारगिरि के नेत्र स्वयं ही विशालदेव की ओर घूम पड़े। विशालदेव उस समय अपने गुरु की ओर देख रहा था। थोड़ी देर तक कुमारगिरि कुछ सोचते रहे–"नर्तकी चित्रलेखा ! तुम्हें दीक्षा देना मेरे लिए असम्भव है !"

इस बार चित्रलेखा हँस पड़ी–"मुख से कह देना सरल होता है, करना बड़ा कठिन कार्य है। योगी ! तुम्हारे लिए विराग चाहे जितना सरल हो; पर मेरे लिए कठिन है। अकेली विराग के क्षेत्र में विचरना मेरे लिए असम्भव-सा है। अभी तक अनुराग के क्षेत्र में हूँ, और संसार भले ही उस क्षेत्र को पवित्र न माने; पर ईश्वर के आगे और मेरे आगे वह क्षेत्र पवित्र है। उससे बाहर निकलने के अर्थ होते हैं दूषित क्षेत्र में पदार्पण करना, और व्यर्थ पाप करने के लिए मैं प्रस्तुत नहीं हूँ।"

बात बनी, और बिगड़ गई–मृत्युंजय ने इसका अनुभव किया।

बात बिगड़ी, और बन गई–बीजगुप्त ने इसका अनुभव किया।

कुमारगिरि चित्रलेखा को जानता था और चित्रलेखा कुमारगिरि को। श्वेतांक और विशालदेव–दोनों ही इस बातचीत के गूढ़ महत्त्व को समझ रहे थे। एक यशोधरा ही ऐसी थी, जो न कुछ अनुभव करती थी, न कुछ जानती थी और न कुछ समझती थी। उसने मृत्युंजय से कहा–

"पिताजी ! रात्रि अधिक बीत गई है।"

वृद्ध मृत्युंजय ने अपनी पुत्री की ओर देखा और फिर चित्रलेखा की ओर। दोनों में कितना भेद था ! एक देवी थी, दूसरी दानवी, एक शान्ति थी, दूसरी उन्माद। और बीजगुप्त ? परिस्थिति-चक्र का एक अभागा शिकार; पर साथ ही मनुष्यता से पूर्ण मनुष्य।

मृत्युंजय ने चित्रलेखा से कहा–"तुम्हारे क्षेत्र को अपवित्र कौन कहता है ! जो कुछ तुम कर रही हो, वह अपनी मनःप्रवृत्ति के अनुसार, और मैं यह भी मानता हूँ कि तुम्हारा सारा व्यवहार प्रेम का है। प्रेम के क्षेत्र में अपवित्रता का कोई स्थान नहीं है; पर देवि, क्या वह मनुष्य, जिससे तुम प्रेम करती हो, यदि ठीक मार्ग पर न हो, तो उसको ठीक मार्ग पर लाना तुम्हारा कर्तव्य नहीं है ? प्रेम में त्याग की आवश्यकता होती है, और बीजगुप्त के लिए जो त्याग तुम करोगी, वह महान होगा।"

बात जिस ढंग से कही गई थी, उसका चित्रलेखा पर प्रभाव पड़ा। बीजगुप्त बीच में बोल उठा–"आर्यश्रेष्ठ ! चित्रलेखा से यह कहना व्यर्थ है। बनना और बिगड़ना, इसका उत्तरदायित्व मुझ पर है। चित्रलेखा न मुझे बना सकती है और न बिगाड़ सकती है और मैं अपने लिए यह कह सकता हूँ कि मेरा और चित्रलेखा का सम्बन्ध अमर है।"

बीजगुप्त उठ खड़ा हुआ; पर चित्रलेखा बैठी ही रही। उसने कहा–"आर्यश्रेष्ठ ! तुम जो बात कह रहे हो वह ठीक हो या न हो; पर मुझे यह करना होगा, और यह करना होगा अपने लिए नहीं, वरन् बीजगुप्त के लिए–इतना विश्वास रखो।"–चित्रलेखा ने यशोधरा की ओर देखा–"और आर्यश्रेष्ठ ! तुम्हारी कन्या के लिए बीजगुप्त अच्छा वर है। यह विवाह सबसे सुन्दर होगा।"–इतना कहकर चित्रलेखा ने बीजगुप्त से कहा–"बीजगुप्त ! तुम्हें यशोधरा-सी पत्नी मिलना असम्भव है। आज से तुम्हारा और यशोधरा का सम्बन्ध पक्का हो गया।"

बीजगुप्त उस समय द्वार के पास खड़ा था।–"चित्रलेखा ! तुम्हारा कहना अनुचित है और यह मेरे लिए असम्भव है। इस समय मैं इतना ही कह सकता हूँ। अच्छा आर्यश्रेष्ठ, विदा !"–इतना कहकर बीजगुप्त

मृत्युंजय के भवन से बाहर चला गया।

चित्रलेखा उठ खड़ी हुई–"आर्यश्रेष्ठ ! आप बीजगुप्त के कथन का बुरा न मानिएगा। आवेश में आकर मनुष्य भले और बुरे का ज्ञान खो बैठता है। उस समय यदि कोई दूसरा व्यक्ति उस पर अपनी धारणा बना ले, तो अनुचित है। मैं आपको इतना विश्वास दिलाती हूँ कि बीजगुप्त का और आपकी कन्या का सम्बन्ध बहुत श्रेष्ठ होगा, और इस सम्बन्ध का होना आवश्यक भी है।"

श्वेतांक के साथ चित्रलेखा भी बीजगुप्त के पीछे-पीछे चल दी। इन लोगों के चले जाने के बाद मृत्युंजय को परिस्थिति का पूर्ण ज्ञान हुआ। उन्होंने कुछ देर तक मौन रहकर कुमारगिरि से कहा–"योगिराज ! मेरी समझ में कुछ नहीं आया; पर इस बातचीत से इस निष्कर्ष पर पहुँच सका हूँ कि इस नर्तकी का बीजगुप्त पर बहुत बड़ा प्रभाव है।"

"यह अनुमान उचित है।"

"और साथ ही नर्तकी चित्रलेखा का हृदय बहुत स्वच्छ है।"

इस पर कुमारगिरि मौन ही रहे। उनकी आँखें न जाने क्यों आप-ही-आप विशालदेव की ओर उठ गईं। विशालदेव मन-ही-मन मुस्कराया।

मृत्युंजय ने फिर कहा–"योगिराज, क्या बीजगुप्त पर अधिक दबाव डालना उचित होगा ? प्रश्न यह है। चित्रलेखा कह गई है, और जो कुछ वह कह गई है उसे पूरा करेगी, इतना विश्वास है, फिर भी अब यह इच्छा होती है कि बीजगुप्त को छोड़ ही दिया जाए, क्योंकि चित्रलेखा के मन को आघात पहुँचेगा।"

इस बार कुमारगिरि बोले–"चित्रलेखा के मन को आघात पहुँचेगा, इस पर मैं विश्वास नहीं कर सकता। बहुत सम्भव है कि चित्रलेखा स्वयं ही बीजगुप्त को छोड़ देने पर प्रस्तुत हो, और ऐसी अवस्था में बीजगुप्त का जीवन सँभल जाएगा। मैं तो यहाँ तक कहूँगा कि चित्रलेखा से बीजगुप्त का सम्बन्ध टूटना ही उचित है।"

कुमारगिरि उठ खड़े हुए, और कहा–"मृत्युंजय, यशोधरा के लिए बीजगुप्त से अच्छा वर तुमको न मिल सकेगा–यह समझ रखना।"

ग्यारहवाँ परिच्छेद

चित्रलेखा ने अपने जीवन में न जाने कितनी बार प्रेम की व्याख्या की थी और प्रत्येक बार उसने अनुभव किया था कि उसका पिछला निर्णय गलत था।

सबसे प्रथम प्रेम चित्रलेखा के लिए ईश्वरीय था। उसने अपने पति

से प्रेम किया था। उस प्रेम में पवित्रता थी। पति के प्रति निःसीम भक्ति थी। पति से प्रेम में चित्रलेखा ने अपने अस्तित्व को पति के अस्तित्व से मिला दिया था; नहीं, उसने अपना अस्तित्व ही मिटा दिया था। वह हँसती थी पति को प्रसन्न करने के लिए; वह बोलती थी पति को प्रसन्न करने के लिए। यहाँ तक कि वह स्थित थी केवल अपने पति के लिए। उसके जीवन का प्रत्येक पल उसके पति को समर्पित था। पति उसका विश्व था, परमेश्वर था, और अस्तित्व था, और पति के प्रेम में उसे कितना सुख था। पति से प्रेम उसके आत्म-बलिदान की पराकाष्ठा थी और आत्म-बलिदान में कितना सुख होता है, यह आत्म-बलिदान करनेवाला ही जानता है।

पति की मृत्यु के बाद उसका संसार अन्धकारमय हो गया। उसे अनुभव हुआ कि उसकी साधना तथा तपस्या, ये सब व्यर्थ गए। उसने कभी-कभी आत्महत्या की भी बात सोची; पर आत्महत्या महान पाप है, वह यह जानती थी; उसे बताया गया था कि तपस्या जीवन का प्रधान अंग है और विधवा का कर्तव्य है संयमयुक्त साधना। चित्रलेखा ने यह भी किया; पर यह उसके लिए कठिन था। जिस समय तक पति जीवित था, वह पूजा कर सकती थी, तपस्या कर सकती थी और साधना में रत रह सकती थी; क्योंकि इन सबका एक केन्द्र स्थित था—एक आधार उसके बाद था—केन्द्र के टूट जाने पर तन्मयता विचलित हो गई, विश्वास अपना आधार न पाकर डिग गया।

इसके बाद उसने कृष्णादित्य से प्रेम किया—इस बार प्रेम दैवी न था; प्राकृतिक था। इस बार प्रेम में भक्ति न थी, केवल आत्म-विस्मरण था। इस बार प्रेम में अपना अस्तित्व मिटाना न था, वरन् अपने और अपने प्रेमी के अस्तित्व को एक में मिला देना था। कृष्णादित्य से प्रेम में चित्रलेखा ने प्रथम बार पिपासा का अनुभव किया, वह चौंक उठी।

पिपासा के महत्त्व को वह न जानती थी, पति के प्रेम में तो उसने अपने को मिटा दिया था, फिर पिपासा कैसी ! इस बार चित्रलेखा ने अपनी इच्छाओं का अनुभव किया। अपने उद्गारों के उग्र रूप को देखकर

वह पहले तो कुछ डरी, फिर उसे सुख हुआ। इस बार उसने अपने में जीवन का अनुभव किया। प्रेम भक्ति नहीं है इसलिए एक ओर से नहीं होता; प्रेम सम्बन्ध है, वह दोनों ओर से होता है, प्रेम आत्मा के पवित्र सम्बन्ध को कहते हैं। प्रेम में कम्पन होता है, पिपासा होती है, आत्म-विस्मरण होता है। वहाँ तृप्ति का कोई स्थान नहीं। प्रेम में आत्म-बलिदान होता है; पर वह एक ओर से नहीं, दोनों ओर से। कृष्णादित्य भी चला गया। इस बार चित्रलेखा ने देखा कि प्रेम अमर नहीं है; एक पवित्र स्मृति प्रतिदिन धुँधली होती हुई मिट भी सकती है।

बीजगुप्त चित्रलेखा के जीवन में आया। इस बार चित्रलेखा ने प्रेम में केवल पिपासा और कभी-कभी आत्म-विस्मरण का अनुभव किया, आत्म-बलिदान का नहीं। इस बार उसने प्रेम की मादकता को देखा। इस बार प्रेम के साथ उसने ऐश्वर्य तथा भोग-विलास के मनोहर रूप को देखा—चित्रलेखा ने एक नई बात और देखी; जीवन में केवल प्रेम ही नहीं है और न प्रेम जीवन का एकमात्र आधार है। प्रेम के साथ अन्य उद्‌गार भी होते हैं। उसने यह देखा कि स्वयं प्रेम केवल कुछ दिनों तक के सुख का आधार हो सकता है। उसके सुख को स्थायी बनाने के लिए आत्म-विस्मरण होना आवश्यक है; पर आत्म-विस्मरण प्रकृति से असम्भव है। इसलिए आत्म-विस्मरण को उत्पन्न करने के लिए मदिरा की आवश्यकता होती है।

इसके बाद वह कुमारगिरि की ओर आकर्षित हुई। कुमारगिरि युवा था, सुन्दर था, प्रतिभावान था और... ! चित्रलेखा आगे कुछ न सोच सकी—कुमारगिरि की ओर वह बिना अपनी इच्छा के ही आकर्षित हुई। वह यह समझती थी; पर क्या वह अपनी इच्छा को जानती भी थी !

चित्रलेखा कुमारगिरि से प्रेम करने लग गई, इस बार अपने प्रेम के आधार बीजगुप्त के उपस्थित रहते हुए; इसलिए चित्रलेखा को कुमारगिरि के पास जाने का साहस न हुआ था।

पर मृत्युंजय के भवन के उत्सव की बात ने उसे साहस दिया, साहस के साथ उसकी मनुष्यता को धोखा देने का एक बहाना भी दिया। उसने

मन में कहा–"बीजगुप्त को सुखी बनाना मेरा कर्तव्य है, उसे मुक्त कर देना ही मेरा महान त्याग होगा और उसके जीवन को सार्थक बनाना होगा। मुझे बीजगुप्त को छोड़ देना ही पड़ेगा, सदा के लिए छोड़ देना पड़ेगा।"

उस रात चित्रलेखा सो न सकी। वह इन्हीं बातों पर विचार करती रही। प्रातःकाल उसकी आँख लग गई। वह देर से सोकर उठी। उस समय मध्याह्न हो गया था। उसने दासी से पूछा–"बीजगुप्त के यहाँ से तो कोई समाचार नहीं आया ?"

"नहीं !"

चित्रलेखा ने स्नान किया। भोजन करने से उसने इनकार कर दिया। रथ लाए जाने की आज्ञा देकर वह वस्त्रागार में गई। उसने अपने सारे आभूषण उतार दिए। एक केसरिया रंग की रेशमी साड़ी निकालकर उसने पहन ली। अपने केश उसने उस दिन नहीं बाँधे। रथ उस समय तक द्वार पर आ गया था।

चित्रलेखा ने बीजगुप्त को एक पत्र लिखा। दासी को उसने आज्ञा दी कि वह सन्ध्या समय तक न लौटे, तो वह पत्र बीजगुप्त को दे दिया जाए। इसके बाद उसने घर का भार अपनी एक विश्वस्त दासी पर सौंपा। वह दासी आश्चर्य में थी। चित्रलेखा ने केवल इतना ही कहा–"आश्चर्य न कर सुनयना ! मैं कुछ दिनों के लिए इस वैभव को छोड़ रही हूँ। जब तक मैं न लौटूँ तब तक यहाँ की स्वामिनी तुम हो।"

रथ पर बैठकर उसने कुमारगिरि की कुटी को प्रस्थान किया। राजमार्ग पर रथ छोड़कर चित्रलेखा ने रथवान से कहा–"यहाँ ठहरो ! यदि दोपहर के अन्दर मैं न लौटूँ तो तुम रथ ले जाना। फिर मेरी प्रतीक्षा न करना।"

जिस समय चित्रलेखा कुमारगिरि की कुटी में पहुँची, कुमारगिरि ध्यानावस्थित बैठे थे। चित्रलेखा वहीं बैठ गई। प्रायः एक पहर बाद कुमारगिरि ने अपनी समाधि तोड़ी। उसने आँखें खोलीं तो देखा, चित्रलेखा सामने बैठी हुई थी। चित्रलेखा के नेत्र बन्द थे, वह कुछ सोच रही थी।

उसके शरीर पर केवल एक वस्त्र था। कुमारगिरि ने अभी तक चित्रलेखा का उतावला तथा ऐश्वर्योन्मत्त सौन्दर्य ही देखा था, पर इस बार उसने शान्त और तेज से भरी हुई चित्रलेखा को देखा। चित्रलेखा के पीले तथा कृश मुख पर शान्ति की आभा ने उसकी लोलुपता को ढँक लिया था। मन्त्रमुग्ध-सा कुमारगिरि चित्रलेखा की सुन्दरता को निरख रहा था। कुमारगिरि ने धीरे से कहा–''नर्तकी !''

चित्रलेखा ने अपनी आँखें खोल दीं–''गुरुदेव की समाधि समाप्त हो गई ?''

''हाँ ! पर नर्तकी चित्रलेखा, तुम यहाँ किसलिए आईं ?''

''गुरुदेव से दीक्षा लेने !''

''पर तुम्हें याद होगा कि मैंने तुम्हें दीक्षा देने से इनकार कर दिया था।''

''हाँ, मुझे याद है ! फिर भी चली आई हूँ। मैंने त्याग किया है, आज अपने ऐश्वर्य को मैंने तिलांजलि दे दी है। मैं अपना सर्वस्व त्याग चुकी हूँ। केवल ममत्व शेष रह गया है। इस ममत्व को मैं आपके सामने ले आई हूँ, उसको मुझसे छुड़वाना आपका कर्तव्य है और धर्म है।''

''नहीं नर्तकी, नहीं !''–चित्रलेखा की हरिणी की-सी बड़ी-बड़ी आँखों के आगे वे काँप उठे, वे चिल्ला उठे–''नर्तकी ! नहीं, यह असम्भव है ! मैं तुम्हें दीक्षा नहीं दे सकता।''–उस समय कुमारगिरि अपने को भूल गए–''तुम्हें दीक्षा देने के अर्थ होते हैं, गिरना, नीचे गिरना। कहाँ ? नीचे ही नीचे जहाँ अन्त ही नहीं है ! मैं तुम्हें जानता हूँ और मैं अपने को भी जानता हूँ। तुम्हें ऊपर उठाना कठिन है, स्वयं नीचे गिरना सरल है।''

कुमारगिरि उठ खड़े हुए। वे उठकर विक्षिप्त की भाँति कुटी में टहलने लगे। चित्रलेखा मूर्ति की भाँति मौन बैठी थी। कुमारगिरि ने रुककर फिर कहा–''नर्तकी ! सच कहना ! मैं तुमसे झूठ नहीं बोलता हूँ, कहता हूँ कि सच कहना, तुम यहाँ क्यों आई हो ? क्या वास्तव में तुम ज्ञान प्राप्त करना चाहती हो ? क्या वास्तव में तुम भोग-विलास को तिलांजलि देने आई हो ? क्या यह सम्भव है ? बोलो ! मौन क्यों हो ?''–कुमारगिरि

हँस पड़े–"तुम सच नहीं बोलना चाहतीं, तुम झूठ भी नहीं बोल सकतीं। तुम्हारा मौन 'नहीं' का द्योतक है।"

चित्रलेखा की निद्रा भंग हुई। उसने कुमारगिरि की ओर देखा, उसके नेत्र कुमारगिरि के नेत्रों से मिल गए। उसने शान्त भाव से उत्तर दिया–"योगी ! अपनी विजय और पराजय की अवहेलना करके एक बार तुम मुझसे सच बोले थे, मैं भी तुमसे सच ही कहूँगी–मैं तुमसे प्रेम करने आई हूँ !"

"मेरा अनुमान फिर मिथ्या न था। धन्यवाद ! तुम मुझसे प्रेम करने आई हो, मुझसे ? जिसने कभी किसी से प्रेम नहीं किया, जो जानता ही नहीं कि प्रेम क्या है ! कितनी विचित्र बात है; पर एक बात और पूछूँगा। प्रेम किस प्रकार किया जाता है ? मैंने अभी तक यह समझा था कि मनुष्य में प्रेम की उत्पत्ति स्वयं हो जाती है। यह नहीं जानता था कि प्रेम करने के लिए पहले मनुष्य कटिबद्ध होता है, फिर प्रेम करता है।"–कुमारगिरि हँस रहे थे; पर उनका वह हास कितना शुष्क था, कितना व्यंग्यात्मक था ! चित्रलेखा चौंक पड़ी।

उसने कहा–"योगी ! मेरे शब्द ठीक न थे–मैं अपने भावों को ठीक शब्दों में व्यक्त न कर सकी। मैं तुमसे प्रेम करती हूँ। तुम जानते हो–तुम बहुत दिनों से जानते हो ! मैं तुम्हारे पास इसलिए आई हूँ कि तुम भी मुझसे प्रेम करो। अब तो मैंने सब कुछ कह दिया।"

"तुम मुझसे प्रेम करती हो–इतना यथेष्ठ है। मैंने कभी तुम्हें इसमें नहीं रोका और न इसमें मैं तुम्हें रोक ही सकता था। प्रेम के बदले में प्रेम की आशा करना ठीक हो सकता है; पर उस आशा को सफलीभूत बनाने की चेष्टा करना अनधिकार चेष्टा है।"

चित्रलेखा का मुख पीला पड़ गया, पर एक क्षण में ही वह सम्हल गई। उसने गम्भीर, बहुत गम्भीर होकर कहा–"ठीक कहते हो योगी ! इस बार भी मैंने गलत कहा था। मैं यहाँ आई हूँ प्रेम की अतृप्त प्यास को तृप्त करने। मैं यहाँ आई हूँ, जिससे मैं प्रेम करती हूँ, उसके चरणों की धूल को नित्यप्रति अपने मस्तक पर चढ़ाने के लिए। मैं यहाँ आई

हूँ तुममें अपने को डुबा देने के लिए। सेवा और भक्ति, स्वयं का विस्मरण और अतृप्त प्यास–ये प्रेम के द्योतक हैं। मैंने यह सत्य, विश्वास और कर्तव्य के आवरण में, अपने विवाह के समय देखा था; पर उन आवरणों के रहते हुए मैं उस समय का वास्तविक महत्त्व न समझ सकी थी। अब फिर इस सत्य को देखा, इसलिए तुम्हारे पास आई हूँ।"

इस बार कुमारगिरि गम्भीर हो गए–"क्या वासना को अलग रखकर प्रेम सम्भव हो सकता है ?"–उनके मन में यह प्रश्न उठा; उनकी साधना ने और उनके विश्वास ने उत्तर दिया–'नहीं', उनके हृदय ने कहा–'मूर्ख ! शुद्ध प्रेम में वासना और तृष्णा का कोई स्थान नहीं !'

कुमारगिरि ने कहा–"कुछ समय दो देवि ! बड़ी कठिन समस्या है।"

चित्रलेखा ने कुमारगिरि के पैर पकड़ लिए–"समय देने का समय नहीं रहा देव ! जो होना था, वह हो चुका। मैं बहुत आगे बढ़ गई हूँ–पीछे जाना असम्भव है। मैं इस कुटी में रहने आई हूँ, यहाँ से जाने के लिए नहीं।"

इस बात का उत्तर न देकर कुमारगिरि ने कहा–"क्या तुम यहाँ पैदल आई हो ?"

"नहीं, रथ पर आई हूँ !"

"रथ कहाँ है ?"

"राजमार्ग पर छोड़ आई थी, वह चला गया होगा !"

कुमारगिरि ने ऊपर देखा–'हे भगवान ! इसमें क्या रहस्य छिपा है ? तुम्हारी इच्छा क्या है, जो तुम्हारी इच्छा है, होगी !' इस बार अपने चरणों पर पड़ी हुई चित्रलेखा को उन्होंने उठाया–"अच्छा देवि ! तो फिर तुम्हें दीक्षा दूँगा। भगवान् की इच्छा है कि मैं संसारस्थित वासनाओं से युद्ध करूँ–तो फिर ऐसा ही हो !" इतना कहकर कुमारगिरि ने विशालदेव को बुलाया।

विशालदेव के आने पर कुमारगिरि ने उससे कहा–"विशालदेव ! तुम्हें देवि चित्रलेखा के लिए कुटी तैयार करनी पड़ेगी।"

विशालदेव के मुख पर आश्चर्य के भाव अंकित हो गए। इस रहस्य

को वह भली भाँति समझता था। उसने चित्रलेखा को अभिवादन करते हुए कहा–"देवि, तुम्हारा स्वागत है !" इस बार उसने कुमारगिरि पर अर्थपूर्ण दृष्टि डाली।

कुमारगिरि विशालदेव की उस दृष्टि का मतलब समझ गए–"तुम्हें आश्चर्य हो रहा है वत्स, तुम मेरी निर्बलता को एक बार देख चुके हो, इसलिए तुम्हें आश्चर्य होना स्वाभाविक ही है; पर यह याद रखो, मनुष्य का कर्तव्य है कमजोरियों पर विजय पाना। आज भगवान् ने मुझ पर एक सत्य प्रकट किया है। जीवन की उत्कृष्टता वासना से युद्ध करने में है, और मैं यह करने जा रहा हूँ। इसीलिए मैं चित्रलेखा को दीक्षा देनेवाला हूँ।"

विशालदेव मुस्कराया–"गुरुदेव का कथन सर्वथा उचित है। कुटी आज रात तक तैयार कर देनी होगी ?"

विशालदेव की मुस्कराहट तथा उसके इस प्रश्न ने कुमारगिरि के सारे शरीर में क्रोध की विद्युत् ही प्रवाहित कर दी, वे काँप उठे। उन्होंने तनकर कहा–"नहीं, कुटी की कोई आवश्यकता नहीं। चित्रलेखा मेरी कुटी में रहेगी। समझा विशालदेव ! मेरी निर्बलता पर उपहास करनेवाले नवयुवक ! याद रखना, मैं तुम्हारा गुरु हूँ और तुमसे ऊँचा हूँ। मैं तुम्हें दिखाऊँगा कि साधना और तपस्या में तपा हुआ व्यक्ति कितना बलवान हो सकता है।"

कुमारगिरि का रुद्र रूप देखकर विशालदेब भयभीत हो गया, वह उनके चरणों पर गिर पड़ा–"गुरुदेव ! मेरी धृष्टता क्षमा करें। मैं कुटी बनाने जा रहा हूँ।"

"नहीं !" कुमारगिरि गरज उठे–"अब कुटी की कोई आवश्यकता नहीं विशालदेव ! एक बार मैंने भ्रम में आकर तुम्हारे गुरु की हँसी उड़ाई थी, उसका दंड मिल रहा है। तुम्हारे गुरु ने तुमको यहाँ पर पाप का पता लगाने भेजा है, अब तुम्हें अवसर मिला है कि तुम पाप देखो और उस पर विजय पाना भी देखो। तुम जा सकते हो ! सन्ध्या-वन्दन का समय हो चुका है !"

विशालदेव चला-गया। कुमारगिरि ने चित्रलेखा से कहा–"देवि ! जो कुछ हुआ, वह स्वप्न के समान है; मैं उस पर स्वयं ही विश्वास नहीं कर सकता ! पर फिर भी जो होना था, वह हो चुका। कभी-कभी डर लगने लगता है, ऐसा मालूम होने लगता है कि मैं आग से खेलने जा रहा हूँ।"

चित्रलेखा के मुख पर मधुर मुस्कराहट नाच उठी–"देव ! मुझसे भय मत खाना। अपनी साधना और तपस्या में तुम मुझे कभी भी बाधा-रूप न पाओगे, इतना विश्वास दिलाती हूँ। मैं तुमसे प्रेम करती हूँ, और प्रेम का अर्थ होता है निःसीम त्याग; मैं उसी में सुखी होऊँगी, जिसमें तुम्हें सुख मिले।"

"तथास्तु !"–कुमारगिरि अपने आसन पर बैठ गए–"तुम्हें अपने लिए कुशासन तैयार करना होगा। कुश तुम विशालदेव से माँग सकती हो। मेरी सन्ध्या की समाधि का समय हो गया।"–इतना कहकर कुमारगिरि ने अपने नेत्र बन्द कर लिए।

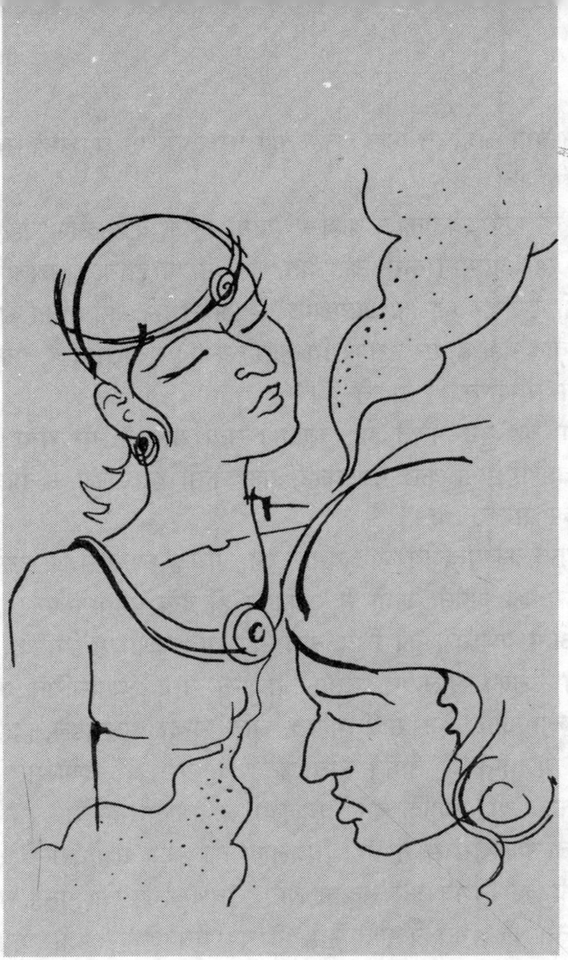

बारहवाँ परिच्छेद

बीजगुप्त ने मृत्युंजय का अकारण ही अपमान किया था, उसने यह अनुभव किया। दूसरे दिन प्रातःकाल जब श्वेतांक बीजगुप्त के पास आया, बीजगुप्त ने कहा–"श्वेतांक ! मृत्युंजय के भोज में मैंने सम्भवतः कुछ अनुचित बात कह दी थी; परन्तु मैं अभी तक नहीं समझ पा रहा

हूँ कि मैंने क्या अनुचित कहा। तुम वहाँ पर उपस्थित थे, तुम्हें सब बातें स्मरण होंगी !''

कुछ सोचकर श्वेतांक ने कहा—''स्वामी ने जो कुछ कहा, वह उचित ही कहा। रही अपमान करने की बात, वहाँ मैं भी इतना समझता हूँ कि बातें इतनी खुलकर हुईं कि आर्यश्रेष्ठ को अपने को अपमानित समझना असम्भव बात नहीं है; पर उसकी चिन्ता ही क्या। सत्य सत्य है, एक-दूसरे के विरोधी सिद्धान्त हो सकते हैं।''

''नहीं, यह तुम भूलते हो श्वेतांक। सत्य सत्य है; पर सत्य अप्रिय न होना चाहिए। जो कुछ मैंने कहा, वह किसी दूसरे ढंग से प्रिय रूप में कहा जा सकता था।''

बीजगुप्त को मृत्युंजय के अपमान का अधिक ध्यान न था, उसे खेद था यशोधरा को अपनी बातों से अकारण ही दुख पहुँचाने पर। उसकी दृष्टि के आगे यशोधरा का चित्र नाच रहा था। यशोधरा प्रेम करने की प्रतिमा थी—उसका भोलापन, उसकी प्रशान्त तथा सुधासिंचित आँखें—उसका लज्जा और तेज से विभूषित अति सुन्दर मुखमंडल, यह सब रह-रहकर बीजगुप्त के सामने नाच उठते थे, पर वह यशोधरा से प्रेम न कर सकता था, क्योंकि वह चित्रलेखा से प्रेम करता था। चित्रलेखा की मादकता यशोधरा में न थी। चित्रलेखा का हृदय यशोधरा में था या नहीं, इसका वह निर्णय कर सकता था। चित्रलेखा उसकी पत्नी न होते हुए भी पत्नी थी। नर्तकी होते हुए भी वह प्रेम कर सकती थी। धन के वास्ते नहीं, धन की चित्रलेखा के पास कमी न थी, केवल प्रेम के वास्ते। उसे वह रात याद हो आई जब चित्रलेखा से प्रथम बार उसका परिचय हुआ था। चित्रलेखा और यशोधरा में कोई समता न थी। चित्रलेखा ऊँची, बहुत ऊँची थी; वह आश्चर्य करने लगा कि वह यशोधरा के विषय में क्यों सोच रहा है। उसने श्वेतांक से कहा—''श्वेतांक, मेरा कर्तव्य है कि अपने कटु शब्दों के लिए मृत्युंजय से क्षमा-प्रार्थना करूँ।''

''जैसी स्वामी की इच्छा !''

''पर मैं वहाँ नहीं जाना चाहता।''—बीजगुप्त यशोधरा को भूलना

चाहता था–"मैं एक पत्र देता हूँ, उसे मृत्युंजय को दे देना।"

"जैसी स्वामी की आज्ञा !'

बीजगुप्त ने मृत्युंजय को एक पत्र लिखा और वह पत्र श्वेतांक को दे दिया। श्वेतांक पत्र लेकर मृत्युंजय के यहाँ पहुँचा। प्रहरी से उसने पूछा–"आर्यश्रेष्ठ भवन में ही हैं ?"

प्रहरी ने कहा–"वे कार्यवश कहीं गए हैं ! क्या काम है ?"

"उनके लिए एक पत्र लाया हूँ ?"

"मुझे पत्र दे दीजिए, मैं उन्हें दे दूँगा !"

"नहीं ! यह पत्र मैं केवल उन्हीं को दे सकता हूँ।"–श्वेतांक किंचित् रुका–"या उनकी पुत्री यशोधरा को !"–श्वेतांक के मुख से अचानक ही यह वाक्य निकल पड़ा।

प्रहरी ने यशोधरा को सूचना दी और उसने श्वेतांक को अतिथि-भवन में ले जाकर बिठला दिया। थोड़ी देर बाद यशोधरा ने वहाँ प्रवेश किया। श्वेतांक उसके अभिवादन को उठ खड़ा हुआ। श्वेतांक को देखकर यशोधरा ने बैठते हुए कहा–"कहिए ! किस कारण आपने कष्ट उठाया है ?"

"सामन्त बीजगुप्त ने आपके पिता के नाम एक पत्र दिया है–उसी के वाहक-रूप में मैं देवि के सम्मुख उपस्थित हूँ।"–श्वेतांक ने बीजगुप्त को स्वामी न कहना उचित समझा।

"पिताजी आते ही होंगे, आपको सम्भवतः अभी प्रतीक्षा में कुछ कष्ट होगा।"–यशोधरा की बड़ी-बड़ी आँखें श्वेतांक की आँखों से मिलीं, पर उनमें संकोच न था। श्वेतांक कह उठा–"पाटलिपुत्र की सर्वश्रेष्ठ सुन्दरी देवी की उपस्थिति में बैठने में किसे कष्ट हो सकता है ?"

यशोधरा इस प्रकार की भाषा सुनने की अभ्यस्त न थी, और विशेषतः एक ऐसे व्यक्ति से, जिससे उसका केवल कुछ घंटों, अथवा कुछ क्षणों का परिचय हो; पर फिर भी बात मीठी थी। यशोधरा की आँखें हर्ष-मिश्रित लज्जा से झुक गईं और उसके कपोलों की स्वाभाविक लालिमा दुगुनी हो गई। श्वेतांक उसका अतिथि था। उसका आदर करना

यशोधरा का कर्तव्य था। उसने श्वेतांक से पूछा–"आर्य बीजगुप्त को आपने पूर्ण रूप से जान लिया होगा।"

"हाँ ! संसार के सर्वश्रेष्ठ मनुष्यों में उनकी गणना करने में किसी को कोई आपत्ति न होनी चाहिए।"

"और नर्तकी चित्रलेखा के विषय में आपका क्या विचार है ?"

"वे बहुत ऊँची कोटि की स्त्री हैं। मैं तो यहाँ तक कह सकता हूँ कि वे देवी हैं। जिस मनुष्य ने चित्रलेखा को जान लिया, उसने सौन्दर्य और सौन्दर्य-जनित कर्तव्य को जान लिया।"

यशोधरा हँस पड़ी–"मेरी धारणा तो फिर निर्मूल न थी–आर्य का नाम सम्भवतः श्वेतांक है।"

"देवि का अनुमान सत्य है।"

"आर्य श्वेतांक ! एक बात और पूछूँगी। वास्तव में आपके गुरु ने पाप का पता लगाने के लिए आपको सामन्त बीजगुप्त के पास भेजा है। और यदि भेजा है, तो क्या वास्तव में बीजगुप्त का व्यक्तित्व पाप का पता लगाने का उपयुक्त क्षेत्र है ?"

श्वेतांक मुस्कराया–"देवि का कहना ठीक है कि मेरे गुरु ने पाप का पता लगाने के लिए मुझको आर्य बीजगुप्त के पास भेजा है। और रही आर्य बीजगुप्त के व्यक्तित्व से पाप का पता लगाने के उपयुक्त क्षेत्र होने की बात, वहाँ मैं भी बड़े असमंजस में हूँ। मैं यह भी बतला दूँ कि योगी कुमारगिरि के पास मेरा गुरुभाई, जो कल उनके साथ भोज में आया था, पाप का पता लगाने के लिए भेजा गया है। यहाँ भी तुम्हें आश्चर्य होगा।"

वास्तव में यशोधरा चौंक पड़ी।

"पर आश्चर्य करने की कोई बात नहीं है देवि ! यह आवश्यक नहीं है कि जिनके पास हम भेजे गए हैं, वे ही पापी हों। बहुत सम्भव है कि उनके सम्पर्क में आनेवाले लोगों में पापी मिलें। दूसरी बात यह है कि पाप है क्या ? उसको कौन जानता है। जिसको मैं पाप समझता हूँ, उसको दूसरा व्यक्ति सम्भवतः पाप न माने और साथ ही बहुत-सी बातें,

जिन पर हम ध्यान तक नहीं देते, बहुतों के लिए पाप हो सकती हैं।''

इस उत्तर से यशोधरा सन्तुष्ट न हो सकी–''आर्य श्वेतांक ! मैं आपकी प्रशंसा करूँगी कि आप मनुष्य के गुणों को ही देखने में विश्वास करते हैं।''

इतने ही में आर्यश्रेष्ठ मृत्युंजय ने भवन में प्रवेश किया। श्वेतांक ने उठकर उनका अभिवादन किया, यशोधरा अन्दर चली गई।

मृत्युंजय ने श्वेतांक को बैठने का आदेश करते हुए कहा–''क्या तुम बीजगुप्त के वही सेवक हो, जो कल उनके साथ था ?''

''आर्यश्रेष्ठ का अनुमान ठीक है। स्वामी ने आर्यश्रेष्ठ के नाम एक पत्र दिया है।''

मृत्युंजय ने पत्र ले लिया। पत्र पढ़कर उनके मुख पर सन्तोष के भाव व्यक्त हो गए–''सामन्त बीजगुप्त से कह देना कि उनके क्षमा-याचना करने की कोई आवश्यकता नहीं थी, और उनकी ओर मेरी धारणा वैसी ही निर्मल तथा स्वच्छ है, जैसी पहले थी। एक बात और कह देना। यदि उनको कोई कार्य न हो, तो वे सन्ध्या समय यहाँ चले आवें और भोजन भी यहीं करें।''–कुछ रुककर उन्होंने फिर कहा–''और श्वेतांक, तुम भी बीजगुप्त के साथ आमन्त्रित हो।''

श्वेतांक का मुख प्रसन्नता से खिल गया–''आर्यश्रेष्ठ की आज्ञा का पालन होगा। यदि स्वामी आवेंगे, तो मैं भी अवश्य आऊँगा। यद्यपि बिना उनकी आज्ञा के मेरा यहाँ आना कहाँ तक उचित होगा, यह मैं नहीं कह सकता।''

मृत्युंजय हँस पड़े–''तुम शान्त, गम्भीर तथा कर्तव्यनिष्ठ नवयुवक हो, मैं तुमसे प्रसन्न हूँ। तुम्हारे वंश, तुम्हारे पिता का नाम और उनका निवास ?''

''मैं सूर्यवंशी हूँ, मेरे पिता का नाम विश्वपति है, तथा उनका निवास कौशल-प्रदेश है।''

''तुम्हारे पिता का नाम विश्वपति है, और उनका निवास कौशल है। क्या उन्होंने काशी में शिक्षा पाई थी ?''

"आर्यश्रेष्ठ ठीक कहते हैं।"

"कितने आश्चर्य की बात है। विश्वपति मेरे गुरुभाई हैं। तुम्हारा स्वागत है, तुम मेरे पुत्र के समान हो।"

अपने पिता और मृत्युंजय के इस परिचय पर श्वेतांक को कितनी प्रसन्नता हुई, यह नहीं कहा जा सकता। श्वेतांक के हृदय में एक प्रकार ही आशा उत्पन्न हो गई। वह सोचने लगा–"यशोधरा का मेरे साथ विवाह हो सकना सम्भव है ?"

"असम्भव !" श्वेतांक जानता था। उसके पिता का वैभव नष्ट हो चुका था, और इसीलिए उसके पिता ग्रामीण जीवन व्यतीत कर रहे थे। वह उच्च कुल का था, पर इससे क्या ? मृत्युंजय उसके पिता से धन में श्रेष्ठ थे, वैभव में श्रेष्ठ थे और अधिक शक्तिशाली थे। विवाह में इन बातों की समता आवश्यक होती है। फिर भी आशा दब न सकी।

श्वेतांक को मौन देखकर मृत्युंजय ने कहा–"वत्स श्वेतांक ! मेरे भवन को तुम अपना ही समझो। मुझे आश्चर्य होता है कि विश्वपति ने तुम्हारे यहाँ होने की सूचना मुझे क्यों न दी ?"

"मेरे पिता आजकल वानप्रस्थ जीवन व्यतीत कर रहे हैं–बहुत सम्भव है कि यह कारण रहा हो। अच्छा, तो आर्यश्रेष्ठ आज्ञा दें।"

भोजन का समय हो गया था–"मेरे यहाँ इस समय भोजन करने में तो तुम्हें कोई संकोच न होगा ?"

श्वेतांक ने मुस्कराते हुए कहा–"संकोच की कोई बात नहीं है आर्यश्रेष्ठ, पर मैं इस समय आर्य बीजगुप्त का सेवक हूँ, बिना उनकी आज्ञा के मैं कोई काम नहीं कर सकता। अच्छा, तो अब आप मुझे आज्ञा दें, विलम्ब हो रहा है। आर्य बीजगुप्त मेरी प्रतीक्षा कर रहे होंगे।"

"साधुवाद ! अपने कर्तव्य को तुम भली भाँति समझते हो। मैं तुम पर प्रसन्न हूँ। तुम जा सकते हो, पर बीजगुप्त से तुम मेरी बात कहना न भूलोगे।"

श्वेतांक लौट आया। बीजगुप्त से उसने मृत्यंजय के यहाँ निमन्त्रण की बात कही। बीजगुप्त कह उठा–"मुझे निमन्त्रण मिला है, पर क्या

मेरा वहाँ जाना उचित होगा ?''

इस निमन्त्रण पर बीजगुप्त दोपहर-भर विचार करता रहा। उसका वहाँ जाना अनुचित क्यों था ? बीजगुप्त के मन में यह प्रश्न उठा। वह यह तो कह सकता था कि उसका वहाँ जाना अनुचित है; पर वह कारण स्वयं ही न कह सकता था। बहुत तर्क-वितर्क के बाद उसने मृत्युंजय के यहाँ जाना निश्चित किया। सन्ध्या के समय उसने श्वेतांक से कहा–''श्वेतांक ! मैं समझता हूँ कि मुझे किसी भद्र पुरुष का निमन्त्रण अस्वीकार न करना चाहिए !''–उसके मन में यशोधरा को एक बार फिर देखने की, उससे बातचीत करने की अस्पष्ट भावना चक्कर काट रही थी।

रात्रि के समय बीजगुप्त श्वेतांक के साथ मृत्युंजय के यहाँ पहुँचा। आर्य मृत्युंजय के भवन में पिछली रात की-सी चहल-पहल न थी, वहाँ का वायुमंडल शान्त था। मृत्युंजय ने बीजगुप्त का स्वागत किया। विश्राम भवन में जाकर वे लोग बैठ गए। यशोधरा वहाँ पहले से ही बैठी हुई उनकी प्रतीक्षा कर रही थी।

''आर्य बीजगुप्त ! उस पत्र की कोई आवश्यकता नहीं थी।''–मृत्युंजय ने वार्तालाप आरम्भ किया।

''आर्यश्रेष्ठ ! अपनी भूल को स्वीकार करना प्रत्येक व्यक्ति का कर्तव्य है।''

मृत्युंजय हँस पड़े–''तुम्हारा सेवक श्वेतांक मेरे गुरुभाई विश्वपति का पुत्र है, मुझे आज यह विदित हुआ।''–इतना कहकर मृत्युंजय ने श्वेतांक की ओर देखा।

''किन्तु आर्यश्रेष्ठ ! श्वेतांक मेरा सेवक नहीं, गुरुभाई है।''

''आर्य बीजगुप्त ! आज आपको कुछ विलम्ब हो गया है।''

''हाँ, आज काशी से मेरे कुछ अतिथि आ गए थे।''

इस बार यशोधरा ने कहा–''काशी तो बहुत सुन्दर तथा प्राचीन नगरी है। क्या आप काशी हो आए हैं ?''

बीजगुप्त हँस पड़ा–''मेरे जीघन का सबसे सुन्दरकाल काशी में ही

व्यतीत हुआ है। मेरे गुरु महाप्रभु रत्नाम्बर का निवास-स्थान पहले काशी में ही था। देवि यशोधरा, काशी तो यहाँ से निकट है, मैंने सम्पूर्ण उत्तर भारत का पर्यटन किया है।"

"तो फिर आपने हिमालय पर्वत के भी दर्शन किए हैं ?"

"हाँ, हिमालय और हिन्दूकुश पर्वतों को भी मैंने देखा है। प्राकृतिक छटा का पूर्ण रूप तो पर्वतों में ही मिलता है।"–इस बार बीजगुप्त ने मृत्युंजय से कहा–"आर्यश्रेष्ठ, कितनी ही आश्चर्यजनक बातें मैंने वहाँ देखी हैं; पर एक घटना को मैं कभी नहीं भूल सका। उसे सुनकर दाँतों तले उँगली दबानी पड़ती है।"

यशोधरा ने कौतूहलवश पूछा–"क्या आप उस घटना को सुना सकते हैं ?"

"अवश्य !"–बीजगुप्त ने आरम्भ किया–"कोई दस वर्ष की बात है। उन दिनों मैं विद्यार्थी था। महाप्रभु रत्नाम्बर के साथ मैं देश-यात्रा को निकला। बड़े-बड़े नगर, उपवनों को पार करते हुए हम दोनों गंगा के किनारे चलते-चलते हरिद्वार पहुँचे। वहाँ सम-भूमि समाप्त हो गई। मस्तक पर आकाश उठाए हुए पर्वत-शिखर हमारे सामने खड़े थे। मैंने महाप्रभु रत्नाम्बर से पूछा–'अब आगे क्या है ?' उन्होंने कहा–'अज्ञात प्रदेश !' गंगा के तट पर एक व्यक्ति बैठा हुआ था। उसने सम्भवतः महाप्रभु का कथन सुन लिया। उसने कहा–'क्या कहा ? आगे अज्ञात प्रदेश है। ठीक कहते हो; पर इतना मैं कह देना अपना कर्तव्य समझता हूँ कि वही अज्ञात-देश देवताओं का निवास-स्थान है। इन्हीं पर्वत-प्रदेशों में कैलाश है, इन्हीं पर्वतीय देशों में गन्धर्व नृत्य करते हैं, अप्सराएँ क्रीड़ा किया करती हैं।' उस व्यक्ति की बात सुनकर महाप्रभु के मुख पर अविश्वास की मुस्कान झलक उठी; पर अनुभवरहित युवा की कल्पना अविश्वास को न अपना सकी। मैंने कहा–'बहुत सम्भव है ऐसा ही हो ! महाप्रभु ! इन पर्वतों पर चढ़कर उस पर्वत-प्रदेश में चलने में क्या कोई आपत्ति है ?'–'नहीं। यदि तुम चलना चाहते हो, तो मैं प्रस्तुत हूँ।'

हम दोनों और आगे बढ़े। उस प्रकृति-सौन्दर्य की हमने कल्पना तक

न की थी। वनों में रंग-विरंगे फूल खिले थे, जिससे पर्वतीय शीतल वायु अठखेलियाँ कर रहा था। पक्षी कलरव गायन कर रहे थे। चारों ओर शान्ति का साम्राज्य था। वहाँ कोलाहल न था, जनरव न था; केवल एक के ऊपर एक उठती हुई पर्वतमालाएँ थीं। मार्ग में ग्राम पड़ते थे। उनके निवासी गौरवर्ण के थे, उनकी स्त्रियाँ सुन्दरी थीं, वे रंग-विरंगे वस्त्र पहने थीं, वे हँसती थीं, और गाती थीं। उनमें लज्जा अथवा संकोच न था। मैं नवयुवक था, मैं उनके सौन्दर्य पर मोहित हो गया। उन स्त्रियों के झुंड-के-झुंड मधुर गान गाते हुए चलते थे। मैं यद्यपि उनकी भाषा न समझ सकता था; पर यह अनुमान कर सकता था कि उनका मधुर गान कवित्वमय है, और उसका विषय प्रेम है। मेरे मन ने कहा–'क्या यही अप्सराओं का प्रदेश है ?' हम और आगे बढ़े। ग्राम अब दूर-दूर और छोटे-छोटे मिलते थे। शीत अधिक तीव्र हो गया था, और फूल-फल भी कम मिलने लगे। एक प्रातः हमने सामने दूर पर एक सोने का पहाड़ देखा। मैं पागल-सा चिल्ला उठा–'गुरुदेव ! सामने कुबेर का सुमेर पर्वत है।'–महाप्रभु मेरी मूर्खता पर हँसने लगे।–'वह हिमालय है। हिम पर सूर्य की किरणें चमक रही हैं, और इसीलिए तुम्हें स्वर्ण का भ्रम हो रहा है।'– मैं अपनी मूर्खता पर लज्जित हो गया। हम और ऊपर चढ़े। अब पृथ्वी स्थान-स्थान पर बरफ से ढँकी थी–हमारा शरीर ठिठुरा जा रहा था। महाप्रभु रत्नाम्बर ने कहा–'अब लौट चलें।'–पर मैंने साहस किया।–'नहीं महाप्रभु ! उस हिम से ढँके हुए पर्वत के नीचे तक तो चलें ही।'–आगे बढ़कर हमें एक कुटी मिली। उस कुटी में उस समय केवल एक स्त्री बैठी हुई कुछ सोच रही थी। हम लोगों को देखकर उठ खड़ी हुई। उसने कहा–'अतिथियों का स्वागत है।'–महाप्रभु ने उस स्त्री को बड़े ध्यान से देखा। उन्होंने धीरे से मेरे कान में कहा–'यह निरापद स्थान नहीं, यहाँ से लौट चलना चाहिए।'–स्त्री हँस पड़ी–'वृद्ध अतिथि का अनुमान सत्य है, पर जब यहाँ तक आए ही हो, तो एक बात तो जान लो, जिसको तुम जीवन-भर कभी न भूल सकोगे !'–स्त्री की इस बात से महाप्रभु चकित हो गए, पर उसके अनुरोध को टालना उन्होंने उचित न समझा।

थोड़ी दूर चलकर हमने हिम की एक शिला पर एक योगी को बैठे हुए देखा। उसकी जटा उसके पैरों तक आ गई थी, नाखून सिंह के पंजों की भाँति थे। वह एकटक, जिस ओर से हम लोग आ रहे थे, उसी ओर देख रहा था। हम लोगों ने जाकर उसे अभिवादन किया। उसने आशीर्वाद देकर हमें अपने पास बिठलाया !–'आज न जाने कितने समय बाद मैंने किसी पुरुष को देखा है !'–उसने एक ठंडी साँस ली। उसके मुख पर करुणा तथा विषाद के भाव व्यक्त थे ! महाप्रभु ने उससे कहा–'देव ! आप दुखी हैं।'

'हाँ'–उसने उत्तर दिया–'दुखी हूँ और सुखी भी हूँ।'–इतना कहकर उसने पीछे की ओर संकेत किया।

हम लोगों ने उठकर पीछे देखा, और भय से काँप उठे। पीछे रक्त का एक कुंड था, जिसमें सीढ़ियाँ लगी हुई थीं। उस कुंड से दुर्गन्ध आ रही थी। महाप्रभु ने योगी से पूछा–'आप यह स्थान त्याग क्यों नहीं देते ?' उसने उत्तर दिया–'त्यागना चाहता हूँ, पर त्याग नहीं सकता। न जाने कितनी बार इस स्थान को छोड़ने की बात सोचता हूँ, पर सब व्यर्थ है। यह स्थान नहीं छूट सकता है–उफ !'

इसके बाद ज्ञान की बातें होती रहीं। उसने साधना तथा उपासना का महत्त्व हम लोगों को बतलाया। उस योगी का ज्ञान बहुत ऊँचा था। घंटों उस दुर्गन्ध को सहकर भी हम उसकी ज्ञान की बातें सुनते रहे। उस समय संध्या निकट आ रही थी। एकाएक योगी चिल्ला उठा–'समय आ गया।'–और वह उठकर तेजी के साथ उस कुंड की ओर भागा। हम लोग भी उसके पीछे दौड़े, केवल कौतूहलवश। योगी पागल-सा उस कुंड में कूद पड़ा। आश्चर्य की बात, उस कुंड में उस समय रक्त के स्थान में स्वच्छ तथा निर्मल जल था। उसके वे नारकीय जन्तु सुन्दर कमल-दलों में परिणत हो गए थे। हम लोग अवाक् रह गए। साथ ही हमने देखा कि उस कुंड में योगी के साथ एक स्त्री भी थी और वह स्त्री वही थी, जिसको हमने कुटी में देखा था। वे दोनों केलि कर रहे थे। स्त्री हँस रही थी। उसने पुकारकर हम लोगों से कहा–'मूर्खो ! खड़े-खड़े क्या देख

रहे हो ? आओ, यहाँ स्नान करो और जीवन का सुख भोगो।' मेरे मन में इच्छा हुई कि स्नान करूँ, और मैं अपने वस्त्र उतारने लगा। पर महाप्रभु ने मेरा हाथ पकड़कर जोर से खींचा। न जाने उनमें कितना बल था कि लाख विरोध करने पर भी मैं अपने को मुक्त न कर सका। वे मुझे खींचकर ले चले। उस समय वे चल रहे थे, दौड़ रहे थे। कुटी को पार करते हुए हम लोग पुराने मार्ग से लौट आए। महाप्रभु ने मुझसे बाद में कहा—'वत्स ! परमेश्वर को धन्यवाद दो कि हम लोग बच आए।'—उस दिन से कई वर्ष तक मेरे सामने उस स्त्री का चित्र नाचता रहा।''

यशोधरा ने पूछा—''इसका रहस्य भी क्या कभी महाप्रभु ने आपको बतलाया ?''

''नहीं ! महाप्रभु ने केवल इतना ही कहा—''संसार में कई ऐसी बातें हैं, जो समझ में नहीं आ सकतीं। उनमें एक वह भी थी।''

इसके बाद सब लोग भोजन-गृह में गए। आज यशोधरा के एक ओर बीजगुप्त और दूसरी ओर श्वेतांक था। भोजन करते हुए यशोधरा ने बीजगुप्त से कहा—''आर्य, आपकी कहानी अपूर्व है। उसको सुनकर मेरे हृदय में न जाने कैसी हलचल मच गई। मैं भी चाहती हूँ कि मैं ऐसी आश्चर्यजनक चीज देख पाती।''

बीजगुप्त ने हँसते हुए कहा—''देवि ! मनुष्य अनुभव प्राप्त नहीं करता, परिस्थितियाँ मनुष्य को अनुभव प्राप्त कराती हैं।''

श्वेतांक यशोधरा से बात करने का अवसर ढूँढ़ रहा था—''देवि ! अनुभव प्राप्त करने के लिए अभी समस्त जीवन पड़ा है।''

यशोधरा के मुख पर एक विचित्र प्रकार का भाव अंकित था—''सम्भवतः ! पर किसी के भी इस छोटे-से जीवन का प्रत्येक क्षण कितना मूल्यवान है। इस जीवन के इन क्षणों का व्यर्थ जाना क्या बुरा नहीं है ?''

बीजगुप्त हँस पड़ा—''हमारे प्रत्येक कार्य में अदृश्य का हाथ है। उसकी इच्छा ही सब कुछ है। और संसार में इस समय दो मत हैं। एक जीवन को हलचलमय करता है; दूसरा, जीवन को शान्ति का केन्द्र बनाना चाहता है। दोनों ओर के तर्क यथेष्ट सुन्दर हैं। यह निर्णय करना कि

कौन सत्य है, बड़ा कठिन कार्य है।''

श्वेतांक यह देख रहा था कि वह यशोधरा पर अपने व्यक्तित्व का इतना सुन्दर प्रभाव नहीं डाल सकता था, जितना बीजगुप्त। उसने एक बार फिर साहस किया—''देवि यशोधरा, मनुष्य को सुखी और सन्तुष्ट जीवन की आवश्यकता होते हुए भी उसमें हलचल का पुट होना ही चाहिए। प्रेम मनुष्य का निर्धारित लक्ष्य है। कम्पन और कम्पन में सुख, प्यास और तृप्ति—प्रेम का क्षेत्र यही है। जीवन में प्रेम प्रधान है। जीवन में आवश्यक है एक-दूसरे की आत्मा को अच्छी तरह से जान लेना—एक-दूसरे से प्रगाढ़ सहानुभूति और एक-दूसरे के अस्तित्व को एक कर देना ही प्रेम है, जीवन का सर्वसुन्दर लक्ष्य है।''

यशोधरा ने श्वेतांक को देखा—उसकी आँखें श्वेतांक की आँखों से मिल गईं। श्वेतांक का सारा शरीर पुलक उठा। कितनी देर तक यशोधरा श्वेतांक को देखती रही, यह नहीं कहा जा सकता, पर श्वेतांक के लिए वे थोड़े-से क्षण कितने मादक थे ! बीजगुप्त हँस पड़ा—''यही जीवन है !''—उसने धीरे से कहा।

यशोधरा की दृष्टि एकाएक श्वेतांक पर से हट गई। उसका मुख पीला न पड़कर लाल हो गया। श्वेतांक ने घबड़ाकर आँखें नीची कर लीं।

तेरहवाँ परिच्छेद

यशोधरा में आकर्षण भी था–वह आकर्षण कितना सुन्दर, कितना मधुर और कितना जीवनहीन ! यशोधरा के पास बैठकर मनुष्य पवित्रता को देख सकता था, पवित्रता को प्राप्त कर सकता था और पवित्र हो सकता था। फिर भी बीजगुप्त को सुख न था–उसको प्रसन्नता न थी। यशोधरा

के व्यक्तित्व में उसने एक ऐसे वातावरण का अनुभव किया, जिसका वह अभ्यस्त न था। यशोधरा की अभेद्य गम्भीरता में जीवन की एक मौन पहेली छिपी थी—उसके स्पष्ट, निश्छल तथा कवित्वहीन वार्तालाप में उस साधना का समावेश था, जिसका बीजगुप्त केवल आदर कर सकता था, जिसको अपना नहीं सकता था।

यौवन हलचल चाहता है। पग-पग पर वह कठिनाइयों को ढूँढ़ता है और अपनाता भी है। यौवन अपना अस्तित्व स्पष्ट रखने का पक्षपाती है—अपने व्यक्तित्व को वह कहीं मिटाना नहीं चाहता। वह उसे कहीं पीछे भी नहीं फेंकना चाहता है। साथ ही यौवन अपने जीवन में केवल उस व्यक्ति को चाहता है, जो स्पष्ट हो, प्रभावशाली हो। कई भिन्न-भिन्न शक्तियों के संगठित होकर एक हो जाने को ही क्रान्ति कहते हैं; पर वहाँ पर उन शक्तियों का केवल संगठन ही होता है। वे शक्तियाँ पृथक् होती हैं—किसी भी समय उनका पार्थक्य अनुभव किया जा सकता है।

इसीलिए बीजगुप्त के हृदय में यशोधरा की स्मृति एक भयमिश्रित सुख—एक भ्रममिश्रित अनुराग—एक जीवनहीन प्रेम के रूप में थी।

यशोधरा एक प्रतिमा थी, जिसे हृदय-मन्दिर में बिठलाकर पूजा जा सकता था; यशोधरा में नारीत्व के आदर्शवाद से युक्त पवित्रता थी। यशोधरा धर्म के विश्वास की प्रतिमूर्ति थी। यशोधरा की आँखों की सुधा में शान्ति थी, शीतलता थी। और बीजगुप्त जीवन चाहता था, हलचल चाहता था, अपनी नसों गें उष्ण रक्त का मादक प्रवाह चाहता था। इसीलिए बीजगुप्त अपने जीवन में यशोधरा को न चाहता था।

जिसने एक बार मदिरा पी ली—नहीं, जिसने एक बार मदिरा की मादकता को जान लिया, वह फिर मदिरा नहीं छोड़ सकता। बीजगुप्त चित्रलेखा से प्रेम करता था; चित्रलेखा को छोड़ देना उसके लिए असम्भव था।

जिस समय बीजगुप्त अपने भवन पहुँचा, उसे चित्रलेखा का पत्र मिला। पत्र सादा था—छोटा था; पर उस छोटे-से पत्र में जीवन की एक लम्बी कहानी थी, मनोविज्ञान का एक सम्पूर्ण ग्रंथ था। पत्र इस प्रकार था :

'पूज्य !

आज वह करने जा रही हूँ, जिसकी कभी आशा तक न की थी। मैंने तुमसे प्रेम किया है–और अब भी करती हूँ। प्रेम में त्याग की आवश्यकता होती है, उसी त्याग को कर रही हूँ। मैंने तुम्हारे जीवन को निरर्थक बना दिया था–एक योग्य पुरुष को मेरे प्रेम ने कर्तव्यच्युत कर दिया था। उसका प्रतिकार करने जा रही हूँ। मैंने अब भोग-विलास को तिलांजलि देकर संयम को अपनाना ही उचित समझा–और इसीलिए मैं योगी कुमारगिरि से दीक्षा ले रही हूँ। तुम्हें विवाह करना ही होगा; यदि अपने लिए नहीं, तो मेरे अनुरोध से। मेरे रहते हुए तुम अपना विवाह न करोगे, यह मैं जानती हूँ–इसलिए तुमसे अलग होना पड़ रहा है। रही मैं, मैं विधवा थी, प्रेमवश मैं कर्तव्यभ्रष्ट हुई; एक बार फिर अपना कर्तव्य-पालन करूँगी–वैधव्य के संयम का पालन करने का प्रयत्न करूँगी।

तुम्हारी–चित्रलेखा'

बीजगुप्त ने पत्र पढ़ा। पढ़ते-पढ़ते उसके हाथ काँपने लगे। उसका मुख पीला पड़ गया। उसका हृदय धड़कने लगा। उसने पत्र श्वेतांक को दे दिया और अपना मुख ढँककर वह अपने शयन-गृह में चला गया।

जिस बात के होने का बीजगुप्त को भय था, वह हो ही गई। चित्रलेखा और कुमारगिरि ! कितना विचित्र योग था ! बीजगुप्त कह उठा–"इन दोनों का अधिक दिनों तक साथ रहना–यह असम्भव है !"

पर इससे होता क्या था ? सम्भव अथवा असम्भव–बीजगुप्त को इससे क्या प्रयोजन था ? बीजगुप्त के सामने यह प्रश्न था कि चित्रलेखा कुमारगिरि की ओर क्यों आकर्षित हुई, क्या प्रेम इसी को कहते हैं ? क्या आत्मा का सम्बन्ध भी अस्थायी होता है ? क्या चित्रलेखा का यह वाक्य ठीक था–"आत्मा का सम्बन्ध अनादि नहीं है बीजगुप्त !"

पर यही बात कब निश्चित थी कि चित्रलेखा ने बीजगुप्त से प्रेम करना छोड़ दिया था–पत्र तो यह न कहता था। पत्र कुछ दूसरी ही कथा कहता था; वह कहता था कि चित्रलेखा ने प्रेम के सर्वोच्च आदर्श, त्याग

तथा आत्म-बलिदान को अपनाया है। चित्रलेखा ने बीजगुप्त को छोड़ा, बीजगुप्त को सुखी बनाने के लिए ! बीजगुप्त का हृदय उसके चित्रलेखा पर अविश्वास को धिक्कारने लगा। चित्रलेखा देवी थी। पर उसने भूल की—भयानक भूल की। बीजगुप्त के जीवन को सुखी न बनाकर उसने जीवन को दुखी बना दिया था। बीजगुप्त के लिए विवाह करना असम्भव था—वह केवल एक स्त्री से प्रेम करता था—वह चित्रलेखा थी, और विवाह और प्रेम में गहरा सम्बन्ध है।

बीजगुप्त सो न सका, वह उठा; उस समय अर्धरात्रि बीत चुकी थी। वह अपने भवन के बाहर निकला और कुमारगिरि की कुटी की ओर पैदल ही चल दिया।

कुमारगिरि की कुटी में प्रकाश हो रहा था। कुमारगिरि अपने आसन पर ध्यानावस्थित बैठे थे—चित्रलेखा एक कोने में कुशासन पर पड़ी सो रही थी। बीजगुप्त ने चित्रलेखा को वैभव की चमक में देखा था, शान्ति की छाया में नहीं। इस बार उसने नर्तकी को शान्ति की छाया में देखा। चित्रलेखा के शरीर पर आभूषण न थे, केसर का लेप न था, उतावलापन न था। उसके मुख पर शान्ति की एक मीठी मुस्कान शोभित थी; वह सम्भवतः अपने स्वप्न-लोक में शान्ति की देवी के चरणों पर लेटी हुई थी। बीजगुप्त चित्रलेखा के सिरहाने बैठ गया। एकटक वह चित्रलेखा को देखने लगा।

प्रातः हो गया। कुमारगिरि ने समाधि तोड़ी और चित्रलेखा ने अपने नेत्र खोले। दोनों ने एक साथ ही बीजगुप्त को देखा और दोनों एक साथ कह उठे—"अरे बीजगुप्त !"

कुमारगिरि के मुख पर आश्चर्य था।

चित्रलेखा के मुख पर भय था।

बीजगुप्त ने कुमारगिरि को प्रणाम किया—उसने चित्रलेखा को भी प्रणाम किया। कुमारगिरि ने आशीर्वाद दिया, चित्रलेखा ने अपने नेत्र बन्द कर लिए। बीजगुप्त ने धीरे से कहा—"चित्रलेखा !"

"बीजगुप्त !"

बीजगुप्त बहुत कुछ कहने आया था; पर वह सब कुछ भूल गया। बहुत साहस करके उसने कहा—"क्या तुमने निर्णय कर लिया ?"

चित्रलेखा का मस्तक अपराधिनी की भाँति झुक गया, उसके नेत्र से दो आँसू गिर पड़े, उसने धीरे से कहा—"बीजगुप्त ! तुम जो कुछ देख रहे हो, यही मेरा अन्तिम निर्णय है।"

"पर इस निर्णय पर फिर से विचार करने का तुमको अधिकार प्राप्त है। निर्णय करने के पहले क्या तुम्हें मुझसे पूछना आवश्यक न था ? क्या तुमने मुझको अपने जीवन से इतना पृथक् समझा कि तुमने मुझसे अपने हृदय की बात बतलाने की आवश्यकता नहीं प्रतीत की ? चित्रलेखा ! प्रेम एक-दूसरे के भेदभाव को नहीं देखता; प्रेम दो हृदयों की अभिन्नता का द्योतक है। तुम समझती हो कि तुम अपने इस निर्णय से मुझे विवाह के लिए बाध्य कर सकोगी; पर तुम्हारी धारणा गलत है। तुम अपने इस निर्णय से मुझे सुखी न बना सकोगी—इतना विश्वास रखना। मैंने अपने जीवन में केवल तुमसे प्रेम किया, और साथ ही तुम्हारे सिवा मैं किसी से प्रेम नहीं कर सकता। मेरा विवाह असम्भव है।"

चित्रलेखा बीजगुप्त के चरणों पर गिर पड़ी। एक बार उसकी इच्छा हुई कि वह उठ खड़ी हो और बीजगुप्त के साथ चल दे, पर एकाएक वह रुक गई। वह बहुत दूर चली आई थी, उसका पीछे जाना असम्भव था। बीजगुप्त के चरणों पर वह सिसक-सिसककर रोने लगी—बीजगुप्त ने उठा लिया। शान्त होकर चित्रलेखा ने कहा—"बीजगुप्त ! तुम पूज्य हो; तुम मनुष्य नहीं हो, देवता हो। मैं तुम्हें जानती हूँ; पर साथ ही मैं यह भी जानती हूँ कि मैंने तुमसे प्रेम करके तुम्हारे जीवन को निरर्थक बना दिया है। बीजगुप्त, तुम्हारा विवाह होना ही चाहिए—तुम मुझसे प्रेम करते हो, मुझे सुखी बनाना तुम्हारा कर्तव्य है। मुझे तब तक सुख न होगा, जब तक मैं तुम्हें विवाहित न देखूँगी और तुम्हारी सन्तान से माता न कहलाऊँगी। तुम विवाह कर लो; और यह याद रखना बीजगुप्त कि मैं तुमसे सदा प्रेम करती रहूँगी। क्या प्रेम का प्रधान अंग भोग-विलास ही है ? क्या बिना भोग-विलास के प्रेम असम्भव है ? मैं तुमसे इस समय केवल शारीरिक सम्बन्ध तोड़ रही हूँ; इसकी

अपेक्षा हमारा आत्मिक सम्बन्ध और दृढ़ हो जाएगा।''

बीजगुप्त ने केवल इतना ही कहा–''चित्रलेखा, फिर सोच लो ! तुम मुझसे जो कुछ करने को कह रही हो, वह असम्भव है।''

चित्रलेखा ने बीजगुप्त के गले में हाथ डालते हुए कहा–''बीजगुप्त ! कुछ दिनों तक हम दोनों अलग रहकर देखें, शायद तुम कुछ दिनों के बाद विवाह करने को प्रस्तुत हो जाओ। क्या प्रेम में वियोग नहीं होता ? उस वियोग को ही हम थोड़ा-सा सहन करें !''

बीजगुप्त उठ खड़ा हुआ–''जो कुछ कहना था वह कह चुका, मानना और न मानना तुम पर निर्भर है। जैसा तुम चाहती हो, वैसा ही सही, पर थोड़े दिनों के बाद ही तुमको यह स्पष्ट हो जाएगा कि तुम गलती कर रही हो !''–इतना कहकर वह वहाँ से चल दिया। चित्रलेखा उसके साथ उसे राजमार्ग तक पहुँचाने के लिए हो ली। राजमार्ग पर वह रुकी। उसने बीजगुप्त का चुम्बन लिया। बीजगुप्त ने उस चुम्बन में इतनी मादकता देखी, इतना गहन प्रेम देखा, जितना कई वर्षों से उसने अनुभव न किया था। बिदा होते हुए चित्रलेखा ने बीजगुप्त का चरण पकड़कर कहा–''बीजगुप्त ! सम्भवतः मैं अनुचित कर रही हूँ–उसके लिए क्षमा करना !''

बीजगुप्त को बिदा करके चित्रलेखा कुटी में लौट आई। उस समय कुमारगिरि कुछ सोच रहे थे। चित्रलेखा को उन्होंने आसन पर बैठने का आदेश देते हुए पूछा–''चित्रलेखा ! तुमने मुझसे कहा था कि तुम मुझसे प्रेम करती हो ! क्या यह ठीक था ?''

चित्रलेखा ने आश्चर्यान्वित होकर पूछा–''हाँ ! पर उससे क्या ?''

''और तुमने अभी बीजगुप्त से कहा कि तुम उससे प्रेम करती हो, और बराबर प्रेम करती रहोगी !''

''हाँ, यह भी ठीक है !''

''पर क्या तुम्हारा दो व्यक्तियों से एक साथ प्रेम करना सम्भव है ?'' कुमारगिरि के प्रशान्त मुख-मंडल पर अविश्वास की एक हल्की छाप थी।

''क्या आप समझते हैं कि यह असम्भव है ? गुरुदेव, पुरुष दो विवाह कर सकता है, और वह दोनों पत्नियों से प्रेम कर सकता है; फिर स्त्री क्यों ऐसा

नहीं कर सकती ? स्त्री अपने पति से उतना ही प्रेम कर सकती है, जितना अपने पुत्र से। आत्मिक सम्बन्ध कई व्यक्तियों से एक साथ सम्भव है।''

''चित्रलेखा ! या तुम मुझे धोखा देना चाहती हो या बीजगुप्त को, और या अपने ही को।''

''मैं आपको धोखा नहीं दे रही हूँ–इतना विश्वास रखिए, गुरुदेव। बहुत सम्भव है कि मैं बीजगुप्त को धोखा दे रही हूँ या अपने ही को।''

''नहीं चित्रलेखा ! एक बार फिर अच्छी तरह से सोच लो। मेरे साथ रहकर तुम बीजगुप्त से प्रेम न कर सकोगी, इतना निश्चय समझो। मेरे साथ रहकर तुम्हें संसार के ऊपर उठना पड़ेगा। मेरे पास तपस्या और साधना का शुष्क क्षेत्र है; हृदय की दुर्बलता का यहाँ काम नहीं है। मैं तुमको समय देता हूँ कि तुम एक बार फिर सोच लो !''

''सोच लिया है गुरुदेव, अच्छी तरह से सोच लिया है। मैं जैसा तुम कहोगे वैसा ही करूँगी; तुम्हारे कहने से मैं ममत्व तक छोड़ने को तैयार हूँ, संसार तो फिर भी सरल है !''

कुमारगिरि चित्रलेखा को समझ न सके। चित्रलेखा में एक असाधारण व्यक्तित्व था, और वह व्यक्तित्व कितना प्रभावशाली था ! कुमारगिरि के हृदय में एक बार फिर यह विचार आया कि वे चित्रलेखा को दीक्षा देने से इनकार कर दें। उन्होंने चित्रलेखा से कहना आरम्भ कर दिया–''देवि चित्रलेखा ! मैं तुम्हें समझने में असमर्थ हूँ; तुम्हारा व्यक्तित्व मेरे व्यक्तित्व से नीचा नहीं है। इसलिए दीक्षा देना मुझे कहाँ तक उचित होगा, इसका निर्णय करना होगा। जब तक मैं इसका निर्णय न कर लूँ...''

कुमारगिरि का वाक्य पूरा न हो पाया था कि विशालदेव ने कुटी में प्रवेश किया। विशालदेव को देखकर कुमारगिरि रुक गए। अपना वाक्य पूरा न कर सके। विशालदेव ने कुमारगिरि के चरण छुए, इसके बाद उसने चित्रलेखा को अभिवादन किया। विशालदेव इसके बाद चला गया।

विशालदेव के जाने के बाद कुमारगिरि हँस पड़े–''भगवान् का यही आदेश मालूम होता है कि मैं तुम्हें दीक्षा दूँ, तुम्हें अपने साथ रखूँ और अपनी परीक्षा दूँ। नर्तकी, अभी मैंने जो कुछ कहा, उस पर ध्यान न देना।''

चौदहवाँ परिच्छेद

दिन के बाद रात, और रात के बाद दिन।

सुख के बाद दुख, और दुख के बाद सुख।

बिना रात के दिन का कोई महत्त्व नहीं है, और बिना दिन के रात्रि का कोई महत्त्व नहीं। बिना दुख के सुख का कोई मूल्य नहीं है, और

बिना सुख के दुख का कोई मूल्य नहीं।

यही परिवर्तन का नियम है। संसार परिवर्तनशील है। मनुष्य उसी संसार का एक भाग है। बीजगुप्त मनुष्य था–उसने सुख देखा था, उसके लिए दुख को भी जानना आवश्यक था। पर बीजगुप्त अपने दुख के भार से विचलित हो उठा। जिस बात की उसने कल्पना तक न की थी, वही हो गई। उसे आश्चर्य यह था कि वह जीवित क्यों है। बीजगुप्त के लिए उसका जीवन भार हो गया।

फिर भी मनुष्य सुख और दुख सहने के लिए बनाया गया है; किसी एक से मुख मोड़ लेना कायरता है। बीजगुप्त इसका अनुभव करता था। चित्रलेखा के वियोग के दुख को उसने साहसपूर्वक सहन करना ही निश्चित किया।

एक बाधा थी। पाटलिपुत्र में रहते हुए उसको चित्रलेखा से मिलने का अवसर मिल सकेगा; फिर वियोग की तपस्या का मूल्य ही क्या ?

इससे भी बड़ी एक दूसरी बात थी। अन्य सामन्तगणों को जब यह मालूम हो जाएगा कि चित्रलेखा बीजगुप्त को छोड़कर साधना में रत हो गई है, तो वह उनको किस प्रकार मुख दिखला सकेगा ?

तीसरी बात बहुत स्पष्ट थी। क्या यशोधरा उसके प्रेम को प्रभावित कर सकती है ?

बीजगुप्त दोपहर-भर इस समस्या को सुलझाने का प्रयत्न करता रहा। पर बात जितनी ही सुलझाई जाती थी, उतनी ही उलझती चली जाती थी। अन्त में वह ऊब उठा। उस बात पर अधिक सोचने से उसके हृदय में एक दुःसह पीड़ा होने लगती है। सन्ध्या के समय उसने श्वेतांक से कहा–"श्वेतांक ! मेरा एक प्रस्ताव है।"

"वह क्या ?"

"हम लोग काशी चलें–कुछ दिनों तक देश-पर्यटन करने की मेरी इच्छा है।"

"इतनी जल्दी !"–श्वेतांक ने आश्चर्य से पूछा। यशोधरा से अपने बढ़ते हुए प्रेम को वह पुष्ट करना चाहता था, और इसके लिए श्वेतांक

को पाटलिपुत्र में रहना आवश्यक था—"दस-पाँच दिन हम लोग क्या अभी नहीं ठहर सकते ? प्रबन्ध करने को बहुत कम समय है।"

बीजगुप्त ने शुष्क भाव से उत्तर दिया—"नहीं, परसों ही चलना पड़ेगा, प्रबन्ध तो क्षणों में होगा। मेरी तथा अपनी यात्रा का प्रबन्ध करना पड़ेगा।"

"जैसी स्वामी की आज्ञा !"

श्वेतांक रात-भर जागता रहा। बीजगुप्त का यह निर्णय उसे अच्छा न लगा, पर वह कर ही क्या सकता था ! उसने सोचा कि वह बीजगुप्त के साथ चलने से इनकार कर दे, पर इसका उसे साहस न पड़ा। इनकार करना उसकी नीचता होगी, उसका हृदय यह कहता था। प्रातःकाल उठकर उसने बीजगुप्त से कहा—"आर्य, आपकी आज्ञा चाहता हूँ कि मैं आर्य मृत्युंजय से मिल आऊँ।"

कारण जानते हुए भी बीजगुप्त ने कहा—"क्यों ?"

"बाहर जा रहा हूँ, अधिक दिनों तक बाहर रहने की सम्भावना है। उनसे बिदा माँगने जा रहा हूँ।"

"तुम जा सकते हो।"—बीजगुप्त मन-ही-मन मुस्कराया। एक प्रेम करने पर पछता रहा था, दूसरा प्रेम करने को उत्सुक था।

श्वेतांक मृत्युंजय के यहाँ पहुँचा। मृत्युंजय बाहर गए थे। श्वेतांक ने यशोधरा को अपने आने की सूचना दिलवाई।

विश्राम-भवन में यशोधरा श्वेतांक से मिली। अभिवादन करके दोनों बैठ गए और थोड़ी देर तक दोनों मौन बैठे रहे। श्वेतांक ने आरम्भ किया—"देवि ! कल आर्य बीजगुप्त के साथ मैं पाटलिपुत्र छोड़ रहा हूँ। इसलिए आज तुम लोगों से बिदा माँगने आया हूँ। सम्भवतः अधिक दिनों तक बाहर रहना पड़े।"

श्वेतांक यशोधरा के मुख को देख रहा था; पर यशोधरा के मुख पर कोई भाव-परिवर्तन न हुआ—"क्या बीजगुप्त बाहर जा रहे हैं; पर कल तो आर्य बीजगुप्त ने हम लोगों से अपने पाटलिपुत्र से जाने की कोई बात नहीं कही थी !"

श्वेतांक को यशोधरा की अपनी ओर यह उदासीनता बुरी लगी–वह तिलमिला उठा–"हाँ देवि ! चित्रलेखा ने आर्य बीजगुप्त का साथ छोड़कर योगी कुमारगिरि से दीक्षा ले ली !"

इस बार यशोधरा चौंक उठी–"क्या कहा ! चित्रलेखा ने विराग ग्रहण कर लिया है ? बड़े आश्चर्य की बात है। हाँ, आर्य बीजगुप्त को इससे अवश्य दुख हुआ होगा।"–यशोधरा ने कुछ देर तक मौन रहकर फिर कहा–"मैं चित्रलेखा से मिलते ही जान गई थी कि वह देवी है, आर्य बीजगुप्त के लिए वह सबसे बड़ा त्याग कर सकती है।"

श्वेतांक अपने प्रहार से स्वयं ही घायल हुआ, उसकी प्रतिहिंसा भड़क उठी–"और आर्य बीजगुप्त चित्रलेखा को छोड़कर दूसरी स्त्री से प्रेम नहीं कर सकते, मैं उन्हें जानता हूँ, इसलिए अपना हृदय बहलाने वे बाहर जा रहे हैं। उनका दुख इतना प्रबल है कि यदि वे बाहर न जाकर पाटलिपुत्र में रहेंगे, तो बहुत सम्भव है, वे आत्महत्या कर लें।"

इस बार यशोधरा का मुख पीला पड़ गया–"ठीक कहते हो श्वेतांक ! आर्य बीजगुप्त को मैं भी कुछ-कुछ समझ सकी हूँ और मैं तुम्हारी बात में सार देखती हूँ। जितने उच्च कोटि के मनुष्य आर्य बीजगुप्त हैं, उसको देखते हुए मैं उनको दोष नहीं दे सकती। इस बात से उन पर मेरी श्रद्धा और बढ़ गई।"

श्वेतांक क्रोध से पागल हो गया–"यशोधरा ! एक नर्तकी के प्रेम में इतना पागल हो जाना, आर्य बीजगुप्त के लिए या किसी अन्य पुरुष के लिए कहाँ तक उचित है, यह अभी नहीं जान सका हूँ। दूसरी बात और है। क्या दुख पड़ने पर इतना अधीर हो जाना, मनुष्य में एक निर्बल व्यक्तित्व का द्योतक नहीं है ?"

यशोधरा श्वेतांक के इस अकारण क्रोध का कारण न समझ सकी, उसने गम्भीरतापूर्वक कहा–"आर्य श्वेतांक ! बहुत सम्भव है, जो कुछ तुम कहते हो वह उचित हो, मैं तुम्हारी बात का खंडन नहीं करती; पर इतना अवश्य कहूँगी कि इसमें बीजगुप्त का कोई दोष नहीं है। देवि चित्रलेखा आर्य बीजगुप्त की दृष्टि में और उनके जीवन में नर्तकी न थीं,

वे उनकी पत्नी के तुल्य थीं। इतना मैं जानती हूँ, तुम जानते हो और सारा विश्व जानता है। साथ ही प्रत्येक व्यक्ति में कमजोरियाँ होती हैं, मनुष्य पूर्ण नहीं है। उन कमजोरियों के लिए उस व्यक्ति को बुरा कहना और शत्रु बनाना उचित नहीं; क्योंकि इस प्रकार एक मनुष्य किसी व्यक्ति का मित्र नहीं हो सकता। संसार के प्रत्येक व्यक्ति को वह बुरा कहेगा, और प्रत्येक व्यक्ति उसका शत्रु हो जाएगा। फलतः उसका जीवन भार हो जाएगा। मनुष्य का कर्तव्य है, दूसरे की कमजोरियों पर सहानुभूति प्रकट करना।''

श्वेतांक की विरोध की भावना ने उसका सारा ज्ञान ढँक लिया था– ''सहानुभूति और दया का कर्तव्य में कोई स्थान नहीं। कमजोरी की निन्दा करके व्यक्ति से उन कमजोरियों को दूर करना उचित होता है।''

यशोधरा हँस पड़ी–''मनुष्य को पहले अपनी कमजोरियों को दूर करने का प्रयत्न करना चाहिए। आर्य श्वेतांक, दूसरों के दोषों को देखना सरल होता है, अपने दोषों को न समझना संसार की एक प्रथा हो गई है। मनुष्य वही श्रेष्ठ है, जो अपनी कमजोरियों को जानकर उनको दूर करने का उपाय कर सके।''

यशोधरा का अन्तिम वाक्य श्वेतांक के हृदय में तीर-सा चुभ गया। वह यह निर्णय न कर सका कि यशोधरा ने उसी पर वह व्यंग किया था। पर यशोधरा ने जो कुछ कहा था–वह ठीक था, वह बीजगुप्त पर लागू होता था; क्योंकि बीजगुप्त अपनी कमजोरियाँ जानता था और उनको दूर करने का प्रयत्न कर रहा था। वह वाक्य श्वेतांक पर लागू होता था, क्योंकि वह दूसरों के दोषों की मीमांसा कर रहा था, प्रतिहिंसा के अपने भाव को बुरा न समझता था। उसका मुख पीला पड़ गया। काँपते हुए धीमे स्वर में कहा–''आर्य बीजगुप्त को तुम्हारे सामने बुरा कहना अनुचित था–मैं क्षमा चाहता हूँ, और आगे से मैं अपने दोषों को दूर करने का प्रयत्न करूँगा।''

''आर्य बीजगुप्त को तुम्हारे सामने बुरा कहना अनुचित था।''– यशोधरा क्रोध से लाल हो गई। पर एक क्षण में ही उसे श्वेतांक के

अकारण क्रोध का कारण मालूम हो गया, और दूसरे ही क्षण उसका मुख सफेद हो गया—"आर्य श्वेतांक ! तुम बड़े भ्रम में हो। मैं आर्य बीजगुप्त से प्रेम नहीं करती—तुमसे यह स्पष्ट कह देना ही उचित होगा।"—यशोधरा की आँखों में आँसू भर आए—उसने अपना मुख अंचल में छिपा लिया।

श्वेतांक के मुख से यह वाक्य अचानक ही, बिना उसकी इच्छा से निकल पड़ा था, और इसके लिए उसे दुख था; पर बात मुख से निकल ही गई, उसको वह लौटा न सकता था। उसने यशोधरा के सामने हाथ जोड़कर कहा—"देवि यशोधरा ! मुझे क्षमा करना। मैंने बहुत बड़ा अपराध किया—पर उस समय मैं अपने आपे में न था। तुम शायद नहीं जानतीं कि मैं इतना कटु क्यों हो गया।"

"क्यों ?"—कारण का अनुमान करते हुए भी, उसको स्पष्ट रूप से सुनने की लालसा से शायद यशोधरा ने पूछा।

"इसलिए कि मैं तुमसे प्रेम करता हूँ।"

यशोधरा ने श्वेतांक को देखा, उसके निःसंकोच नेत्र श्वेतांक के नेत्रों से मिल गए—"बड़े आश्चर्य की बात है आर्य श्वेतांक !"

इस बात ने श्वेतांक को निस्तेज कर दिया। इस बात में कितनी गूढ़ता थी, कितना भयानक सत्य इस छोटे-से वाक्य में छिपा था—यशोधरा श्वेतांक से प्रेम न करती थी। श्वेतांक कह उठा—"मैं जानता हूँ कि तुम मुझसे प्रेम नहीं करती हो देवि, पर मैं तो तुमसे प्रेम करता हूँ। मैं यह तुमसे कहता भी न, क्योंकि प्रेम किया जाता है, कहा नहीं जाता है; पर क्या करूँ ! इस समय प्रसंग ही ऐसा आ गया। अपनी कटुता के लिए और अपने दुःसाहस के लिए मैं तुमसे क्षमा माँगता हूँ !"

यशोधरा उठ खड़ी हुई—"क्षमा-याचना की कोई आवश्यकता नहीं, आर्य श्वेतांक ! मैं तुम्हें दोष नहीं देती। जीवन में ऐसी बातें तो नित्यप्रति हुआ करती हैं, कहाँ तक क्षमा-याचना करते फिरोगे ? अच्छा, अब मैं जाती हूँ, देखूँ कि पिताजी आ गए।"

यशोधरा चली गई। श्वेतांक ने अब अनुभव किया कि उसने एक बहुत बड़ी भूल की। वह मिलने आया था यशोधरा से—भाग्यवश यशोधरा

से बातचीत भी एकान्त में हो सकी, और काफी अधिक, शायद इससे भी अधिक हो सकती–यदि वह अपनी मूर्खता से यशोधरा को क्रोधित न कर देता। उसे अपनी मूर्खता पर क्रोध आ रहा था। उसने सोचा कि अब उसका वहाँ बैठना अनावश्यक है–जिस काम के लिए वह आया था, वह बनने की जगह बिगड़ गया। वह उठा; वह बाहर चलने ही वाला था कि यशोधरा के साथ मृत्युंजय ने कमरे में प्रवेश किया। मृत्युंजय को देखकर वह रुक गया, और उसने मृत्युंजय को अभिवादन किया।

मृत्युंजय ने श्वेतांक को बैठने का आदेश देते हुए कहा–"बैठो वत्स श्वेतांक, मैंने सुना है कि तुम आर्य बीजगुप्त के साथ देश-भ्रमण करने जा रहे हो–क्या यह ठीक है ?"

श्वेतांक ने मुस्कराने का प्रयास करते हुए उत्तर दिया–"आर्यश्रेष्ठ ! कल ही हम लोग चले जावेंगे।"

"कहाँ जाने का विचार है ?"

"काशी !"

"और लौटने का कब तक विचार है ?"

"यह नहीं कह सकता–यह तो पूर्णतः आर्य बीजगुप्त पर निर्भर है।"

यशोधरा ने अपने पिता से कहा–"पिताजी, आप कभी देश-भ्रमण को क्यों नहीं निकलते ? मैं कभी काशी नहीं गई, इस अवसर पर आर्य बीजगुप्त के साथ आप भी काशी हो आवें।"

बात बुरी न थी, और पाटलिपुत्र से काशी निकट भी है। मृत्युंजय ने कहा–"पुत्री, इतनी जल्दी कैसे यह सम्भव हो सकता है ?"

"सब कुछ सम्भव है। पिताजी, यदि आप आज्ञा दें, तो चलने का प्रबन्ध आज संध्या के समय तक हो सकता है।"

मृत्युंजय हँस पड़े–"यशोधरा, तुम्हारा यह पहला साग्रह अनुरोध है, उसे टालना मेरी सामर्थ्य के बाहर है; यदि प्रबन्ध कर सकती हो, तो कर लो, और देखो, मुझे तुम कोई कष्ट न देना।"

श्वेतांक का खिन्न मन और भी खिन्न हो गया। अवश्य ही यशोधरा बीजगुप्त से प्रेम करती थी, तभी तो वह इतनी जल्दी काशी चलने को

तैयार हो गई, पर श्वेतांक ने अपने हृदय को यह समझाकर शान्त किया कि बीजगुप्त तो यशोधरा से प्रेम नहीं करता है; इतने दिनों तक साथ रहकर यशोधरा यह समझ जाएगी कि कौन व्यक्ति उससे प्रेम करता है।

यशोधरा ने श्वेतांक से कहा—''आर्य श्वेतांक, हम लोग भी तुम्हारे साथ चलेंगे—यह याद रखना और आर्य बीजगुप्त से भी कह देना !''

मृत्युंजय ने हिचकिचाते हुए कहा—''यशोधरा ! पहले प्रबन्ध तो कर लो ! यदि कल तक तुम प्रबन्ध न कर सकी, तो आर्य बीजगुप्त का एक दिन यों ही व्यर्थ जाएगा।''

''प्रबन्ध न कर सकी ? कैसी बात कर रहे हैं पिताजी ! आर्य श्वेतांक, हम लोग अवश्य चलेंगे।''

श्वेतांक उठ खड़ा हुआ—''तो फिर आज्ञा चाहता हूँ। आर्यश्रेष्ठ ! मैं आर्य बीजगुप्त से यह कह दूँगा।''—इस बार उसने यशोधरा से कहा—''देवि ! यदि प्रबन्ध में कुछ कष्ट हो, तो मैं सेवा करने को प्रस्तुत हूँ—संध्या समय मैं आ सकता हूँ।''

यशोधरा हँस पड़ी—''धन्यवाद आर्य ! सन्ध्या समय जब आप आवेंगे, तो यदि कोई कार्य आपके योग्य होगा, तो बतलाऊँगी।''

श्वेतांक चला गया। जाकर उसने बीजगुप्त से कहा—''स्वामी ! आर्यश्रेष्ठ मृत्युंजय अपनी कन्या के साथ कल काशी की यात्रा करना चाहते हैं, उन्होंने आपसे कहलवाया है कि यदि यात्रा साथ हो, तो अच्छा हो।''

बीजगुप्त इस प्रस्ताव के लिए तैयार न था। जिन कारणों से वह देश-यात्रा करना चाहता था, उनमें से एक तो उसके साथ ही चल रहा था, पर अब हो ही क्या सकता था ! बीजगुप्त ने अनमने भाव से उत्तर दिया—''अच्छी बात है !''

पन्द्रहवाँ परिच्छेद

यशोधरा ने अपना कथन पूरा किया। उसने अपने चलने का प्रबन्ध कर लिया। दूसरे दिन सब लोगों ने काशी को प्रस्थान कर दिया।

उस समय सन्ध्या हो गई थी। ग्रीष्म ऋतु की रात सुहावनी होती है; पर बीजगुप्त के लिए वह रात सुहावनी न थी। चतुर्दशी का चाँद पूरब

दिशा के क्षितिज पर जल रहा था, और बीजगुप्त के हृदय में एक ज्वाला जल रही थी। दास और दासियों के झुंड-के-झुंड मशाल हाथों में लिये हुए साथ थे—मशाल के उन शोलों में बीजगुप्त ने अपने हृदय में जलते हुए शोलों का प्रतिबिम्ब देखा। वह मौन था।

बीजगुप्त के रथ पर बीजगुप्त था और श्वेतांक भी। मृत्युंजय के साथ यशोधरा थी।

आधी रात बीत चुकी थी। चाँदनी छिटक रही थी। मार्ग के समीपवर्ती उद्यानों से बेला और चमेली की भीनी-भीनी सुगन्ध चारों ओर फैल रही थी। श्वेतांक ने निस्तब्धता भंग करते हुए कहा—"क्या रात को विश्राम करना उचित न होगा ?"

बीजगुप्त उस समय कुछ सोच रहा था। क्या सोच रहा था, यह वह स्वयं ही न जानता था। एक के बाद एक अनेक विचार उसके मस्तिष्क में उठते थे और लोप हो जाते थे। उस मानसिक अवस्था में उसे समय का कुछ भी ज्ञान न हो सका था। उसी समय मृत्युंजय का रथ उसके रथ के निकट आ गया। यशोधरा ने कहा—"आर्य बीजगुप्त ! क्या विश्राम करना उचित होगा ?"

बीजगुप्त चौंक उठा—उसने आकाश की ओर देखा। चन्द्रमा आकाश के पूर्वी भाग को छोड़कर पश्चिमी भाग की ओर बढ़ गया था। उसने श्वेतांक से कहा—"श्वेतांक ! रथ रोक दो, और देखो किसी समीपवर्ती वाटिका में ठहरने का कोई प्रबन्ध हो सकता है ?"

रथ रुक गया और बीजगुप्त के रथ रोकने के साथ ही अन्य रथ भी रुक गए। श्वेतांक रथ से उतरकर वाटिका की तलाश में चला गया। बीजगुप्त ने मृत्युंजय से कहा—"आर्यश्रेष्ठ ! क्षमा कीजिए। मुझे समय का कुछ भी अनुमान न था, आपको कष्ट हुआ होगा। पर अर्धरात्रि बीत चुकी है। यदि उचित समझिए तो हम लोग आगे बढ़ते चलें। प्रातःकाल सूर्योदय के समय तक किसी ग्राम में पहुँचकर वहाँ दिन-भर विश्राम करें, क्योंकि यहाँ दोपहर की गर्मी से बचने का सम्भवतः प्रबन्ध न हो सकेगा, और इस धूप में प्रातःकाल फिर चलना उचित न होगा।"

मृत्युंजय ने कुछ सोचकर कहा–"ठीक कहते हो आर्य बीजगुप्त, आगे बढ़ चलना ही उचित होगा।"

थोड़ी देर बाद श्वेतांक लौट आया, उसने कहा–"यहाँ एक बहुत सुन्दर बाटिका है, उसमें एक विशाल भवन भी है। वह वाटिका सामन्त... की भूमि है। ठहरने का बड़ा सुन्दर प्रबन्ध है।

"सामन्त...की वाटिका है ?"–मृत्युंजय कह उठे–"तो फिर यहाँ के प्रबन्ध में कोई त्रुटि न होगी। आर्य बीजगुप्त, मैं इस वाटिका में ठहर चुका हूँ। सामन्त...का एक सुन्दर प्रासाद भी यहाँ है।"

रथ वाटिका में मोड़ दिए गए। माली ने सामन्तों का स्वागत किया। उद्यान में अतिथियों के पलंग लगा दिए गए। सब लोग थके थे ही, सो गए; पर बीजगुप्त को नींद न आई।

बीजगुप्त कहाँ जा रहा था ? क्यों जा रहा था ? इन प्रश्नों ने उसके मस्तिष्क को चक्कर में डाल रखा था। वह काशी जा रहा था, शान्ति पाने के लिए, अपनी मानसिक पीड़ा को दूर करने के लिए, अपने कर्तव्य से च्युत न होने के लिए। वह पाटलिपुत्र छोड़ आया था, यशोधरा से दूर रहने के लिए, चित्रलेखा से दूर हटने के लिए। पर यशोधरा से वह दूर न हट सका। यशोधरा उसके और निकट आ गई। शायद उससे भी निकट एक होते हुए नहीं आवे। 'असम्भव !' बीजगुप्त किंचित् जोर से कह उठा। बीजगुप्त यशोधरा से प्रेम न कर सका। उसकी दृष्टि के आगे से यशोधरा हट गई, चित्रलेखा आई। चित्रलेखा कौन थी, उसके जीवन से चित्रलेखा का क्या सम्बन्ध था ? चित्रलेखा उसकी प्रेमिका थी, पत्नी थी। वह चित्रलेखा से प्रेम करता था, चित्रलेखा उससे प्रेम करती थी। क्या वह अब भी प्रेम करती थी ? शायद 'हाँ', शायद 'न' ! 'हाँ' इसलिए कि उसने बीजगुप्त को छोड़ा था, उसी के हित के लिए। 'हाँ' इसलिए कि उसने कुमारगिरि के सामने स्वीकृत किया था। 'नहीं' इसलिए कि वह बिना उसकी इच्छा के उसके जीवन को भार बनाते हुए चली गई।

यही सोचते-सोचते बीजगुप्त को कलरव-गान सुनाई दिया। पूर्व दिशा में प्रकाश की प्रथम रश्मि अपना स्वर्णांचल फैलाए हुए प्रातःकालीन पवन

से अठखेलियाँ कर रही थी और तारे पीले पड़कर एक के बाद एक अपना अस्तित्व मिटाते चले जा रहे थे। उसने देखा कि उससे थोड़ी दूर पर यशोधरा खड़ी हुई बेले की अधखिली कली पर के हिमजल के साथ खेल रही है। बीजगुप्त उठ खड़ा हुआ। नित्यकर्म से निवृत्त होकर वह वाटिका में सुगन्धित तथा शीतल समीर से अपने तप्त हृदय को शान्त करने आया। यशोधरा के हाथ में फूल थे, उसने बीजगुप्त को बुलाया–"आर्य बीजगुप्त, देखो–प्रकृति के इस सुन्दर रूप को तो देखो ! यहाँ कितना उल्लास है, कितनी शान्ति है, और कितना सौन्दर्य है ! सारे जगत की चिन्ता, उसकी तृष्णा और अभिशाप से भरी हलचल से दूर, अति दूर यहाँ पर निष्कलंक जीवन तितलियों के रंगीन परों के साथ अठखेलियाँ कर रहा है।"

बीजगुप्त पास आ गया। वह यशोधरा के पार्श्व में खड़ा हो गया। उसने एक बार अपने चारों ओर देखा–"देवि यशोधरा, मुझे प्रकृति में कोई सुन्दरता नहीं दिखलाई देती ?"

"प्रकृति में आपको सुन्दरता नहीं दिखलाई देती !"–यशोधरा ने आश्चर्यचकित नेत्रों से बीजगुप्त को देखा–"आर्य बीजगुप्त, क्या आप सत्य कह रहे हैं या हँसी कर रहे हैं ?"

"हँसी नहीं कर रहा हूँ देवि ! मैं सत्य कह रहा हूँ। तुम कह रही हो कि प्रकृति सुन्दर है, मुझे प्रकृति कुरूप दिखलाई देती है।"

यशोधरा बीजगुप्त की बात मानने को तैयार न थी–"आर्य बीजगुप्त, देखो ! यह दूर्वादल कितना कोमल है, कितना सुन्दर है ! मेरी तो इच्छा होती है कि मैं यहीं इस दूर्वादल पर रहूँ, यहीं बैठूँ और इसी पर विश्राम करूँ।

बीजगुप्त मुस्कराया–"नहीं, यह न करना देवि ! यहाँ पास कोई वैद्य भी नहीं है, जिससे उपचार कराया जा सके। तुम कहती हो, दूर्वादल कोमल है, सुन्दर है; केवल इसलिए कि तुमने खुले में जीवन नहीं व्यतीत किया। इस दूर्वादल में कितने कीड़े-मकोड़े हैं, इस पर भी कभी ध्यान दिया है ? और दूर्वादल में नमी है। यदि इस पर तुम अधिक देर तक

विश्राम करो, तो निश्चय ही तुम्हें शीत हो जाएगा। देवि, प्रकृति असुविधाजनक है, अपूर्ण है।''

यशोधरा ने नई बात सुनी; पर बात बड़े आकर्षक ढंग से कही गई थी। तर्क सुन्दर थे, यशोधरा के लिए वे अकाट्य थे। वह कह उठी–''प्रकृति अपूर्ण है ?''

''हाँ, प्रकृति अपूर्ण है। प्रकृति के अपूर्ण होने के कारण ही मनुष्य ने कृत्रिमता की शरण ली है। दूर्वादल कोमल है, सुन्दर है, पर उसमें नमी है, उसमें कीड़-मकोड़े मिलेंगे। इसीलिए मनुष्य ने मखमल के गद्दे बनवाए हैं जिनमें न नमी है, और न कीड़े-मकोड़े हैं, साथ ही जो दूर्वादल से कहीं अधिक कोमल हैं। जाड़े के दिनों में प्रकृति के इन सुन्दर स्थानों की कुरूपता देखो, जहाँ कुहरा छाया रहता है, जब इतनी शीतल वायु चलती है कि शरीर काँपने लगता है। गरमी के दिनों में दोपहर के समय इतनी कड़ी लू चलती है कि शरीर झुलस जाता है। प्रकृति की इन असुविधाओं से बचने के लिए ही तो मनुष्य ने भवनों का निर्माण किया है। उन भवनों में मनुष्य उत्तरी हवा को रोककर जाड़ों में अँगीठी से इतना ताप उत्पन्न कर सकता है कि उसे जाड़ा न लगे। उन भवनों में जवासे तथा खस की टट्टियों को लगाकर मनुष्य गरमी में इतनी शीतलता उत्पन्न कर सकता है कि उसे मधुमास का-सा सुख मिले। प्रकृति मनुष्य की सुविधा नहीं देखती, इसलिए वह अपूर्ण है।''

''ये पुष्प कितने कोमल हैं; इनमें कितनी मादक सुगन्ध है ! यह कलरव-गायन कितना मधुर है। कितना मन को लुब्ध करनेवाला संगीत है। कोयल के स्वर में कितनी मिठास है और करुणा है।''

''ये पुष्प कोमल हैं ? ठीक है; पर इनमें काँटे भी तो हैं। न जाने कितने छोटे-छोटे भुनगे इन फूलों के अन्दर घुसे हुए हैं। रही इनकी कोमलता तथा इनकी सुगन्ध, ये क्षणिक हैं। फिर इनकी सुगंध किस काम की ? एकान्त में ये अपना सौरभ व्यर्थ गँवा देते हैं। और इस कलरव-गायन में माधुर्य हो सकता है। केवल स्वरों का। यह कलरव-गायन, इसमें संयत भाषा न होने के कारण, उस भावहीन संगीत की भाँति है, जिसमें

स्वरों का उतार-चढ़ाव नहीं है। इस संगीत में सप्त स्वर एक साथ गूँज उठते हैं। इस कलरव-गायन से कहीं अच्छा मानव कंठ का संगीत होता है। और कोयल में केवल पंचम है, जिसको अधिक देर तक सुनने से चित्त ऊब उठता है। कोयल क्या कहती है, यह कोई नहीं जानता। शायद वह कुछ भी नहीं कहती।''

यशोधरा चकित हो गई। उसके भवन में एक उद्यान था जहाँ उसने प्रकृति को देखा था। वह प्रकृति की सुन्दरता पर मुग्ध थी; पर आज बीजगुप्त के तर्कों को सुनकर उसने सोचा कि वह कितने भ्रम में थी। आगे एक कृत्रिम प्रपात था। उस प्रपात से दूर हटकर कपोतों के झुंड-के-झुंड एक कृत्रिम नहर में नहा रहे थे। यशोधरा उस ओर बढ़ी, बीजगुप्त उसके साथ हो लिया। मन्त्रमुग्ध की भाँति यशोधरा उस सौन्दर्य को निरख रही थी। उसने धीरे से कहा–''ये कपोत कितने सुखी हैं ! आपस में किस प्रकार ये खेल रहे हैं ! इनमें ईर्ष्या, घृणा, दुष्टता तथा अन्य अवगुण, जो मनुष्य में पाए जाते हैं, नहीं हैं। जी चाहता है कि मेरे भी पंख होते और मैं कपोती होती।''

बालिका की सरलता पर बीजगुप्त हँस पड़ा–''देवि यशोधरा ! मैं तुम्हें विश्वास दिलाता हूँ कि यदि तुम कपोती होतीं, तो मनुष्य बनना चाहतीं। तुम समझती हो कि ये कपोत सुखी हैं, निश्चिन्त हैं, इनके शत्रु नहीं हैं; यह तुम्हारा भ्रम है। अभिलाषा के पूर्ण होने को सुख कहते हैं, अभिलाषा के पूर्ण न होने को दुख कहते हैं। क्या तुम जानती हो कि इन कपोतों को सब अभिलाषाएँ पूर्ण हो जाती हैं ? प्रश्न तो यह है कि क्या इनके अभिलाषाएँ होती भी हैं ? मनुष्य इन पशुओं तथा पक्षियों से श्रेष्ठ इसलिए है कि उसके अभिलाषाएँ होती हैं और वह अभिलाषा को पूर्ण करके सुखी होता है। मनुष्य कर्त्ता है, पैदा होकर अकर्मण्यता का जीवन व्यतीत करके मर जाने के लिए नहीं बनाया गया है; वह बनाया गया है कर्म करने के लिए। पशु और पक्षी भोजन के लिए किस बुरी तरह से झगड़ते हैं ! फिर भी यह याद रखना, मनुष्य को अपने भोजन के लिए परिश्रम करना पड़ता है–वह हल चलाता है और अन्न उत्पन्न

करता है। पर पशु और पक्षी प्रकृति के पदार्थों पर रहते हैं। पृथ्वी के कीड़े-मकोड़ों को खाकर पक्षी जीवित रहते हैं—पशुओं में तो एक-दूसरे को खा जाते हैं। इन कपोतों के शत्रु बाज जब इन पर झपटते हैं, तब इनकी दशा देखो ! इन्हें कितनी चिन्ता रहती है ? ये कितने विवश हैं !''

यशोधरा आश्चर्य से बीजगुप्त को देख रही थी। बीजगुप्त ने कुछ रुककर कहा—''देवि यशोधरा ! तुम समझती होगी कि प्राकृतिक वातावरण में रहनेवाले मनुष्य सुखी हैं, पर एक बात याद रखना, मनुष्य अपनी स्थिति से कभी सन्तुष्ट नहीं रहता। तुम राज-प्रासाद में पली हो, राज-प्रासाद में तुम्हें कोई रुचि नहीं, उसकी सुन्दरता तथा उसकी सार्थकता के प्रति तुम उदासीन हो; उदासीन ही नहीं, कभी-कभी तुम्हारी उस वातावरण को छोड़ने की इच्छा भी होती होगी। तुम इस प्रकृति के निकटस्थ झोंपड़ियों में सुख देखती होगी, तुम ग्रामों में खुली हवा में पशुओं के साथ प्रकृति से क्रीड़ा करने की सुखद कल्पना के वशीभूत हो जाती हो, ठीक है, स्वाभाविक है; पर जरा इन ग्रामवासियों से तो पूछो—ये लोग यही कहेंगे कि जो सुख है वह महलों में है, दास-दासियों से घिरे रहने में है। फिर हमारे वे प्रपितामह, जिन्होंने ये महल बनवाए हैं, कभी ग्रामवासी रहे होंगे ही। उन्होंने ग्राम छोड़कर नगर क्यों बसाए ? इसीलिए कि प्रकृति की कुरूपता को तथा उसकी असुविधाओं को उन्होंने कृत्रिमता से दूर करना उचित समझा। यह बाटिका जिस पर तुम मोहित हो रही हो, स्वयं कृत्रिम है। यदि प्रकृति देखना चाहती हो, तो जंगलों में जाओ, जहाँ सिंह अपनी खून की प्यासी जीभ को लिये हुए फिरा करते हैं—जहाँ बड़ी-बड़ी घास में विषधर सर्प अकारण ही लोगों को काटकर मृत्यु के घाट उतारने को प्रस्तुत रहते हैं। इस कृत्रिम नहर को छोड़ो और नदियों को देखो, वहाँ मगर और घड़ियाल मनुष्य का भोजन करने के लिए जल में छिपे हुए ताक लगाए बैठे रहते हैं। तब तुम देखोगी कि सुख और सौन्दर्य प्रकृति में है, या कृत्रिमता में है।''

बीजगुप्त अपनी बात कह रहा था और यशोधरा आश्चर्य से उसके मुख की ओर देख रही थी। अभी तक वह बीजगुप्त को केवल एक

चरित्रवान् व्यक्ति ही समझती थी, आज उसे मालूम हुआ कि बीजगुप्त में उच्च चरित्र के साथ उच्च कोटि का मस्तिष्क भी है। बीजगुप्त की विद्वत्ता से, उसकी मौलिकता से और उसके तर्कों से वह चकित हो गई। उसे ऐसा प्रतीत हुआ कि बीजगुप्त के प्रति उसकी श्रद्धा भक्ति में परिणत होती जा रही है। उसने कुछ देर तक मौन रहकर कहा—"आर्य बीजगुप्त, धृष्टता के लिए क्षमा कीजिएगा, एक प्रश्न है, आपने यह सब कहाँ और कब पढ़ा ?"

प्रश्न वास्तव में अनुचित था; पर बीजगुप्त ने उस पर ध्यान न दिया—"देवि यशोधरा ! संसार की पाठशाला में अनुभव की शिक्षा-प्रणाली से परिस्थितियों ने मुझे सब पढ़ाया है। और अब जलपान का समय हो गया है—क्या चलना उचित न होगा ?"—इतना कहकर बीजगुप्त भवन की ओर मुड़ा। यशोधरा भी मुड़ी और बीजगुप्त के साथ वह लौटी।

बीजगुप्त प्रसन्न न था, यह उसके मुख से स्पष्ट था। यशोधरा ने पूछा—"आर्य बीजगुप्त, आज अन्यमनस्क क्यों हैं ? आप दुखी हैं। इस दुख का कारण क्या आप बतला सकते हैं ?"

एक ठंडी साँस लेकर बीजगुप्त ने कहा—"हाँ, देवि यशोधरा ! मैं दुखी हूँ; पर मेरे दुख का कारण सुनकर क्या करोगी ? तुम्हारा उस कारण को न जानना ही उचित है।"

"क्या वह कारण गुप्त है ?"

"नहीं, मेरे जीवन की कोई बात गुप्त नहीं है। गुप्त वे बातें रखी जाती हैं, जो अनुचित होती हैं। गुप्त रखना भय का द्योतक है, और भयभीत होना मनुष्य के अपराधी होने का द्योतक है। मैं जो करता हूँ, उसे उचित समझता हूँ, इसलिए उसे कभी गुप्त नहीं रखता। कारण मैं तुम्हें इसलिए नहीं बतलाना चाहता था कि अपने दुख से दूसरों को दुखी करना अनुचित है।"

यशोधरा चुप हो गई; उसने अनुभव किया कि वह इस विषय पर बातें छेड़कर बीजगुप्त को अधिक दुखित बना रही है। इस समय वे दोनों भवन तक पहुँच गए थे। आर्यश्रेष्ठ मृत्युंजय तथा श्वेतांक इन लोगों की

प्रतीक्षा कर रहे थे; जलपान का प्रबन्ध हो गया था। यशोधरा दौड़कर मृत्युंजय के गले से लिपट गई–"पिताजी, आज आर्य बीजगुप्त ने मुझे ऐसी बातें बतलाईं जिनसे मेरी आँखें खुल गईं। मेरी पुरानी धारणाओं को इन्होंने बिलकुल निर्मूल साबित कर दिया–आर्य बीजगुप्त बहुत बड़े विद्वान् हैं, यह मुझे आज मालूम हुआ।"–उस समय यशोधरा बीजगुप्त की ओर देख रही थी।

यशोधरा ने श्वेतांक की ओर दृष्टि डाली। श्वेतांक का मुख पीला था। ऐसा मालूम होता था कि श्वेतांक पीड़ित है। यशोधरा ने श्वेतांक का हाथ पकड़कर कहा–"आर्य श्वेतांक ! क्या तुम अस्वस्थ हो ?" इतना कहकर यशोधरा श्वेतांक की नाड़ी की परीक्षा करने लगी–"नहीं ! तुम्हें ज्वर तो नहीं है, फिर तुम्हारा मुख इतना पीला क्यों है ?"

"श्वेतांक सम्भवतः ठीक तरह से विश्राम न कर सकने के कारण थक गया है !"–बीजगुप्त ने कहा–"श्वेतांक ! तुम दोपहर-भर सो लो।"

यशोधरा श्वेतांक का हाथ पकड़े खड़ी थी, और श्वेतांक के मुख का पीलापन धीरे-धीरे लोप होता जा रहा था। उसने कहा–"नहीं, मैं अस्वस्थ नहीं हूँ–थोड़ा थक गया हूँ, विश्राम से ठीक हो जाऊँगा।"

जलपान करने के बाद बीजगुप्त ने श्वेतांक से कहा–"मैं बहुत थका हूँ, इस समय मैं शयन करूँगा। जिस समय भोजन तैयार हो जाए, उस समय तुम मुझको जगा लेना। और तुम आर्य मृत्युंजय के साथ बैठो–वे ऐसा न समझें कि हम लोग उनकी कोई परवा नहीं करते।"

मृत्युंजय तथा यशोधरा के साथ बैठकर श्वेतांक बातें करता रहा।

यशोधरा ने प्रातःकाल की प्रकृति के विषय की बातचीत सुनाई, मृत्युंजय बीजगुप्त के तर्कों को सुनकर आश्चर्यचकित हो गए। फिर उन्होंने कहा–"श्वेतांक ! आर्य बीजगुप्त कुछ अस्वस्थ-से दिखलाई देते हैं ?"

श्वेतांक के उत्तर देने से पहले ही यशोधरा ने कहा–"हाँ, मेरा भी ऐसा अनुमान है, और आर्य बीजगुप्त से मैंने पूछा भी। उन्होंने स्वीकार कर लिया कि वे दुखी हैं; पर जब मैंने कारण पूछा, तो उन्होंने कहा कि

वे कारण न बतलाएँगे।''—इस बार यशोधरा की दृष्टि श्वेतांक की ओर थी।

मृत्युंजय ने कहा—''बहुत-सी बातें ऐसी होती हैं, जो गुप्त होती हैं।''

''सम्भवतः—यद्यपि मनुष्य में गुप्त भेदों का होना उसकी दूषित प्रवृत्ति का द्योतक है। मनुष्य अपनी बातें गुप्त इसलिए रखता है कि वह भय खाता है कि कहीं समाज यदि उन बातों को जान जाए, तो उसकी समालोचना न करे, या उसको बुरा न कहे। फिर भी मैं इतना कह सकती हूँ कि बीजगुप्त के दुख का कारण गुप्त नहीं है, उन्होंने मुझसे स्वयं यह कहा था।''

''और शायद यह परिभाषा भी कि 'मनुष्य में गुप्त भेदों का होना उसकी कलुषित प्रवृत्ति का द्योतक है', आर्य बीजगुप्त की है !''—श्वेतांक ने व्यंग्यात्मक हँसी हँसते हुए कहा।

''नहीं, समर्थ के लिए इसमें गलती नहीं—जो व्यक्ति समाज को ठुकराकर जीवित रह सकता है, उसके लिए यह सिद्धान्त सर्वथा उचित है; पर संसार समर्थ नहीं है। मुझे ही ले लो; मैं आर्य बीजगुप्त का सेवक हूँ। उनकी आज्ञा ही मेरी इच्छा है—मेरा कर्तव्य है। मुझमें भी व्यक्तित्व है; पर वह व्यक्तित्व किस काम का ? मैं पराधीन हूँ। कभी विरोध की स्वाभाविक आग मेरे उर को प्रज्वलित कर देती है। उस समय उस विरोध की आग को प्रकट करके कलह उत्पन्न कर लेना उचित होगा या उस आग को दबाकर कर्तव्यरत हो जाना उचित होगा ? इसका उत्तर स्पष्ट है।''

मृत्युंजय ने कहा—''वत्स श्वेतांक ! तुम्हारा यह विरोध अनुचित है, और इसलिए उसको गुप्त रखना उचित होगा !''

यशोधरा ने धीरे से कहा—''तुम्हारा यह विरोध उचित है, आर्य श्वेतांक ! मुझे तुम्हारी इस अवस्था पर दुख है।''

श्वेतांक ने यशोधरा की आँखों में सहानुभूतिमिश्रित प्रेम की एक आभा देखी।

सोलहवाँ परिच्छेद

कुछ ऐसे व्यक्ति होते हैं, जो दूसरों को अपनी ओर आकर्षित कर लेते हैं, जो दूसरे व्यक्तित्व को आकर्षित करके उसको दबा देते हैं और उसको अपना दास बना लेते हैं। चित्रलेखा का व्यक्तित्व भी ऐसा ही था। यद्यपि चित्रलेखा अपनी इस आकर्षण-शक्ति से भली भाँति परिचित न थी; पर

अनजाने में ही वह उसका प्रयोग करती थी, और कुमारगिरि अपने को रोक न सका।

कुमारगिरि की कुटी में कुमारगिरि और चित्रलेखा का साथ हुआ। कुमारगिरि चित्रलेखा से दूर हटना चाहते थे; पर वह सदा अपने को चित्रलेखा के निकट पाते थे, इस पर उन्हें आश्चर्य होता था। चित्रलेखा कुमारगिरि के साथ उसी कुटी में रहने लगी। जिस समय कुमारगिरि ध्यान लगाकर बैठते थे, चित्रलेखा कुटी में आ जाती थी और वह एक गृहिणी की भाँति कुटी का प्रबन्ध करती थी। पर कुमारगिरि ध्यानावस्थित न रह सकते थे। उनके नेत्र खुल जाते थे और एक क्षण के लिए चित्रलेखा को देख लेते थे। दूसरे ही क्षण अवश्य वह अपनी आँखें फिर बन्द कर लेता था, वह प्रयत्न करते थे कि वे फिर से ध्यानावस्थित हो जाएँ; पर यह उनके लिए असम्भव था।

और चित्रलेखा ! वह कुमारगिरि की कुटी में गई थी कुमारगिरि से प्रेम करने–पर कुटी में पहुँचकर उसकी भावना बदल गई। वह साधना तथा तपस्या को सीखना चाहती थी–वह कुमारगिरि के मार्ग में बाधा न पहुँचाना चाहती थी।

उस दिन दीपक जल चुका था, और रात्रि दो प्रहर बीत चुकी थी। कुमारगिरि के ध्यान-मग्न होने का समय आ गया था, वे अपने आसन पर बैठ गए। कुमारगिरि ने नेत्र बन्द किए; पर वे ध्यान-मग्न न हो सके। चित्रलेखा ने जब देखा कि कुमारगिरि ध्यानावस्थित हो गए, वह कुटी में आ गई और अपने आसन पर बैठ गई।

चित्रलेखा के पैरों की आहट सुनते ही कुमारगिरि ने नेत्र खोल दिए, धीरे से उन्होंने कहा–''देवि चित्रलेखा !''

चित्रलेखा चौंक उठी। वह समझे हुए थी कि कुमारगिरि ध्यानावस्थित हो गए हैं। उसने उठते हुए कहा–''क्षमा करना गुरुदेव ! मुझसे भूल हो गई कि मैं आपके ध्यानावस्थित होने के पहले ही चली आई–मैं जाती हूँ, जिससे आपको कोई बाधा न पहुँचे।''

कुमारगिरि मुस्कराए–''जाने की कोई आवश्यकता नहीं, तुम यहीं

बैठो। आज अभी समाधि न लगाऊँगा, तुमसे कुछ बातचीत करूँगा।''

चित्रलेखा बैठ गई।

''चित्रलेखा ! मैं सोच रहा था कि क्या मनुष्य कर्म-मार्ग तथा धर्म-मार्ग दोनों ही साथ-साथ नहीं अपना सकता ?''

''मैं नहीं समझी ?''

''तुम जब दीक्षा लेने आई थीं, उस दिन तुमने कहा था कि मुझसे प्रेम करती हो ?''

''हाँ–और मैंने सत्य कहा था।''

''और प्रेम के क्या अर्थ होते हैं ?''

''प्रेम के अर्थ होते हैं दो आत्माओं के सम्बन्ध को स्थापित करना।''

कुमारगिरि थोड़ी देर तक मौन रहे–''तो इस परिभाषा के अनुसार प्रेम केवल दो आत्माओं में ही हो सकता है। दो मनुष्यों में ही प्रेम हो सकता है, मनुष्य और ब्रह्म में प्रेम नहीं हो सकता ?''

''पर आपके मतानुसार आत्मा ब्रह्म का एक भाग है, इसलिए ब्रह्म से भी इस परिभाषा के अनुसार प्रेम हो सकता है।''–चित्रलेखा ने उत्तर दिया।

''आज मैंने एक नई बात सोची है देवि चित्रलेखा ! विराग मनुष्य के लिए असम्भव है; क्योंकि विराग नकारात्मक है। विराग का आधार शून्य है–कुछ नहीं है। ऐसी अवस्था में जब कोई कहता है कि वह विरागी है, गलत कहता है; क्योंकि उस समय वह यह कहना चाहता है कि उसका संसार के प्रति विराग है। पर साथ ही किसी के प्रति उसका अनुराग अवश्य है, और उसके अनुराग का केन्द्र है ब्रह्म। जीवन का कार्यक्रम है रचनात्मक, विनाशात्मक नहीं; मनुष्य का कर्तव्य है अनुराग, विराग नहीं। 'ब्रह्म' से 'अनुराग' के अर्थ होते हैं ब्रह्म से पृथक् वस्तु की उपेक्षा, अथवा उसके प्रति विराग। पर वास्तव में यदि देखा जाए, तो विरागी कहलानेवाला व्यक्ति वास्तव में विरागी नहीं, वरन् ईश्वरानुरागी होता है। यह बात अधिक महत्त्व की नहीं है; दूसरी बात महत्त्व की है। क्या संसार से विराग और ब्रह्म से अनुराग–ये दोनों एक चीज हैं ?''

चित्रलेखा कुमारगिरि की इन बातों को सुनकर घबड़ा गई। वह कुमारगिरि की मनःप्रवृत्ति को जानती थी, वह शायद कुमारगिरि की कमजोरी को भी समझती थी। उसने कहा–"देव ! मैं इसका उत्तर देने में असमर्थ हूँ। मैं गुरुदेव से ज्ञान पाने को आई हूँ–मैं गुरुदेव से जीवन के लक्ष्य को देखने आई हूँ। ब्रह्म को जानने के लिए आई हूँ।"

कुमारगिरि का मस्तक झुक गया, उनकी साधना ने उनके अपराधी हृदय को दबा दिया।–"ठीक कहती हो देवि चित्रलेखा ! ज्ञान तर्क की कोई चीज नहीं है, अनुभव की चीज है। यह कुतर्क मुझमें क्यों उठ पड़ा, मैं स्वयं ही नहीं जानता, पर वास्तव में यह तर्क बड़ा प्रबल हो गया है। इस प्रश्न का उत्तर देना पड़ेगा कि क्या संसार के प्रति उदासीन रहकर ईश्वर से अनुराग किया जा सकता है ? जब तक इस प्रश्न का उत्तर न दे लूँगा तब तक मुझे शान्ति न मिलेगी।"

चित्रलेखा ने अपने को टटोला–उसने अपने में एक विचित्र प्रकार का परिवर्तन पाया। वह पहले चली थी कुमारगिरि से प्रेम करने–उसने अब अनुभव किया कि वह कुमारगिरि से प्रेम न कर सकती थी, न उनकी पूजा कर सकती थी और न उनसे सीख सकती थी। नगर के अशान्तिमय जीवन से वह घबड़ा गई थी; निर्जन की शान्ति में, सात्त्विकता की आभा में, विश्वास के परदे पर उसने सुख देखा, जीवन के आमोद-प्रमोद से वह ऊब उठी थी, अतिसुख उसके लिए उत्पीड़न हो गया था। कुमारगिरि की कुटी के प्रशान्त वातावरण में चित्रलेखा ने सुख देखा, तृप्ति देखी।

कुमारगिरि कुछ थोड़ी देर तक सोचते रहे। इसके बाद उन्होंने फिर कहा–"देवि चित्रलेखा ! मैं तुम्हें अभी तक नहीं समझ पाया हूँ; पर मेरा हृदय यह कहता है कि हमारा साथ बहुत दिनों का है।"

कुमारगिरि के पास आने के पहले चित्रलेखा ने भी यही सोचा था– "सम्भवतः ! पर गत जीवन की भावना इतनी अस्पष्ट है कि उसे देख नहीं पाती हूँ।"

कुमारगिरि हँस पड़े–"सम्भव है, मेरी धारणा गलत हो; पर देवि चित्रलेखा ! एक बात ठीक-ठीक बतलाना। तुममें एक आकर्षण-शक्ति

है, उस आकर्षण-शक्ति को तुमने कहाँ पाया है ?''

चित्रलेखा का मुख लाल हो गया। कई वर्ष बाद उसने प्रथम बार लज्जा का अनुभव किया, उसका मुख झुक गया–''गुरुदेव ! मुझमें आकर्षण-शक्ति है, यह मैं नहीं जानती।''

कुमारगिरि उठ खड़े गए। उठकर वे टहलने लगे। उन्होंने कहा–''आज समाधि में मन नहीं लगता–निराकार के आधार पर अपने मन को स्थिर रखना आज कितना कठिन मालूम होता है, यह क्यों ?''–इस बार कुमारगिरि का स्वर तीव्र हो गया–''निराकार की उपासना आज कठिन क्यों मालूम होती है–हृदय कह रहा है–साकार ! साकार !'' उस समय तक कुमारगिरि चित्रलेखा के पास आ गए थे, वे रुक गए और उन्होंने अपने नेत्र चित्रलेखा पर गड़ा दिए–''नर्तकी ! मैंने अभी तक निराकार की उपासना की है, अब साकार को अपनाने की इच्छा हो रही है, समझीं ? मैं एक प्रयोग करने जा रहा हूँ–उस प्रयोग में तुम्हें मेरी सहायता करनी पड़ेगी, उठो।''

चित्रलेखा काँप उठी। उसने योगी के मुख पर एक धुँधली छाया देखी। योगी का सुन्दर और शान्त मुख-मंडल विकृत हो उठा। अपने द्वारा प्रज्वलित की गई योगी की आग के शोलों की भयानकता को देखकर वह डर गई। वह उठ खड़ी हुई। उस समय उसकी शक्तियाँ लोप होती हुई मालूम पड़ रही थीं।

कुमारगिरि ने चित्रलेखा का हाथ पकड़ लिया–चित्रलेखा सिर से पैर तक सिहर उठी। उसे ऐसा मालूम हुआ, मानो उसके हाथों पर जलते हुए लोहे के छड़ पहना दिए गए हों। योगी का सारा शरीर जल रहा था–''साकार को अपनाने का प्रयोग कर रहा हूँ नर्तकी ! इस साकार की भावना को तुमने मेरे हृदय में जाग्रत किया है, इसलिए तुम्हें मेरे इस प्रयोग में साथ देना पड़ेगा–नहीं, लक्ष्य बनाना पड़ेगा, समझीं ?''

चित्रलेखा सब कुछ समझती थी–इसी के लिए वह वहाँ आई भी थी; पर उसने जिस बात की कल्पना की थी, वह न मिली। वह मलय समीरण से अठखेलियाँ करने आई थी, ज्वालामुखी में जलने न आई थी।

उसने कहा—"गुरुदेव !"

कुमारगिरि ने चित्रलेखा को आलिंगन-पाश में कसकर बाँध लिया, उसके अधर चित्रलेखा के अधरों से मिल गए, उसने कहा—"नर्तकी ! मैं तुमसे प्रेम करता हूँ।"

चित्रलेखा कुमारगिरि के गरम श्वास से जली जा रही थी। उसने साहस किया। बल लगाकर उसने अपना मुख कुमारगिरि के मुख से हटा लिया—"गुरुदेव ! आप मार्ग-च्युत हो रहे हैं—आप अपनी साधना से विरत हो रहे हैं !"—कुमारगिरि के हाथ का बन्धन टूट गया। वह चौंककर पीछे हट गए। उनकी आँखों का पागलपन एक क्षण में ही लोप हो गया। उनका मुख पीला पड़ गया—"अरे मैं क्या कर रहा था ?"—कुमारगिरि कह उठे—"मुझे क्षमा करना देवि !"—कुमारगिरि तेजी से कुटी के बाहर चले गए।

चित्रलेखा वहीं बैठ गई। बैठकर, जो कुछ हुआ उस पर सोचने लगी। वह कुमारगिरि के पास आई थी—और अब वह कुमारगिरि के पास से जाना चाहती थी।

चित्रलेखा भूमि पर लेट गई और सिसक-सिसककर रोने लगी। उसने बुरा किया—यह उसने अनुभव किया। वह स्वयं गिरी और उसने दूसरे को गिराया। इन्हीं बातों को सोचते-सोचते वह सो गई।

कुमारगिरि कुटी से बाहर निकलकर खुले मैदान में घूमने लगे। कुछ देर पहले उनका शरीर जल रहा था, अब उनका मस्तिष्क जल रहा था। पहली जलन में सुख था, दूसरी जलन में दुख था। अपने कार्य-क्षेत्र से और अपनी साधना से वे बुरी तरह से गिर रहे थे। अपनी निर्बलता पर विजय पाना उनका कर्तव्य था।

सामने गहरा अन्धकार था। पीछे पाटलिपुत्र के दीपक टिमटिमा रहे थे। कुमारगिरि के पैर उस अन्धकार की ओर उठ गए—"नहीं, मेरे लिए अपने को रोकना असम्भव है, गिरना अनिवार्य है। अपने को बचाना ही होगा।"—वे कह उठे। उस समय तक वे अपनी कुटी से काफी दूर निकल आए थे।

एकाएक उनके अन्दर से किसी ने कहा—"क्या तुम कायर नहीं हो ?"

उन्होंने पूछा—"क्यों ?"

उत्तर मिला—"तुम कहाँ जा रहे हो ? अपनी निर्बलता पर विजय पाना ही तो सबसे बड़ी साधना है। जब तक तुम स्वयं अपने को नहीं जीत लेते, तब तक तुम अपूर्ण हो, इसीलिए तो चित्रलेखा तुम्हारे पास आई है कि तुम अपने पर विजय पाओ। क्या तुम चित्रलेखा से भय खाते हो ? चित्रलेखा तो तुम्हें गिरने को नहीं प्रेरित करती। तुम अपने ही से भय खाते हो। निर्बलता तुममें ही है; उसे दूर करो ! साधना तुम्हारे पास ही है, तुम जाते कहाँ हो ?"

कुमारगिरि रुक गए—"तो फिर ऐसा ही सही,"—उन्होंने धीरे से कहा और वे अपनी कुटी की ओर लौट पड़े। जिस समय उन्होंने अपनी कुटी में प्रवेश किया, उस समय चित्रलेखा सो गई थी। उसके कपोलों पर के आँसू सूख चुके थे, पर जहाँ-जहाँ से आँसुओं की धारा बही थी, उन स्थानों पर लकीर पड़ गई थी। चित्रलेखा के सिरहाने कुमारगिरि खड़े हो गए। वे चित्रलेखा के मुख की ओर कुछ देर तक देखते रहे। वे चित्रलेखा के मुख पर झुके—उस समय उन्होंने चित्रलेखा के अधरों पर मुस्कराहट देखी; अपने अधर को चित्रलेखा के अधरों से उन्होंने मिला दिया; पर स्पर्श के साथ ही वह चौंककर पीछे हट गए। चित्रलेखा के अधर कितने ठंडे थे, कितने निर्जीव थे !

कुछ सोचते हुए वे अपने आसन पर बैठ गए। उन्होंने समाधि लगाने का फिर प्रयत्न किया; पर वे ध्यानावस्थित न हो सके। इसके बाद वे लेट गए। और भविष्य में अपने ऊपर विजय पाने का संकल्प करते हुए वे सो गए।

सत्रहवाँ परिच्छेद

प्रातःकाल चित्रलेखा जब उठी; उसने देखा कि नित्य के नियम के प्रतिकूल कुमारगिरि सो रहे थे। वह बाहर आई, उस समय उसके सिर में दर्द हो रहा था। उसका सारा शरीर जल रहा था। रात-भर उसने बुरे-बुरे स्वप्न देखे थे। उसका हृदय धड़क रहा था।

उस समय सूर्योदय हो रहा था। कलरव के स्वर उस प्रातःकालीन समीर में गूँज रहे थे, जिसकी चाल नवविकसित कलिकाओं के सौरभ-भार से मन्द पड़ गई थी। चित्रलेखा बाहर आकर खड़ी हो गई थी। विशालदेव बाहर ही वट-वृक्ष के नीचे बैठा हुआ आराधना में व्यस्त था।

खड़ी होकर चित्रलेखा सोचने लग गई। कुमारगिरि के पास उसका रहना उचित था या नहीं, इस समस्या को वह सुलझाने का प्रयत्न करने लगी। किन्तु अब वह जा कहाँ सकती थी ? किस मुख को लेकर वह बीजगुप्त के पास जाएगी ? और क्या बीजगुप्त उसको स्वीकार भी कर लेगा ? इन प्रश्नों का उत्तर दे सकने में वह असमर्थ थी। चित्रलेखा वहाँ से आगे बढ़ी, वह विशालदेव के पास पहुँची। विशालदेव ने उस समय अपने नेत्र खोले; चित्रलेखा को अपने निकट देखकर उसने अभिवादन करते हुए कहा–"देवि नमस्कार !"

चित्रलेखा के मस्तिष्क में एक विचार एकाएक उठ खड़ा हुआ–"नमस्कार !"–इतना कहकर वह वहाँ रुक गई।

चित्रलेखा को आज अपने पास आते देखकर विशालदेव को आश्चर्य हुआ। उसने पूछा–"क्या देवि को मुझसे कुछ कहना है ?"

"हाँ !"–चित्रलेखा ने कहा–"और जो कुछ कहना है, वह बड़ी आवश्यक तथा महत्त्व की बात है। पर बात कहने के पहले मैं तुम्हारी प्रतिज्ञा चाहूँगी कि यदि उसे तुम न मानो, तो किसी दूसरे पर वह बात प्रकट न करो। यदि यह प्रतिज्ञा करो, तो मैं वह बात कह सकती हूँ।"

"मैं प्रतिज्ञा करता हूँ।"

"तो सुनो विशालदेव ! मैं समझती हूँ कि मैंने यहाँ आकर भूल की। मैं ऊपर उठने आई थी, पर देखती हूँ कि यह ऊपर उठना नहीं है, वरन् नीचे गिरना है।"

विशालदेव मुस्कराया–"हाँ, समझ रहा हूँ।"

विशालदेव की मुस्कराहट में छिपे हुए व्यंग्य को चित्रलेखा ने पूर्ण रूप से देख लिया, वह तिलमिला उठी–"तुम हँसते हो, क्योंकि तुम मेरी बातों पर विश्वास नहीं करते। ठीक है, तुमने उस रात को कुमारगिरि

को मेरे साथ देखा था। तो फिर तुमसे स्पष्ट ही कर दूँ–जिस काम के लिए मैं यहाँ आई थी, वह नहीं कर सकती। यहाँ आने पर जब मैंने अपने को देखा, तो मुझे मालूम हुआ कि मैंने भूल की। मैंने यहाँ आकर अपने को गिराया है। अधिक गिरने के लिए मैं तैयार नहीं। साथ ही मैं कुमारगिरि को भी गिरा रही हूँ और यह एक महान् पाप है। बोलो, इस पाप से छुटकारा पाने के लिए तुम मेरी सहायता कर सकोगे ?''

''इस काम के लिए मैं प्रस्तुत हूँ।''

''विशालदेव, तुम आर्य बीजगुप्त का भवन जानते हो ?''

''हाँ।''

''उनके भवन में श्वेतांक नाम का एक नवयुवक है। उससे कह दो कि मैं उससे मिलना चाहती हूँ।''

''बहुत अच्छा।''

उसी समय कुमारगिरि कुटी से बाहर निकले। उनको देखते ही वार्तालाप बन्द हो गया। कुमारगिरि अपना मस्तक झुकाए हुए अपराधी की भाँति आकर इन दोनों के पास खड़े हो गए। थोड़ी देर तक तीनों मौन रहे, उस मौन को कुमारगिरि ने तोड़ा–''आज मैं बड़ी देर तक सोता रहा।''–वे मुस्करा रहे थे–''मुझे इसका दुख है !''

इतना कहकर वे आगे बढ़ गए। विशालदेव ने कुमारगिरि के मुख पर एक विचित्र प्रकार का भाव-परिवर्तन देखा। इस भाव-परिवर्तन से चकित होकर उसने चित्रलेखा की ओर देखा–''देवि ! गुरुदेव आज कुछ अस्वस्थ दिखलाई देते हैं।''

''हाँ, गुरुदेव अस्वस्थ हैं, और उनकी अस्वस्थता का कारण यहाँ पर मेरी उपस्थिति है। विशालदेव, तुम्हें मेरी सहायता करनी होगी, मेरे लिए नहीं, अपने गुरुदेव के लिए।''

''मैं करूँगा–आज ही मैं आर्य बीजगुप्त के स्थान पर जाऊँगा।''

कुमारगिरि कुटी से दूर चले गए। वे दिन-भर कुटी नहीं लौटे। विशालदेव ने सन्ध्या के समय पाटलिपुत्र से लौटकर चित्रलेखा से कहा– ''देवि, आर्य बीजगुप्त तीर्थयात्रा के लिए काशी गए हुए हैं ?''

चित्रलेखा इस सूचना से श्रीहत हो गई। विशालदेव की ओर उसने देखकर कहा—"विशालदेव, अब क्या उपाय है।"

"देवि ! मेरी समझ में कुछ नहीं आ रहा है।"

"तुम्हारी समझ में कुछ नहीं आ रहा है और मेरी समझ में भी कुछ नहीं आ रहा है। यह विधि की विडम्बना है।"—वह रुक गई, थोड़ी देर तक वह मौन खड़ी रही, उसके नेत्र उस समय एक अज्ञात शून्य में कुछ ढूँढ़ रहे थे—"विधि की विडम्बना ही है, शायद अपने पापों का फल भी हो। एक आधार था। उसको छोड़ दिया है, बीजगुप्त को मैंने त्यागा है, क्यों ?—नहीं, कुछ नहीं। मैं यहाँ ज्ञान पाने के लिए आई हूँ—क्या यही ज्ञान है ? भगवान् मुझे ज्ञान दे रहा है। फिर यह सब क्यों ? विशालदेव ! तुम कुछ नहीं कर सकते, गुरुदेव कुछ नहीं कर सकते, मैं कुछ नहीं कर सकती और शायद भगवान् भी कुछ नहीं कर सकते। जो होना है, वह हो रहा है और होगा !"—चित्रलेखा के नेत्र पागल की भाँति चमक उठे—उसका प्रशान्त मुख-मंडल विकृत हो उठा। आवेश में वह काँपने लगी।

विशालदेव चित्रलेखा के इस रूप को देखकर सहम उठा—"देवि, क्या तुम अपने गत जीवन को फिर से नहीं अपना सकतीं ?"

चित्रलेखा हँस पड़ी—"गत जीवन को फिर नहीं अपना सकती—कैसी मूर्खता की बात कर रहे हो ? मैं आगे बढ़ आई हूँ—पीछे जाने के लिए नहीं। पीछे जाना कायरता है, प्राकृतिक नियमों के प्रतिकूल है। संसार में कौन पीछे जा सकता है और कौन पीछे जा सका है। एक-एक पल आगे बढ़कर मनुष्य मृत्यु के मुख में पहुँचता है, यदि वह पीछे ही जा सकता, तो वह अमर न हो जाता ? आगे ! आगे ! यही तो नियम है, पाप में अथवा पुण्य में, समझे ?"—इतना कहकर चित्रलेखा वहाँ से चल पड़ी।

विशालदेव अपने सामने से जाती हुई प्रतिमा को देखता ही रह गया।

चित्रलेखा आगे बढ़ी—लताकुंज में बैठे हुए कुमारगिरि को उसने देखा, वह उस ओर बढ़ी। कुमारगिरि चित्रलेखा को देखकर उठ खड़े हुए। चित्रलेखा ने पूछा—"आज दिन-भर गुरुदेव कुटी की ओर नहीं गए ?"

"नहीं गया ! ठीक कहती हो नर्तकी, कुटी में जाना—उफ़, बड़ा

भयानक है !"

"हाँ, है ! फिर इसका कुछ उपाय है ?"

"उपाय ! केवल एक उपाय है नर्तकी, उस उपाय को तुम जानती हो। मैं साकार की पूजा पर विश्वास करने लग गया हूँ; पर बिना तुम्हारी सहायता के साकार की उपासना असम्भव है।"

"साकार की उपासना भ्रम है।"

"इसका निर्णय करना तुम्हारा काम नहीं है नर्तकी, कि साकार की उपासना ठीक है या भ्रम है। तुम मेरी शिष्या हो, तुम्हारा कर्तव्य है कि तुम मेरी बात मानो !"–इतना कहते-कहते कुमारगिरि तनकर खड़े हो गए।

इस बार चित्रलेखा डरी नहीं, झिझकी नहीं, उसी दृढ़ता के साथ उसने कहा–"योगी, अपने को भूलो मत–तुम्हारे सामने जो स्त्री खड़ी है, वह इतनी असहाया नहीं है कि उस पर शासन कर सको। तुम समझते हो कि तुमने मुझे दीक्षा दी है, यह तुम्हारा भ्रम है, नहीं; यहाँ पर तुम अपने को ही धोखा दे रहे हो। तुम किसे आज्ञा दे रहे हो ? क्या तुम यह नहीं जानते हो कि जिस पर तुम शासन करना चाहते हो, तुमने अपने को उसका दास बना लिया है ?"

कुमारगिरि निस्तेज होकर बैठ गए, बैठते हुए उन्होंने करुण स्वर में धीरे से कहा–"नर्तकी ! मैं तुमसे प्रेम करता हूँ।"

चित्रलेखा हँस पड़ी–"मैं जानती हूँ कि तुम मुझसे प्रेम करते हो; पर मैं तो तुमसे प्रेम नहीं करती ! एक क्षण के लिए मेरी इच्छा तुम पर आधिपत्य जमाने की हुई थी, और मैंने उसका प्रयत्न किया। मैं सफल भी हुई; पर उससे क्या ? पुरुष पर आधिपत्य जमाने की इच्छा स्त्री के पुरुष से प्रेम का द्योतक नहीं है, प्रकृति ने स्त्री को शासन करने के लिए नहीं बनाया है। स्त्री शासित होने के लिए बनाई गई है, आत्म-समर्पण करने के लिए। स्त्री अपने से निर्बल मनुष्य से प्रेम नहीं कर सकती, जिस मनुष्य पर उसने आधिपत्य जमा लिया, वह मनुष्य उसके प्रेम का अधिकारी हो ही नहीं सकता। स्त्री का क्षेत्र है आत्म-समर्पण, अपने अस्तित्व को अपने प्रेमी के अस्तित्व में मिला देना; इसीलिए स्त्री उसी

मनुष्य से प्रेम कर सकती है। जो उस पर विजय पा सके, जो उस पर आधिपत्य जमा सके। योगी कुमारगिरि ! यहीं पर विषमता है ! पुरुष का प्रेम आधिपत्य जमाना है, स्त्री का प्रेम अपने को पुरुष के हाथ में सौंप देना है। पर यहाँ बात दूसरी है। यहाँ मैं स्वामिनी हूँ, तुम दास हो। मैंने तुम पर आधिपत्य जमा लिया है, तुमने आत्म-समर्पण कर दिया है। किस बल पर तुम मेरा प्रेम चाहते हो ?''

योगी कुमारगिरि ने मौन-भाव से यह बात सुनी। नर्तकी ने जो कुछ कहा, कटु होते हुए भी वह सर्वथा सत्य था। इस पर उन्हें अपनी कमजोरी का अनुभव हुआ, अपनी पराजय के विकरारल रूप को उन्होंने देखा। कुछ देर तक वे सोचते रहे, इसके बाद वे उठ खड़े हुए। उनके मुख का पीलापन दूर हो गया था, उनके नेत्रों की चमक लौट आई थी—''ठीक कहती हो, मैंने तुम्हें आत्म-समर्पण किया, मैं तुमसे निर्बल साबित हुआ। तुम्हारे द्वारा ईश्वर ने मेरा अभिमान तोड़ दिया, मुझको अपनी लघुता का आभास करा दिया। अब आगे कार्यक्रम क्या होगा, यह मैं निर्णय कर चुका हूँ। मैं तुम पर विजय पाऊँगा—प्रेम करने के लिए नहीं, केवल तुम पर विजय पाने के लिए, अपने को पतन से उठाने के लिए। विश्वास रखो, तुम कुमारगिरि को भविष्य में इतना निर्बल न पाओगी !''

चित्रलेखा ने गम्भीर भाव से कहा—''इसमें गुरुदेव की सहायता करना चाहती हूँ।''

''किस प्रकार ?''

''मैं गुरुदेव का आश्रम छोड़ना चाहती हूँ। जानती हूँ कि मैं गुरुदेव के मार्ग पर बाधा के रूप में आकर खड़ी हो गई हूँ। मैं यह पाप कर रही हूँ।''

''यह असम्भव है नर्तकी, तुम मेरा आश्रम नहीं छोड़ सकतीं। यदि तुम चली जाओगी, तो मैं फिर विजय किस पर पाऊँगा ? तुम्हें मेरे साथ ही रहना पड़ेगा, समझीं ?''

''योगी, तुम्हें मेरे ऊपर विजय पाना नहीं है, तुम्हें अपने ही ऊपर विजय पाना है। जब तक मैं यहाँ रहूँगी, तुम अपने ऊपर विजय नहीं पा सकोगे, इतना मैं भली भाँति जानती हूँ। मेरे चले जाने में ही तुम्हारा कल्याण है।''

कुमारगिरि का मुख लाल हो गया—"नहीं, मेरे साथ तुम्हें रहना पड़ेगा। तुमने मुझे बहुत अधिक निर्बल समझ रखा है ! तुम्हारे जाने से मुझमें विरोध की भावना नहीं रहेगी, तो फिर मैं अपने ऊपर विजय ही किस प्रकार पा सकूँगा ? अपने ऊपर करनेवाले प्रयोग का एक साधन मुझको चाहिए था, ईश्वर ने तुम्हें मेरे पास इसीलिए भेजा था। मैं असफल रहा; पर असफलता मेरा क्षेत्र नहीं है। जब तक मैं पूर्ण रूप से सफल न हो जाऊँ, मैं तुम्हें नहीं जाने दूँगा। इतना याद रखना !"

"न जाने दोगे ! क्या तुम मुझको रोक सकते हो ?"

"नहीं, तुम्हें मैं रोक नहीं सकता, शायद संसार में कोई भी व्यक्ति तुम्हें रोक नहीं सकता ! निर्बल सबल को रोक सके—यह असम्भव है। मैं केवल तुमसे प्रार्थना कर सकता हूँ, आग्रह कर सकता हूँ, अनुरोध कर सकता हूँ। इतना तो तुम मानोगी कि तुमने मुझे गिराया है !"

"मैंने तुम्हें नहीं गिराया है, गिराया तो तुमने ही है अपने को, पर तुम्हारे पतन में मेरा हाथ अवश्य है !"

"ठीक है, मैंने ही अपने को गिराया है, और मैं ही अपने को उठा सकूँगा। पतन में तुम साधन हुई हो, तो क्या अब अपने को उठाने में मेरे लिए तुमको साधन बनना तुम्हारा कर्तव्य नहीं है ?"

चित्रलेखा का मुख झुक गया। उसकी आँखें कुमारगिरि की आँखों से हटकर पृथ्वी पर पड़ गईं—"हाँ, ठीक कहते हो।"

"तो फिर क्या तुम मेरी प्रार्थना स्वीकार न करोगी ? क्या कुछ दिन तुम मेरे साथ मुझे अपनी साधना पूरी कर लेने के लिए न रुक सकोगी ?"

चित्रलेखा थोड़ी देर तक मौन रही, धीरे से उसने पूछा—"योगी, कितनी अवधि चाहते हो ?"

"अवधि ! यदि मैं विजयी हो सका, तो फिर तुम्हें मेरे पास ठहरने में क्या आपत्ति होगी ? यदि मैं विजयी हुआ, तो फिर मैं यह समझ लूँगा कि मेरा मार्ग ठीक है ! और उस समय तुम भी उचित मार्ग का अनुसरण करोगी !"

"नहीं—मैं तुम्हारे मार्ग पर नहीं चल सकती; पर अभी मैं रुकूँगी—यदि जाने की इच्छा होगी, तो फिर बतलाऊँगी। उस समय तुम मुझे न रोक सकोगे।"

अठारहवाँ परिच्छेद

चित्रलेखा बीजगुप्त के जीवन से बिना उसकी इच्छा के चली गई थी, यशोधरा उसके जीवन में बिना उसकी इच्छा के आ गई थी। बीजगुप्त हँस पड़ा—जीवन उसके निकट एक समस्या थी।

काशी के जनरव में बीजगुप्त ने अपने हृदय की हलचल को डुबाना

चाहा था; पर यह न हो सका, केवल हलचल का रूप बदल गया। छाया-चित्र की तरह उसकी आँखों के आगे से चित्रलेखा का चित्र हटकर यशोधरा का चित्र आ गया था। दुख की हलचल सुख के कम्पन में परिणत हो गई थी। बीजगुप्त और उसके साथियों को काशी में आए हुए प्रायः एक सप्ताह हो गया था।

उस दिन सन्ध्या हो गई थी, सब लोग एक साथ बैठे हुए काशी नगर के सुन्दर दृश्यों पर वार्तालाप कर रहे थे। मृत्युंजय ने कहा—"मेरी इच्छा होती है कि मैं काशी-वास करूँ; पर क्या करूँ, विवश हूँ; अभी गृहस्थी का जाल मुझको जकड़े ही हुए है।"—इतना कहकर मृत्युंजय ने अर्थभरी दृष्टि से बीजगुप्त की ओर देखा।

बीजगुप्त ने मृत्युंजय की बातों का अर्थ न समझने की कोशिश करते हुए कहा—"आर्य ! रत और विरत, अनुरागी और विरागी तथा गृहस्थ और संन्यासी में भेद बहुत थोड़ा है और जो कुछ है भी, वह नहीं के बराबर है।"—इतना कहकर वह हँस पड़ा—"मेरी बात पर आर्य आश्चर्य तथा विश्वास प्रकट कर सकते हैं; पर जो कुछ मैं कहता हूँ वह सत्य है।"

श्वेतांक को अच्छा अवसर मिल गया। मृत्युंजय का पक्ष-समर्थन करते हुए उसने कहा—"स्वामिन्, सत्य क्या है, क्या कभी यह जाना भी जा सकता है ? परिस्थिति की अनुकूलता के दूसरे नाम को ही सत्य के नाम से पुकारा जाता है, और परिस्थितियाँ सदा एक-सी नहीं हुआ करतीं।"

मृत्युंजय के मुख पर मुस्कराहट दौड़ गई—"वत्स श्वेतांक, तुमने जो कुछ कहा, यथार्थ होते हुए भी यह उस प्रश्न पर कोई प्रकाश नहीं डालता, जो हमारे सामने है। आर्य बीजगुप्त ! क्या आप अपनी बात को अधिक स्पष्ट कर सकेंगे ?"

बीजगुप्त श्वेतांक के अनुचित उत्तर से मर्माहत-सा हो गया था, उसने शुष्क स्वर में कहा—"बात स्वयं स्पष्ट है, मनुष्य कभी वास्तव में विरागी नहीं हो सकता। विराग मृत्यु का द्योतक है। जिसको साधारण रूप से

विराग कहा जाता है, वह केवल अनुराग के केन्द्र को बदलने का दूसरा नाम है। अनुराग चाह है, विराग तृप्ति है।"—बीजगुप्त की दृष्टि अचानक ही यशोधरा की ओर घूम गई। यशोधरा की दृष्टि बीजगुप्त की दृष्टि से मिल गई।

थोड़ी देर तक मौन का साम्राज्य रहा—उस मौन में निर्जीवता का सूनापन था, विषाद की छाया थी। श्वेतांक को छोड़कर कोई भी कुछ न सोच रहा था। श्वेतांक ने अनुचित बात कह दी थी—बीजगुप्त की बात का खंडन करके उसने अपराध किया था। श्वेतांक को इसका दुख था।

यशोधरा ने श्वेतांक की ओर देखा, श्वेतांक का मुख पीला पड़ गया था। वह श्वेतांक के मनोभावों को समझ गई, उस मौन को तोड़ते हुए यशोधरा ने कहा—"आर्य बीजगुप्त ! यहाँ कब तक ठहरने का विचार है ?"

"ठीक नहीं कह सकता। कभी इच्छा होती है कि पाटलिपुत्र लौट पड़ूँ; पर दूसरे ही क्षण यहाँ कुछ दिन और रहने को जी चाहने लगता है !"—इस बार मृत्युंजय की ओर देखकर बीजगुप्त ने कहा—"आर्य ! आपका कब तक यहाँ ठहरने का विचार है ?"

मृत्युंजय ने यशोधरा की ओर देखकर कहा—"मेरी इच्छा की यहाँ कोई बात नहीं है। यशोधरा की इच्छा से मैं यहाँ आया हूँ, उसकी इच्छा ही पर जाना भी निर्भर है।"

बीजगुप्त ने यशोधरा को देखा, वह मुस्करा रही थी। यशोधरा की उस दिन की मुस्कराहट में एक ऐन्द्रजालिक छवि थी, आज प्रथम बार बीजगुप्त ने यशोधरा के सौन्दर्य की सुधा के वास्तविक रूप को देखा और काफी देर तक उसको देखता ही रहा। उस समय यशोधरा भी एकटक बीजगुप्त की ओर देख रही थी। मृत्युंजय उस समय बाहर देखने लगे।

श्वेतांक को यह घटना असह्य हो गई—"स्वामी, क्या आज नगर-पर्यटन करने का विचार नहीं है ?"

बीजगुप्त चौंक उठा। उसने एकदम ही अपनी आँखें यशोधरा से हटा

लीं, और यशोधरा ने भी अपनी आँखें श्वेतांक की ओर फेर लीं। बीजगुप्त ने मृत्युंजय से कहा–"आर्य ! नगर में घूमने का क्या विचार है ?"

"आज तो इच्छा नहीं होती।"

श्वेतांक ने यशोधरा से पूछा–"देवि यशोधरा, तुम चलोगी ?"

यशोधरा हँस पड़ी–"यहाँ बैठकर भी क्या करूँगी ?"

बीजगुप्त ने कहा–"जाने की तो मेरी इच्छा भी नहीं है !"

"तो फिर क्या आप आर्य श्वेतांक को मेरे साथ जाने की अनुमति दे सकेंगे ?"–यशोधरा ने बीजगुप्त से पूछा।

"अवश्य !"–बीजगुप्त को अपनी इच्छा के विरुद्ध कहना पड़ा।

यशोधरा श्वेतांक के साथ चली गई।

बीजगुप्त ने मृत्युंजय से कहा–"आर्य ! आप काशी में यज्ञ करनेवाले थे, क्या आपने विचार बदल दिया ?"

मृत्युंजय हँस पड़े–"हाँ, कुछ दिनों के लिए विचार स्थगित कर दिया है। आर्य बीजगुप्त ! एक बात नहीं समझ पा रहा हूँ, क्या यज्ञ से बलि-प्रदान वाला अंश नहीं निकाला जा सकता ?"

"क्यों ?"–बीजगुप्त भी हँसने लगा–"आर्य तो बौद्ध भिक्षुओं की बातों में अभी नहीं पड़े !"

"इसमें आश्चर्य की बात ही क्या है ? इतने रक्तपात से लाभ ! यह रक्तपात धर्म में ग्लानि ही पैदा करता है। जो कुछ बुद्ध ने कहा, उसमें तथ्य अवश्य है !"

"और शायद सत्य भी है।"–धीरे से बीजगुप्त ने कहा।

थोड़ी देर तक दोनों मौन रहे। बीजगुप्त उठ खड़ा हुआ–"आर्य, यहाँ जी नहीं लगता, यदि नगर में घूम आवें, तो इसमें आपको कोई आपत्ति होगी ?"

"केवल चलने की कोई विशेष इच्छा न थी, आपत्ति का कोई प्रश्न ही नहीं है। यदि चलना चाहते हो, तो मैं भी तैयार हूँ !"

नगर के कोलाहल से ऊबकर मृत्युंजय ने गंगा की ओर रथ फेर दिया। गंगा के किनारे नौकाएँ तैयार थीं–बीजगुप्त ने देखा कि श्वेतांक

और यशोधरा एक नौका पर चढ़कर जानेवाले हैं। उसने पुकारा–"श्वेतांक !"

श्वेतांक उस समय गंगा के वक्ष पर नाचती हुई नौकाओं को देख रहा था। उसने बीजगुप्त की आवाज नहीं सुनी। यशोधरा ने श्वेतांक से कहा–"देखो, पिताजी के साथ आर्य बीजगुप्त आ रहे हैं।"

श्वेतांक ने अपना सिर घुमाया–उस समय तक रथ रुक गया था और बीजगुप्त तथा मृत्युंजय रथ से उतर पड़े थे। उस समय बीजगुप्त का आना श्वेतांक को बुरा लगा–उसका मुख-मंडल विकृत हो उठा। उसने धीरे से कहा–"नाश हो !"–पर यशोधरा ने यह सुन लिया।

यशोधरा गम्भीर हो गई–"आर्य श्वेतांक ! जीवन में संयम की बहुत बड़ी आवश्यकता होती है !"

श्वेतांक यशोधरा की इस गम्भीरता से सहम-सा गया, फिर भी उसने कहा–"देवि ! संयम और प्रेम में विरोध होता है।"

इस समय तक मृत्युंजय और बीजगुप्त पास आ गए थे।

श्वेतांक के मुख से क्षोभ-मिश्रित निराशा के भाव अभी तक दूर न हुए थे। बीजगुप्त ने उसके मुखांकित भाव पढ़ लिये। उसने कहा–"श्वेतांक ! तुम लोगों के चले जाने के बाद हम लोगों का चित्त नहीं लगा, और हम लोग भी चले आए।"

एक रूखी हँसी हँसते हुए श्वेतांक ने कहा–"मैंने स्वामी से पहले ही चलने को कहा था।"

सब लोग नौका पर बैठ गए और नौका गंगा की धारा में छोड़ दी गई। चारों ओर गंगा के वक्षस्थल पर नौकाएँ उतरा रही थीं–कहीं गाना हो रहा था, कहीं बाजे बज रहे थे और कहीं लोग बातें कर रहे थे तथा हँस रहे थे।

यशोधरा ने कहा–"आर्य श्वेतांक ! तुम्हें काशी सुन्दर लगता है या पाटलिपुत्र !"

श्वेतांक ने कुछ देर तक सोचकर कहा–"मुझे पाटलिपुत्र अधिक प्रिय है क्योंकि पाटलिपुत्र का-सा ऐश्वर्य यहाँ काशी में नहीं है। काशी तो

विद्या का केन्द्र है !"

"और बीजगुप्त ! तुम्हें ?"

"मुझे आजकल काशी अच्छा लगता है।"

यशोधरा ने फिर पूछा–"आजकल क्यों ?"

"देवि यशोधरा ! किसी भी स्थान का प्रिय लगना परिस्थिति की अनुकूलता पर निर्भर है। हम स्थान को पसन्द नहीं करते–स्थान तो केवल एक जड़ पदार्थ है; हम पसन्द करते हैं वातावरण को, जिसके हम अभ्यस्त हो जाते हैं। प्रत्येक व्यक्ति को वह स्थान प्रिय होता है, जहाँ उसका जन्म हुआ है और उसका लालन-पालन हुआ है। सदा वहीं पर रहने से उसके मित्र वहीं पर बन जाते हैं। हमारा जीवन जड़ पदार्थों से निर्मित नहीं है, वह निर्मित है चेतन से; व्यक्तियों से, जिनके संसर्ग में हम आते हैं। ऐसी स्थिति में यह स्वाभाविक है कि मुझे पाटलिपुत्र अधिक प्रिय हो; पर बात यहीं समाप्त नहीं हो जाती। एक ही परिस्थिति सदा सबको नहीं सुहाती। हमारी प्रकृति परिवर्तन चाहती है। परिवर्तन के लिए यह आवश्यक होता है कि हम कुछ दिनों के लिए दूसरी परिस्थितियों में जाएँ। वे दूसरी परिस्थितियाँ तब तक हमें सुहाती हैं जब तक हमारी परिवर्तन की भावना पूर्ण रूप से सन्तुष्ट नहीं हो जाती। मेरी तबीयत काशी में नहीं भरी; इसलिए मुझे अभी काशी अधिक प्रिय है।"

यशोधरा हँस पड़ी–"आर्य बीजगुप्त ! आपमें एक विचित्र प्रतिभा है; आपके तर्क अकाट्य होते हैं।"–इस बार उसने श्वेतांक से हँसते हुए कहा–"आर्य श्वेतांक ! ज्ञान तर्क की वस्तु नहीं है, आप आर्य बीजगुप्त से सावधान रहिएगा।"

श्वेतांक ने हँसते हुए कहा–"देवि यशोधरा ! मैं आर्य बीजगुप्त का गुरुभाई हूँ, तो मैं अपने गुरु महाप्रभु रत्नाम्बर से भी सावधान रहूँ !"

यशोधरा से हिचकिचाते हुए कहा–"यह कैसे कहूँ ?"

बीजगुप्त ने कहा–"क्यों नहीं देवि यशोधरा, यह भी कह सकती हो। जो बात ठीक समझती हो, उसके कहने में संकोच ही क्या ?"

"नहीं, संकोच की कोई बात नहीं आर्य बीजगुप्त, आपके विषय में

मैं सब कुछ कह सकती हूँ, क्योंकि मैं आपसे इतनी घनिष्ठ हूँ कि मुझे आपमें और अपने में अधिक भेदभाव नहीं दिखता; पर महाप्रभु रत्नाम्बर–वे पूज्य हैं।''

बीजगुप्त ने यशोधरा की ओर देखा। उसकी आँखें यशोधरा की आँखों से मिल गईं। दोनों एकटक कुछ देर तक एक-दूसरे को देखते रहे। यशोधरा की आँखों में लज्जा न थी, संकोच न था। एक सुषमा थी, स्पष्टता थी, निश्छल भाव था। बीजगुप्त की धमनियों में रक्त तीव्र गति से प्रवाहित होने लगा, हृदय धड़कने लगा, सारे शरीर में एक कम्पन-सा दौड़ गया। बीजगुप्त ने यशोधरा से अपनी आँखें हटा लीं, श्वेतांक की आँखों से उसकी आँखें मिलीं। श्वेतांक की आँखों ने कह दिया कि वह बीजगुप्त की इस भावना को समझ रहा है। बीजगुप्त को अपने ऊपर कुछ क्रोध हुआ और श्वेतांक के ऊपर भी।

''श्वेतांक !''

''स्वामी !''

बीजगुप्त सम्हल गया–''कुछ नहीं–अरे हाँ, हम लोगों को यहाँ आए हुए कितने दिन हुए ?''

श्वेतांक समझ गया कि बीजगुप्त जो कुछ कहना चाहते थे, वह नहीं कह रहे हैं। उसने कुछ गणना करके बतलाया–''आठ दिन।''

''तो अब पाटलिपुत्र लौट चलना उचित होगा।''–इस बार उसने धीरे से, इतने धीरे से कि केवल श्वेतांक ही सुन सके, कहा–''चित्रलेखा को भूलना असम्भव है–पाटलिपुत्र चलने का प्रबन्ध करो।''

बीजगुप्त के इस अचानक विचार-परिवर्तन से श्वेतांक को प्रसन्नता हुई। मृत्युंजय और यशोधरा को आश्चर्य हुआ। मृत्युंजय ने कहा–''क्या आर्य बीजगुप्त का वास्तव में लौट चलने का विचार है ?''

बीजगुप्त ने सिर नीचा कर लिया–''आर्य मृत्युंजय ! मुझे क्षमा करिएगा। मुझमें बहुत बड़ा अवगुण है कि मैं अपनी प्रेरणाओं पर अधिक अवलम्बित हूँ। मैं नहीं जानता कि एक घंटे बाद मैं क्या करूँगा। इस समय एकाएक मुझे पाटलिपुत्र की याद आ गई–काशी एकदम मुझे काटने

लगा। काशी में एक पल रहना भी मुझे अब बड़ा कष्टसाध्य होगा।''

यशोधरा ने पूछा–''तो कब चलने का विचार है–हम लोगों को भी प्रबन्ध करना होगा। आर्य बीजगुप्त ! प्रेरणा पर काम करते समय दूसरों की सुविधा पर भी ध्यान देना मनुष्य का कर्तव्य है।''

बीजगुप्त का मुख लज्जा से पीला पड़ गया–''ठीक कहती हो देवि यशोधरा ! मुझे क्षमा करना। तुम्हारी सुविधा पर ही मैं अवलम्बित हूँ, इतना विश्वास रखो। जब तुम उचित समझो, तभी मैं चलूँगा।''

''नहीं आर्य बीजगुप्त ! मुझे कोई असुविधा नहीं–मैंने तो केवल साधारण बात कही थी। आपको कष्ट न हो–हम लोग कल सन्ध्या तक लौट चलने का प्रबन्ध कर लेंगे। कुछ सामान मोल लेना है, आर्य श्वेतांक के साथ मैं बाजार से वह सामान कल ले आऊँगी।''

उन्नीसवाँ परिच्छेद

बीजगुप्त को अपने ऊपर आश्चर्य हुआ। वह बिना अपनी इच्छा के, बिना जाने हुए यशोधरा की ओर आकर्षित होता जा रहा था, और सम्भवतः वह यशोधरा को अपना भी लेता, यदि उस दिन श्वेतांक की मुखांकित भावनाओं ने उसको सावधान न कर दिया होता।

वह काशी आया था, अपने दुख को भूलने के लिए—अपनी हलचल को दूर करने के लिए। पाटलिपुत्र में रहकर, चित्रलेखा के निकट रहकर, अपने ऐश्वर्य की परिस्थितियों में रहकर उसके हृदय का घाव अच्छा नहीं हो सकता था, पाटलिपुत्र में उसने यही सोचा था। यही सोचकर वह वहाँ से निकला था—विराग की भावना उसे वहाँ खींच लाई थी। एक लक्ष्यहीन पथिक की भाँति वह घर के बाहर निकल पड़ा था।

'लक्ष्यहीन पथिक ?'—बीजगुप्त की विचारधारा बदल गई।—क्या कोई भी व्यक्ति लक्ष्यहीन है—अथवा लक्ष्यहीन होना व्यक्ति के लिए कभी सम्भव है ? शायद 'हाँ'—बीजगुप्त असमंजस में पड़ गया। एक दूसरा प्रश्न उसी समय उसके सामने खड़ा हो गया—'क्या मनुष्य का कोई लक्ष्य भी है ? कोई भी व्यक्ति बता सकता है कि वह क्या करने आया है, क्या करना चाहता है और क्या करेगा ? नहीं, यही तो नहीं सम्भव है। मनुष्य परतन्त्र है। परिस्थितियों का दास है, लक्ष्यहीन है। एक अज्ञात शक्ति प्रत्येक व्यक्ति को चलाती है। मनुष्य की इच्छा का कोई मूल्य ही नहीं है। मनुष्य स्वावलम्बी नहीं है, वह कर्त्ता भी नहीं है, साधन-मात्र है !'

बीजगुप्त ने करवट बदली। वह सो न सका, अर्धरात्रि बीत चुकी थी, चारों ओर घोर निस्तब्धता का साम्राज्य था, बीजगुप्त ने फिर सोचना आरम्भ किया—'मैं कल पाटलिपुत्र चल रहा हूँ। क्यों ?' वह सोचने लगा—'चित्रलेखा से मिलने के लिए, चित्रलेखा को अपने यहाँ खींच लाने के लिए।'—उसे अपने ऊपर विश्वास था, वह जानता था कि यदि वह हठ करे तो चित्रलेखा उसका विरोध न करेगी—'नहीं, चित्रलेखा के पास अब न जाऊँगा, क्यों जाऊँ ? क्या मैंने चित्रलेखा को छोड़ा है ? नहीं, चित्रलेखा ने मुझे छोड़ा है ! यह क्यों ? सम्भवतः यही विधि का विधान है। यदि यही विधि का विधान है, तो अमिट है। फिर क्यों दुख किया जाए ? चित्रलेखा गई—जाए। मैं अपने जीवन को क्यों नष्ट करूँ ?'

बीजगुप्त ने आँखें बन्द कर लीं, वह सोने का प्रयत्न करने लगा। 'क्या त्याग और वेदना से जीवन नष्ट होता है ? क्या दुख जीवन का

एक भाग नहीं ? क्या प्रत्येक व्यक्ति अपने भाग्य में सुख ही लेकर आता है ? नहीं। दुख इतना ही महत्त्व का है, जितना सुख। तो फिर दुख ही झेला जाए—तो फिर त्याग का ही मार्ग अपनाया जाए। मुझे अपना कर्तव्य करना चाहिए—मेरा कर्तव्य क्या है ?'

बीजगुप्त उठ खड़ा हुआ—उसने एक गिलास ठंडा पानी पिया, उसने अपना मुँह धोया, उसके बाद वह लेट गया।

'मेरा कर्तव्य क्या है ? मैं पैदा हुआ हूँ कर्म करने के लिए। मेरा कर्तव्य है कि मैं गार्हस्थ्य जीवन व्यतीत करूँ, मेरा कर्तव्य है कि मैं अपने वंश की वृद्धि करूँ। इसके लिए मुझे आवश्यक है कि मैं विवाह करूँ। क्या विधि का यही विधान है ? सम्भवतः चित्रलेखा मेरे जीवन से इसीलिए चली गई है। विवाह करूँ—एक बार गृहस्थी का अनुभव करूँ। और विवाह के लिए योग्य पात्री भी है। यशोधरा—यशोधरा ! सौन्दर्य में चित्रलेखा से यशोधरा किसी अंश में कम नहीं है। यशोधरा रत्न है—एक पवित्र प्रतिमा है। क्या यशोधरा से विवाह करना ही पड़ेगा ? स्त्रियोचित सभी गुण यशोधरा में विद्यमान हैं, फिर यशोधरा ही सही। पर क्या सम्भव है ? मैं एक बार यशोधरा को अस्वीकार कर चुका हूँ। किस मुख से यशोधरा को मृत्युंजय से माँगूँ ? बहुत सम्भव है, महासामन्त मृत्युंजय यशोधरा का पाणि देने से इनकार कर दें !'—बीजगुप्त हँस पड़ा—'नहीं—असम्भव ! अब मैं यशोधरा से विवाह की बात नहीं सोच सकता। बहुत विलम्ब हो गया है—बहुत विलम्ब हो गया है। चित्रलेखा—बस, चित्रलेखा ही मेरे जीवन में है।'

बीजगुप्त फिर उठ खड़ा हुआ। उसने समझ लिया कि उसके लिए नींद आना असम्भव है। उस समय चन्द्रमा निकल रहा था। बीजगुप्त भवन के बाहर निकला, वह गंगा-तट की ओर चल दिया। दिन निकलने में अभी दो प्रहर बाकी थे।

बीजगुप्त गंगा-तट पर पहुँचा। कुछ लोग बैठे हुए वार्तालाप कर रहे थे—बीजगुप्त भी एक कोने में जाकर बैठ गया।

उस स्थान पर तीन व्यक्ति थे। जो व्यक्ति उस समय बोल रहा था,

उसकी अवस्था प्रायः सत्तर वर्ष की थी। वह भद्र था; उसके मुख पर झुर्रियाँ पड़ी थीं। उसकी बातचीत से मालूम होता था कि वह संन्यासी है। शेष दो उम्र में उससे अधिक छोटे थे। उसकी दाहिनी ओर एक दुबला-पतला युवक था, जिसकी अवस्था प्रायः पच्चीस वर्ष की थी। वह मँझोले कद का था, उसके मुख पर चिन्ता की लकीरें पड़ गई थीं। संन्यासी की बायीं ओर एक मोटा-सा अधेड़ था, जिसकी अवस्था प्रायः पचास वर्ष की थी। उसकी दाढ़ी बड़ी और घनी थी, उसके केश पकने लगे थे।

संन्यासी कह रहा था–"अभी तुम्हारी संन्यास लेने की अवस्था नहीं है, जाओ, अपना कर्तव्य-पालन करो और पिताजी की आज्ञा मानो।"

नवयुवक ने संन्यासी के पैर पकड़ लिए–"मैं आपका आश्रित हूँ–मुझे संन्यास की दीक्षा दीजिए। अब जीवन में मुझे कोई अनुराग नहीं रह गया है। संसार में रहने में कोई उद्देश्य तो होना ही चाहिए। जब एक बार विरक्ति हो गई, तो संसार में रहकर मैं अपनी आत्मा का हनन करूँगा। मुझे वहाँ शान्ति न मिलेगी। आप मेरे पिताजी से पूछ सकते हैं कि ये दो वर्ष कितने यातनापूर्ण थे।"

अधेड़ व्यक्ति ने कहा–"हाँ, पर तुम मेरी बात भी तो नहीं मानते। मैं कहता हूँ, दूसरा विवाह कर लो। अभी तुम्हारी उम्र ही क्या है? जीवन-मरण तो सदा लगा रहता है। तुम्हारे कोई सन्तान नहीं है–अभी संन्यास ग्रहण करना अनुचित है। विवाह कर लेने पर तुम्हारा जीवन फिर से अनुरागमय हो जाएगा।"

संन्यासी ने उस युवक से कहा–"तुम्हारे पिता ठीक कहते हैं। वत्स, प्रेम एक मिथ्या कल्पना है। स्त्री और पुरुष का सम्बन्ध केवल संसार में ही होता है–संसार से पृथक् दोनों ही भिन्न-भिन्न आत्माएँ हैं। संसार में भी स्त्री और पुरुष में आत्मा का ऐक्य सम्भव नहीं है। प्रेम तो केवल आत्मा की घनिष्ठता है। वह घनिष्ठता कोई बड़े महत्त्व की वस्तु नहीं होती, वह टूट भी सकती है। उस घनिष्ठता के टूटने पर अपने जीवन को दुखमय बना लेना कोई बुद्धिमत्ता नहीं है। तुम्हारा कर्तव्य है कि तुम

अपना विवाह करो–विवाह न करके तुम कर्तव्य से विमुख हो रहे हो।"

"यह किस प्रकार ?"

"सुनो !-स्त्री अबला है। प्रत्येक पुरुष का यह कर्तव्य है कि वह अबला को आश्रय दे। विवाह द्वारा ही पुरुष अबला स्त्री को आश्रय देता है। यदि पुरुष स्त्री को आश्रय न दे, तो स्त्री की दशा बड़ी शोचनीय हो जाए। इधर पुरुष के सामने भी काफी कठिनाइयाँ आवें। जिस समय तुम विवाह न करके संन्यासी होने की बात सोचते हो, तुम कायरता करते हो। एक अबला को आश्रय देने का जो तुम्हारा कर्तव्य है, उससे तुम विमुख होते हो।"

युवक ने कहा–"पर महाराज, मैं भोग-विलास को तिलांजलि देकर तपस्या की अग्नि में तपने जा रहा हूँ, यह तो कायरता का द्योतक नहीं है!"

संन्यासी हँस पड़ा–"तुम तपस्या में तपना चाहते हो। क्यों ? केवल इसलिए कि जिससे तुमने प्रेम किया, वह तुम्हारे मार्ग से चला गया; पर तुम्हारी यह तपस्या व्यर्थ है–यह एक तरह से आत्महत्या है। इस तपस्या का कोई लक्ष्य नहीं है, व्यर्थ ही तुम अपनी आत्मा का हनन करना चाहते हो।"

युवक ने संन्यासी के चरणों पर अपना मस्तक नमा दिया–"जो आप कहते हैं, मान्य है।"–इसके बाद वह युवक अपने पिता के साथ चला गया।

बीजगुप्त ने संन्यासी के सामने मस्तक नमाया। संन्यासी ने मुस्कराकर पूछा–"क्या तुम भी संन्यास लेना चाहते हो ?"

बीजगुप्त ने कहा–"नहीं, अभी तो संन्यास लेने का कोई विचार नहीं है। आपकी बातों से मुझे बड़ा आनन्द आया, इसलिए बैठ गया हूँ।"

संन्यासी मुस्कराया–"जो व्यक्ति रात्रि में इस समय गंगा के तट पर आ सकता है–और जो कंगाल अथवा संन्यासी नहीं है, वह व्यक्ति अवश्य किसी उद्विग्नता से पीड़ित है।"

"आपका अनुमान उचित है।"–बीजगुप्त ने उत्तर दिया–"मेरी

उद्विग्नता असाधारण है। आपकी बातों में मैंने उस उद्विग्नता से सम्बद्ध समस्या को देखा है। क्या मैं इस सम्बन्ध में अधिक प्रश्न कर सकता हूँ ?"

"प्रसन्नतापूर्वक !"

"आपने अभी कहा था कि युवा के लिए असफल प्रेम पर अपना जीवन बलिदान करना आत्महत्या करना है; पर क्या प्रेम की स्मृति की टीस मनुष्य-जीवन में स्वाभाविक अथवा प्राकृतिक नहीं है ? क्या वेदना को दबाने अथवा उसके प्राकृतिक रूप को कृत्रिम उपायों द्वारा भूलने में अपनी आत्मा का हनन नहीं होता ?"

संन्यासी कुछ देर तक मौन रहा। उसके बाद उसने आरम्भ किया–"जो कुछ तुम कहते हो वह ठीक है। दुख स्वयं ही समय के साथ दूर हो जाता है। भिन्न प्रकृति के पुरुषों के साथ दुख के दूर होने की अवधि भर ही भिन्न होती है। उसको कृत्रिम उपायों द्वारा उस अवधि के पहले ही दूर करना अवश्य अप्राकृतिक है; पर प्रत्येक अप्राकृतिक व्यवहार, आत्मा का हनन नहीं है–यह याद रखना। कृत्रिमता को हमने इतना अधिक अपना लिया है कि अब वह स्वयं ही प्राकृतिक हो गई है। वस्त्रों का पहनना अप्राकृतिक है, जो भोजन हम करते हैं उस भोजन का करना अप्राकृतिक है, यह भोग-विलास अप्राकृतिक है, यह ऐश्वर्य ही अप्राकृतिक है। प्राकृतिक जीवन एक भार है–उस जीवन में हलचल लाने के लिए ही तो ये खेल-तमाशे, नाच-रंग, उत्सव इत्यादि मनुष्य ने बनाए हैं। और अब हम इन्हीं सबको जीवन कहने लगे हैं। दुख को कृत्रिम उपायों द्वारा दूर करना भी आत्मा का हनन नहीं है, क्योंकि वह यद्यपि अप्राकृतिक है, पर स्वाभाविक है।"

"धन्यवाद !"–बीजगुप्त उठ खड़ा हुआ–"आपने मेरे मस्तिष्क से एक भार हटा दिया। आपकी बातों से मैं अपना कर्तव्य निश्चित करने में समर्थ हुआ हूँ। विदा।"–इतना कहकर बीजगुप्त वहाँ से चल दिया।

उस समय प्रातःकालीन समीरण चलने लगा। पूर्व दिशा में हलका-सा प्रकाश हो रहा था, पक्षियों ने उड़ना आरम्भ कर दिया था। बीजगुप्त

लौट आया—लौटकर वह सो गया।

जिस समय वह सोकर उठा, दिन दोपहर चढ़ गया था। श्वेतांक के साथ यशोधरा आवश्यक चीजें खरीदने बाजार चली गई थी।

नित्य-कर्म से निवृत्त होने के बाद बीजगुप्त मृत्युंजय के पास गया। मृत्युंजय ने बीजगुप्त को देखते ही कहा—"आर्य बीजगुप्त, आज आप बहुत विलम्ब से उठे, क्या रात्रि के समय आपको अच्छी तरह से नींद नहीं आई ?"

"हाँ ! मैं रात-भर सोचता रहा।"

"क्या सोचते रहे ?"

"भावी जीवन के विषय में ही कुछ सोचता रहा।"

मृत्युंजय किंचित् मुस्कराए—"जीवन से चित्रलेखा के निकल जाने के बाद भावी जीवन पर विचार करना स्वाभाविक है। आर्य बीजगुप्त ! कुछ निर्णय भी किया ?"

मृत्युंजय की मुस्कराहट में छिपे हुए व्यंग्य से बीजगुप्त तिलमिला उठा। अपनी बात कहते-कहते वह रुक गया—"अभी कुछ निर्णय नहीं किया; पर शीघ्र ही कुछ-न-कुछ निर्णय करना होगा।"

"मैं जानता हूँ आर्य बीजगुप्त कि तुम्हारा क्या निर्णय होगा। मैं मनुष्यों की मनःप्रवृत्ति को कुछ-कुछ पहचानने लगा हूँ।"

बीजगुप्त ने बात बदलते हुए कहा—"आर्य ! आपने अपने सेवकों को चलने का प्रबन्ध करने का आदेश दे दिया होगा ?"

"हाँ, और तुम्हारे सेवकों को भी श्वेतांक से आदेश दिलवा दिया है।"

"अच्छा किया।"

इस समय यशोधरा का कंठ-स्वर बाहर सुनाई पड़ा—"आर्य श्वेतांक ! यदि यह मणिमाला पिताजी ने पसन्द न की, तो तुम्हीं को फेरनी पड़ेगी—तुम्हारे कहने से ही मैंने इसको खरीदा है।"—इन शब्दों के साथ यशोधरा ने प्रवेश किया।

यशोधरा ने हँसते हुए कहा—"आर्य बीजगुप्त ! आप सोते रह गए

और देखिए, मैं कितनी वस्तुएँ ले आई; आपने अपने लिए कुछ नहीं खरीदा ?"

बीजगुप्त ने मुस्कराते हुए कहा–"देवि यशोधरा ! मुझे किसी वस्तु की आवश्यकता नहीं।"

"आवश्यकता तो मुझे भी न थी; पर काशी से लौटते समय काशी की सौगात तो ले चलनी चाहिए थी।"–इतना कहकर यशोधरा ने अपना सामान खोलना आरम्भ किया।

"यह कैसी है ?"–एक मणिमाला यशोधरा ने बीजगुप्त के हाथ में देते हुए पूछा।

"अच्छी है, पर काफी अधिक मूल्यवान भी होगी।"

"हाँ ! मैंने अभी इसे मोल नहीं लिया है, केवल पिताजी को दिखलाने के लिए लेती आई हूँ।"

मृत्युंजय ने मणिमाला ले ली–"यदि तुम्हारी इच्छा है तो ले लो।"

यशोधरा ने अन्य वस्तुएँ दिखलाईं। सभी पसन्द कर ली गईं। बीजगुप्त ने श्वेतांक की ओर देखा–"तुमने कुछ नहीं लिया।"

"स्वामी से मैंने कुछ पूछा नहीं था–और फिर मुझे कुछ आवश्यकता भी तो नहीं थी।"

"नहीं ! तुम्हें कुछ अपने लिए अवश्य लेना चाहिए था। मैं भी चलता हूँ। देवि यशोधरा ! यदि तुम्हें कष्ट न हो, तो फिर से नगर चल सकती हो ? मुझे अपने लिए वस्तुओं को पसन्द करने में तुम सहायता दे सकोगी ?"–बीजगुप्त ने यशोधरा की ओर देखा।

"मैं चल सकती हूँ, पर भोजनोपरान्त। अभी तो बहुत थक गई हूँ।"

भोजन करने के बाद बीजगुप्त ने मृत्युंजय से पूछा–"आर्य ! आप भी चलिएगा ?"

"नहीं, मैं अब बहुत वृद्ध हो गया। मुझे नगर के जनरव में अच्छा नहीं लगता।"

बीजगुप्त श्वेतांक और यशोधरा को लेकर बाजार चला। सबसे पहले तीनों जौहरी की दुकान पर रुके। बीजगुप्त और श्वेतांक ने हीरे की

अँगूठियाँ लीं। सामने मोतियों का बहुमूल्य हार था, यशोधरा उस ओर देख रही थी। बीजगुप्त ने वह हार निकलवाया–''देवि यशोधरा ! यह हार कैसा है ?''

''बड़ा सुन्दर है ! आर्य बीजगुप्त ! मैंने पहले इसे न देखा था, नहीं तो मणिमाला न लेकर मैं यही हार लेती।''–इतना कहकर उसने श्वेतांक से कहा–''आर्य श्वेतांक, यह सब आपके ही कारण हुआ।''

जौहरी से हार लेकर बीजगुप्त ने यशोधरा के गले में पहना दिया– ''देवि यशोधरा, यह मेरी भेंट है, इसे स्वीकार करो।''

बीजगुप्त के कर-स्पर्श से यशोधरा सिर से पैर तक काँप उठी। हार उतारते हुए उसने कहा–''आर्य बीजगुप्त ! बिना अपने पिता की आज्ञा के मैं यह स्वीकार करने में असमर्थ हूँ।''

हार बीजगुप्त ने अपने हाथ में ले लिया–''देवि यशोधरा ! इस हार को स्वीकार करने में तुम्हें कोई आपत्ति न होनी चाहिए, फिर भी तुमने अपने पिता की स्वीकृति की जो बात कही है, वह उचित ही है।''

बीसवाँ परिच्छेद

कुमारगिरि को चित्रलेखा के व्यवहार पर आश्चर्य हुआ। चित्रलेखा उनके पास आने को इतनी इच्छुक थी; वह चित्रलेखा की ओर आकर्षित नहीं हुए थे, किन्तु चित्रलेखा ही उनकी ओर आकर्षित हुई थी। फिर चित्रलेखा में यह परिवर्तन क्यों हुआ ?

कुमारगिरि को चित्रलेखा के व्यवहार से अधिक आश्चर्य अपने व्यवहार पर हुआ। उन्होंने चित्रलेखा को अपने से दूर रखने का भरसक प्रयत्न किया था। फिर उन्होंने क्यों चित्रलेखा को स्वीकार कर लिया था ? क्या इसलिए कि वे अपने ही अविश्वास को दूर करना चाहते थे ? कुमारगिरि का क्षेत्र विजय था–पराजय की भावना उनके लिए नई थी। शायद कुमारगिरि को अपनी कमजोरी का पता था, उसी कमजोरी को दूर करने के लिए ही उन्होंने चित्रलेखा को स्वीकार किया था। उन्होंने प्रयोग किया, वह असफल रहा ! अफसलता भी कितनी भयानक थी ! वे अपने से तो हारे ही, वे हारे एक साधारण नर्तकी से–स्वयं अपने से पराजित होने पर उन्हें दुख था, पर उस दुख की भावना को नर्तकी से पराजित होने पर क्रोध की भावना ने दबा दिया। कुमारगिरि कह उठे– 'नहीं, नर्तकी चित्रलेखा को वश में करना ही होगा। पर किस प्रकार ?'

'चित्रलेखा मुझसे क्यों प्रेम नहीं कर सकती ?'–कुमारगिरि के मन में प्रश्न उठा–'शायद इसलिए कि वह एक व्यक्ति से प्रेम करती है। यदि चित्रलेखा बीजगुप्त से प्रेम करना छोड़ दे तो सम्भव है–नहीं, निश्चय है वह मुझे आत्म-समर्पण कर दे। बीजगुप्त को चित्रलेखा के मार्ग से हटाना होगा।'

चित्रलेखा को कुमारगिरि के स्थान पर आए हुए दो मास से अधिक हो गए। गत घटना भी एक मास पुरानी हो गई। इस बीच में कुमारगिरि ने अपने को संयत रखा–किंचित् कमजोरी का भी प्रदर्शन उन्होंने न होने दिया। कुछ दिनों तक के लिए उनका यह विचार हो गया कि वे चित्रलेखा को अपने पास रखते हुए भी विषय-वासना को दूर रखें–पर यह भावना स्थायी न रह सकी। एक बार जो आग प्रज्वलित हो चुकी थी, वह आहुति माँग रही थी। कुमारगिरि अपने निश्चय पर दृढ़ न रह सके।

उस दिन रात के समय कुमारगिरि ने चित्रलेखा को अपने पास बैठने का आदेश देकर कहा–"देवि चित्रलेखा ! एक मास हो गया, इस बीच में मैंने अपने को उठाने का प्रयत्न किया है। अब मुझसे मेरी दुर्बलता दूर हो गई, मैं यह समझ रहा हूँ।"

"सम्भवतः !"–चित्रलेखा केवल मुस्करा दी।

कुमारगिरि ने अपने होंठ दबाते हुए कहा–"मैंने सुना है कि आर्य बीजगुप्त काशी की यात्रा करने गए हैं–उनके साथ आर्य मृत्युंजय तथा उनकी कन्या यशोधरा भी गई है।"

"क्या यशोधरा भी बीजगुप्त के साथ गई है ?"–चित्रलेखा चौंक उठी।

इस बार कुमारगिरि मुस्कराए–"इसमें आश्चर्य ही क्या है ? देवि चित्रलेखा ! तुमने आर्य बीजगुप्त को यह कहकर छोड़ा है कि यशोधरा से विवाह करके गार्हस्थ्य जीवन व्यतीत करें–तुमने उचित किया। आर्य बीजगुप्त के लिए क्या यह उचित नहीं है कि यशोधरा से विवाह कर लें ?"

"मैं नहीं जानती ! मैं नहीं जानती !"–चित्रलेखा का स्वर तीव्र हो गया–"कृपा करके बीजगुप्त के सम्बन्ध में आप मुझसे कोई बात न करें।"

"बीजगुप्त के सम्बन्ध में कोई बात न करूँ ? क्यों, इसलिए कि तुम बीजगुप्त से प्रेम करती हो ? तुम्हें यह असह्य है कि बीजगुप्त किसी दूसरी स्त्री से प्रेम करे ? फिर तुमने बीजगुप्त को छोड़ा ही क्यों था ? तुम समझती हो कि स्त्री को ही सब कुछ करने का अधिकार है, पुरुष को नहीं है; तुम समझती हो कि बीजगुप्त तुम्हारा दास बनकर रहे; पर यह सम्भव नहीं है।"

कुमारगिरि के स्वर में प्रतिहिंसा का एक तीखा व्यंग्य था। जिस स्त्री से वे पराजित हुए थे, उसको पराजित करना ही उनका उद्देश्य था।

चित्रलेखा आवेश में काँपने लगी–"मैंने जो कुछ किया, वह बीजगुप्त के भले के लिए किया। मैं बीजगुप्त को समाज की दृष्टि से नीचे गिरा रही थी, मैंने उनको छोड़कर उनको ऊपर उठाने में सहायता दी है।"

"यह किस प्रकार मान लूँ ? तुम अपने को धोखा दे रही हो, देवि चित्रलेखा ! जिस समय तुमने बीजगुप्त को छोड़ा था, उस समय तुमने उनको मुझसे प्रेम करने के लिए छोड़ा था।"–कुमारगिरि का स्वर तीव्र

हो गया। आज कुमारगिरि ने अपने में अपनी उसी पुरानी स्फूर्ति, अपनी उसी पुरानी गुरुता, अपने उसी पुराने तेज का अनुभव किया, जिसको वे चित्रलेखा के अपने जीवन में आने के बाद खो चुके थे–"तुम बीजगुप्त को धोखा दे सकती हो, तुम मुझे धोखा दे सकती हो; पर तुम अपने को धोखा नहीं दे सकतीं। तुमने वासना के आवेश में आकर पवित्र प्रेम को ठुकरा दिया था–तुमने मुझमें कुछ देखा और तुम मेरी ओर आकर्षित हो गईं ! उस समय तुममें पशुता की प्रवृत्ति प्रबल हो उठी थी–तुमने मनुष्यता को तिलांजलि दे दी थी। तुम बिना बीजगुप्त की इच्छा के बीजगुप्त का जीवन भार बनाकर मेरे पास चली आईं–और बीजगुप्त ?–उसने एक साधारण नर्तकी पर गृहस्थी के सुख को बलिदान कर दिया। यही नहीं, उसने अपने जीवन को नष्ट कर दिया–केवल इसलिए कि वह तुमसे प्रेम करता था; और प्रेम की पवित्रता को अनुभव करता था।"

चित्रलेखा चिल्ला उठी–"बस करो ! बस करो !"

कुमारगिरि ने अपनी आँखें चित्रलेखा पर गड़ा दीं–इसके बाद वे हँस पड़े–"बस करूँ, इतनी ही बात से तुम चंचल हो उठीं नर्तकी।–नहीं, बात पूरी करूँगा और तुम्हें सुननी पड़ेगी। तुमने जो कुछ किया, उसका बदला तुमको मिल गया ! तुम समझती हो, बीजगुप्त तुमसे अब भी प्रेम करता है–तुम समझती हो कि बीजगुप्त के यहाँ लौटने पर जब तुम बीजगुप्त के पास जाओगी, वह तुमको स्वीकार कर लेगा ? यदि तुम ऐसा समझती हो, तो भूल करती हो। तुम्हारे विष के प्रभाव को दूर करनेवाला अमृत उसे मिल गया। तुमने उसे मिटाने में कुछ भी न उठा रखा था; पर यशोधरा ने उसे बचा लिया। और अब बीजगुप्त यशोधरा के साथ वैवाहिक जीवन के आनन्द का उपभोग कर रहा है।"

चित्रलेखा का मुख पीला पड़ गया–"क्या तुम सच कह रहे हो योगी ? क्या बीजगुप्त ने यशोधरा के साथ विवाह कर लिया ? नहीं योगी ! यह सम्भव नहीं है।"

"यह सम्भव नहीं है ?"–कुमारगिरि के स्वर में हृदय में बर्छी-सा चुभनेवाला व्यंग्य था–"तुम्हारा वासना के वशीभूत होकर पवित्र प्रेम को

ठुकराकर मेरे पास चले आना सम्भव है। और बीजगुप्त का एक स्वर्गीय प्रतिमा से पवित्र वैवाहिक सम्बन्ध स्थापित कर लेना सम्भव नहीं है ? उफ्, तुममें कितना झूठा अभिमान है, अपने ऊपर कैसा अचल विश्वास है ! तुम्हें मुझ पर विश्वास नहीं होता तो जाओ, नव-दम्पती आज प्रातःकाल के समय आ गए हैं; उनको बधाई दे आओ–जाओ, तुम अपनी आँखों से ही अपने प्रेमी–नहीं, अपने दास को दूसरी स्त्री से प्रणय-क्रीड़ा करते देख आओ !''

''क्या वे आ गए ?''–चित्रलेखा उठ खड़ी हुई। उसका शरीर काँप रहा था–उसका मुख श्वेत हो गया था। उसने पाटलिपुत्र की ओर देखा–''क्या वे लौट आए ? योगी, तुम्हारे हाथ जोड़ती हूँ–तुम यह कह दो कि तुमने जो कुछ कहा, वह झूठ है।''

''कह दूँ कि झूठ है ? हाः हाः हाः हाः ! सत्य को झूठ कह दूँ ? जाओ ! जाओ ! तुम स्वयं देख आओ।''

चित्रलेखा बैठ गई–''नहीं ! सब समाप्त हो गया, अब न जाऊँगी–जाने से लाभ ? मेरा धन लुट गया।''–चित्रलेखा के स्वर में करुणा थी।

कुमारगिरि चित्रलेखा के निकट खिसक आए–''सब समाप्त हो गया ? कहीं कुछ समाप्त भी होता है, एक बात का समाप्त होना दूसरी बात का आरम्भ होना है। समाप्त कैसे हो गया देवि चित्रलेखा ?''–कुमारगिरि का स्वर कोमल हो गया था–उसमें एक प्रकार के मृदुल कम्पन का समावेश हो गया था–''तुम जानती हो, मैं तुमसे प्रेम करता हूँ। और तुम भी मुझसे प्रेम नहीं करतीं, तो मुझसे घृणा भी नहीं करतीं। तुम मेरे जीवन में आना चाहती हो–अभी तक तुम नहीं आ सकीं, केवल बीजगुप्त के कारण। तुमने उसके जीवन को दुखमय बनाया–उसने तुम्हारे जीवन को दुखमय बनाया। बीजगुप्त ने एक आधार पा लिया, तुम्हें भी आधार न ढूँढ़ना पड़ेगा, देवि चित्रलेखा, मैं तुमसे प्रेम करता हूँ !''–कुमारगिरि ने चित्रलेखा का हाथ पकड़ लिया।

चित्रलेखा ने अपना हाथ कुमारगिरि के हाथ में बिना किसी विरोध के दे दिया–उसने अपना सिर उठाकर कुमारगिरि की आँखों से अपनी

आँखें मिला दीं।

कुमारगिरि कहता ही गया—"प्रेम ! प्रेम ही मेरा धर्म हो गया है। तुम मेरे जीवन में आई हो, तुम मुझे प्रेम की दीक्षा देने आई हो। आओ ! हम-तुम एक हो जाएँ।"

कुमारगिरि का मुख झुका—चित्रलेखा का मुख कुछ ऊपर उठा। दोनों के अधर मिल गए—काफी देर तक दोनों के अधर मिले रहे।

कुमारगिरि पागल की तरह बकने लगे—"तुम मुझे डुबाने के लिए आई हो, मैं भी डूबने को तैयार हूँ ! चलो, कितना सुख है, कितनी हलचल है ! मेरी आराध्य देवि ! मेरी प्राणेश्वरी ! आज तुम्हारे यौवन के अथाह सागर में डूबने आया हूँ,"—कुमारगिरि के नेत्र बन्द हो गए थे। चित्रलेखा के नेत्र भी बन्द हो गए थे। दोनों ने एक-दूसरे को आलिंगन-पाश में बाँध लिया था।

चित्रलेखा कह उठी—"तो फिर ऐसा ही हो।"

जब प्रातःकाल चित्रलेखा की आँख खुली, वह उद्विग्न थी। बीजगुप्त ने उसे छोड़ दिया, यह भावना उसके लिए असह्य थी। उसका संसार अन्धकारमय था, उसे रह-रहकर अपने ऊपर क्रोध आ रहा था। उसने बीजगुप्त को छोड़ा ही क्यों था ?

उस समय कुमारगिरि सो रहे थे। कुमारगिरि का मुख विकृत हो रहा था। संयम को एक क्षण में ही तोड़ देनेवाली वासना ने उनके तेजोमय मुख-मंडल पर एक धुँधलेपन का आवरण डाल दिया था। चित्रलेखा कुछ देर तक एकटक कुमारगिरि की ओर देखती रही, इसके बाद वह एकाएक अकारण ही काँप उठी। उसे वहाँ अधिक देर तक रुकने का साहस न हुआ। वह बाहर चली आई। उस व्यक्ति का मुख, जिसके साथ रात-भर उसने भोग-विलास किया, उसे इतना भयानक तथा घृणोत्पादक क्यों लग रहा था ?—इस पर उसे आश्चर्य हुआ। विशालदेव उस समय उपासना समाप्त कर रहा था। चित्रलेखा को देखकर उसने नमस्कार किया—"देवि

का मुख आज इतना उतरा हुआ क्यों है ?"

"रात-भर मैंने भयानक स्वप्न देखे हैं !"–चित्रलेखा मुस्करा दी–"उन स्वप्नों ने मुझे उद्विग्न बना दिया।"

"आज अभी तक गुरुदेव कुटी के बाहर नहीं आए ?"

"वे अभी तक समाधिस्थ हैं !"

"समाधिस्थ हैं !"–आश्चर्य के साथ विशालदेव ने कहा–"आज पहली बार गुरुदेव ने अपने जीवन का नियम तोड़ा है।"

थोड़ी देर तक दोनों मौन रहे, इसके बाद विशालदेव ने कहा–"देवि चित्रलेखा, क्या मैं आपके उन स्वप्नों के सम्बन्ध में अधिक पूछ सकता हूँ ?"

"इतना ही जान लेना यथेष्ट होगा कि वे स्वप्न मेरे गत जीवन से सम्बद्ध हैं।"

"गत जीवन से सम्बद्ध हैं ?"–विशालदेव ने कुछ सोचा–"देवि, यदि आप उचित समझें, तो मैं आर्य बीजगुप्त का पता लगा आऊँ–सम्भव है कि वे आ गए हों।"

"वे आ गए हैं, इतना मैं जानती हूँ,"–चित्रलेखा का स्वर शुष्क हो गया–"पर इससे क्या ? उनके आने से अथवा न आने से मुझे कोई प्रयोजन नहीं ?"

विशालदेव ने चित्रलेखा को देखा–"देवि ! तुम बड़ी विचित्र हो–तुम्हें समझना बड़ा कठिन है। अभी उस दिन तुम यहाँ से बीजगुप्त के पास जाना चाहती थीं।"

चित्रलेखा का मुख लाल हो गया–"हाँ, उस दिन मैं जाना चाहती थी; पर आज नहीं जाना चाहती। मेरे व्यक्तिगत जीवन के सम्बन्ध में तुम्हारे लिए इतनी उत्सुकता दिखाना कहाँ तक उचित है, तुमने इस पर कभी विचार भी किया है ?"

विशालदेव का सिर झुक गया–उसने धीमे स्वर में कहना आरम्भ किया–"ठीक कहती हो देवि ! पर तुम्हारे व्यक्तिगत जीवन में उत्सुकता दिखाने का अर्थ होता है अपने गुरु के जीवन में उत्सुकता दिखाना, और

यह मेरे लिए स्वाभाविक तथा उचित है। देवि चित्रलेखा ! तुम अच्छी तरह से जानती हो कि यहाँ तुम्हारी उपस्थिति इस कुटी की संयमपूर्ण शान्ति को नष्ट कर रही है। यह आश्रम एक कुल के समान है, जहाँ के प्रत्येक व्यक्ति को दूसरे के उचित तथा अनुचित कार्यों में टीका करने का ही नहीं, वरन् हस्तक्षेप तक करने का अधिकार है !"

"मैं इस बात को मानने को बाध्य नहीं हूँ।"

"न सही। फिर भी मैं आज बीजगुप्त के यहाँ जाऊँगा–केवल अपने गुरुभाई श्वेतांक से मिलने के लिए। देवि ! मैं फिर प्रार्थना करता हूँ कि एक बार तुम और विचार करो, तुम हम लोगों पर दया करो !"

चित्रलेखा हँस पड़ी–"दया ! किस पर दया करने को कह रहे हो और किससे दया करने को कह रहे हो ? तुम बधिक से दया की आशा करते हो–तुम संहारकर्त्ता से निर्माण कराना चाहते हो ? भूलते हो ! भूलते हो !"–इतना कहकर चित्रलेखा वहाँ से चली गई।

दोपहर के समय विशालदेव नगर से लौट आया। चित्रलेखा उसकी प्रतीक्षा कर रही थी। इतना सब कह चुकने के बाद–अपने निर्णय के बाद भी वह बीजगुप्त के सम्बन्ध में जानना चाहती थी। जिस समय विशालदेव लौटा, उस समय चित्रलेखा कुटी के बाहर वट-वृक्ष के नीचे लेटी हुई थी। विशालदेव को देखते ही वह उठकर बैठ गई।

विशालदेव सीधे चित्रलेखा के पास आया–"देवि चित्रलेखा ! मैं बतला दूँ कि आर्य बीजगुप्त से नहीं मिला, मैं केवल श्वेतांक से मिलकर लौट आया हूँ। मैं अधिक देर तक वहाँ ठहरा भी नहीं, क्योंकि श्वेतांक आर्य मृत्युंजय के यहाँ जा रहा था–मैं भी उसके साथ वहाँ तक बातें करता हुआ गया। इसके बाद वह भीतर चला गया और मैं लौट आया।"

चित्रलेखा ने पूछा–"श्वेतांक ने मेरे विषय में भी तुमसे कुछ पूछा ?"

"हाँ ! तुम्हारे स्वास्थ्य तथा कुशल-क्षेम के विषय में वह मुझसे पूछता रहा। वह जल्दी में था–नहीं तो वह यहाँ आता भी। एक बात और बतलाऊँ–शायद तुम्हें आश्चर्य हो, श्वेतांक यशोधरा से प्रेम करता है–और वह उससे विवाह करना चाहता है !"

चित्रलेखा चौंक उठी–"श्वेतांक यशोधरा से विवाह करना चाहता है ? मेरा तो ऐसा अनुमान था कि बीजगुप्त से यशोधरा का विवाह हो गया है !"

इस बार विशालदेव को आश्चर्य हुआ–"बीजगुप्त से यशोधरा का विवाह हो गया, यह किस प्रकार अनुमान कर लिया ? श्वेतांक ने यह तो कहा था कि बीजगुप्त यशोधरा की ओर आकर्षित अवश्य हुए थे; पर उसका विश्वास है कि बीजगुप्त यशोधरा से विवाह कभी न करेंगे। बीजगुप्त का तुम्हारी ओर अनुराग स्थायी है।"

चित्रलेखा उठ खड़ी हुई–"धन्यवाद ! विशालदेव, जो कटु शब्द मैंने तुमसे कहे हैं, उनके लिए तुम मुझे क्षमा करना। मैं आज यहाँ से चली जाऊँगी, इतना विश्वास रखना।"

चित्रलेखा सीधे कुटी के अन्दर चली गई। विशालदेव चित्रलेखा के इस व्यवहार को न समझ सका, वह कह उठा–"बड़ी विचित्र स्त्री है।"

कुमारगिरि उस समय लेटे हुए चित्रलेखा के सम्बन्ध में ही सोच रहे थे। उनका चित्त उद्विग्न था। चित्रलेखा को देखते ही वे पागल की तरह उसकी ओर यह कहते हुए बढ़े–"अभी तक तुम कहाँ थीं मेरी रानी– आओ ! आओ !"–पर चित्रलेखा के नेत्रों से अपने नेत्रों के मिलने के साथ ही उनका पागलपन दूर हो गया। चित्रलेखा के नेत्र जल रहे थे– उनमें घृणा, क्षोभ और ग्लानि के भावों का सम्मिश्रण था, उसने तड़पकर कहा–"नीच और झूठे पशु ! अलग रहो।"

कुमारगिरि हट गए, चित्रलेखा ने कहा–"तुमने मुझे धोखा दिया– वासना के कीड़े ! तुम मुझसे झूठ बोले। तुम्हारी तपस्या विफल हो जाएगी और तुम्हें युगों-युगों नरक में जलना पड़ेगा। मैं जाती हूँ–अब तुम मुझे रोक न सकोगे।"

कुमारगिरि ने साहस किया–"मैंने जो कुछ किया, तुम्हारे प्रेम में अन्धा होकर किया।"

"वासना के कीड़े ! तुम प्रेम क्या जानो ! तुम अपने लिए जीवित हो, ममत्व ही तुम्हारा केन्द्र है–तुम प्रेम करना क्या जानो ! प्रेम बलिदान

है, आत्मत्याग ममत्व का विस्मरण है। तुम्हारी तपस्या और तुम्हारा ज्ञान–तुम्हारी साधना और तुम्हारी आराधना–यह सब भ्रम है, सत्य से कोसों दूर है। तुम अपनी तुष्टि के लिए गृहस्थ-आश्रम की बाधाओं से, कायरतापूर्वक, संन्यासी का ढोंग लेकर विश्व को धोखा देते हुए, मुख मोड़ सकते हो–तुम अपनी वासना को तुष्ट करने के लिए मुझे धोखा दे सकते हो–और फिर भी तुम प्रेम की दुहाई देते हो !''

कुमारगिरि को यह अपमान असह्य हो गया। वे खड़े हो गए–''जाओ नर्तकी ! मुझे तुम्हारी आवश्यकता नहीं। तुमने मुझे गिराया और तुम मुझे उठा भी रही हो; तुमने सिर्फ मुझे पराजित किया–मैंने भी तुम्हें पराजित किया। तुम मुझसे क्या कहती हो ? पहले अपने को देखो; अपने मुख पर पाशविकता की छाया को देखने में तुम समर्थ नहीं हो सकोगी–इतना मैं जानता हूँ। जाओ, अपने साथ अपना अभिशाप लेती जाओ।''–कुमारगिरि आवेश में काँपने लगे थे–वे बाहर चले गए।

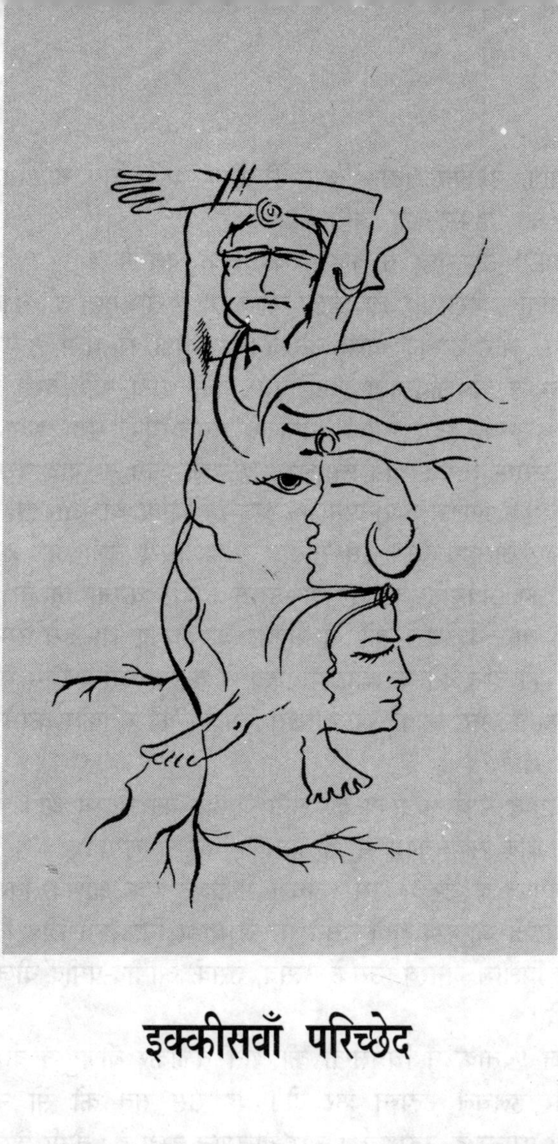

इक्कीसवाँ परिच्छेद

मृत्युंजय के यहाँ से लौटकर श्वेतांक ने बीजगुप्त से कहा–''योगी कुमारगिरि का शिष्य विशालदेव आज मुझसे मिला। वह कह रहा था कि देवि चित्रलेखा अच्छी तरह से हैं और उनका स्वास्थ्य अच्छा है।''

बीजगुप्त ने कोई उत्तर न दिया।

श्वेतांक ने फिर पूछा–"क्या मेरे लिए यह उचित न होगा कि मैं स्वामिनी को जाकर देख आऊँ ?"

"नहीं,"–बीजगुप्त ने कहा–"यह सब व्यर्थ है।"

श्वेतांक ने देखा कि चित्रलेखा की बातों में बीजगुप्त की कोई विशेष रुचि नहीं, और उसका माथा ठनका। वह वहाँ से चला गया।

बीजगुप्त की उद्विग्नता पाटलिपुत्र आकर घटी नहीं, वरन् वह और बढ़ गई। उसके हृदय में दो भागों में तुमुल युद्ध मचा हुआ था, दो प्रतिमाएँ उसके सामने थीं। चित्रलेखा के चले जाने के बाद उसने अपने जीवन में एक प्रकार के सूनेपन का अनुभव किया था–और वह सूनापन उसके लिए असह्य था। उस सूनेपन में यशोधरा चली आई। अब वह यशोधरा को अपनाना चाहता था–उससे विवाह करना चाहता था। पर वह एक बार यशोधरा को अस्वीकार कर चुका था–इस समय उसी यशोधरा को दान देने के लिए मृत्युंजय से कहना उसके लिए बहुत बड़ी पराजय होगी और उसकी आत्मा उस पराजय को स्वीकार करने के लिए तैयार न थी।

बीजगुप्त मौर्य साम्राज्य की सेना जनपद का सदस्य था। पाटलिपुत्र आने के बाद राज्य-कार्य में भी उसका मन न लगा।

बीजगुप्त के उर में उस हलचल से प्रेरित एक क्षणिक विरक्ति की भावना बढ़ती जा रही थी। उसने घर से बाहर निकलना छोड़ दिया था। नगर का विशाल जनरव, उसके उत्सव, उसके आमोद-प्रमोद बीजगुप्त को काटते थे।

आज श्वेतांक ने चित्रलेखा की बात चलाकर बीजगुप्त के हृदय में एक और हलचल उत्पन्न कर दी। वह उस रात को सो न सका। चित्रलेखा प्रसन्न है–स्वस्थ है। और बीजगुप्त दुखी है। कैसी विषमता !– कैसा भ्रम। फिर पराजय ही सही, यशोधरा से विवाह करना ही होगा। अपने जीवन के सूनेपन को दूर करके रहना ही होगा।

श्वेतांक ने बीजगुप्त के स्वर में, उसकी मुद्रा में तथा चित्रलेखा की ओर से बीजगुप्त की उदासीनता में प्रथम बार उस सत्य का आभास देखा,

जिसको अभी तक वह न देखने की कोशिश कर रहा था। उस रात को वह भी न सो सका।

प्रातः हुआ। बीजगुप्त उस दिन अधिक प्रसन्न था। उसने निश्चय कर लिया था कि मृत्युंजय से यशोधरा के विवाह के विषय में बातचीत करेगा। वह बाहर आया, आज प्रथम बार उसके मुख पर वह प्राकृतिक मुस्कराहट दिखलाई दी, जिसका बीजगुप्त अभ्यस्त था। जलपान करने को वह बैठा–श्वेतांक वहाँ न था। उसने परिचारिका से श्वेतांक को बुलाने को कहा।

श्वेतांक आया। उसका मुख पीला था–यह स्पष्ट था कि वह गहरी चिन्ता से पीड़ित है। बीजगुप्त ने कहा–"श्वेतांक ! तुम्हारा स्वास्थ्य अच्छा नहीं है क्या ?"

श्वेतांक ने सिर झुकाए हुए उत्तर दिया–"स्वामी, स्वास्थ्य तो ठीक है, पर मानसिक स्थिति अच्छी नहीं है।"

"क्या बात है।"

श्वेतांक थोड़ी देर तक मौन रहा–उसके बाद उसने अपना सिर उठाया–"स्वामी ! आपकी मुझ पर इतनी कृपा रही है–आप ही मेरा कल्याण कर सकते हैं।"

बीजगुप्त हँसने लगा–"तुम जानते ही हो श्वेतांक, तुम मेरे भाई के समान हो। जो कुछ मेरे वश में है, मैं तुम्हारे लिए वह करने को तैयार हूँ !"

"मैं जानता हूँ और इसीलिए स्वामी से प्रार्थना करने का साहस हो रहा है। स्वामी ! मैं सामन्त मृत्युंजय की कन्या यशोधरा का पाणि-ग्रहण करना चाहता हूँ।"

बीजगुप्त चौंक उठा–उसे ऐसा लगा, मानो हजारों बिच्छुओं ने एक साथ ही उसके शरीर में हजार डंक चुभा दिए हों। कुछ क्षणों के लिए वह विमूढ़-सा श्वेतांक की ओर देखता ही रह गया–"क्या कहा ? यशोधरा का तुम पाणि-ग्रहण करना चाहते हो ? उसमें मेरी सहायता की क्या आवश्यकता ?"

"स्वामी, यह प्रस्ताव आर्य मृत्युंजय के सामने रखें !"

"तुम जानते हो श्वेतांक कि मृत्युंजय ने उसके पाणि-ग्रहण का प्रस्ताव मुझसे किया था—और मैंने उस समय चित्रलेखा के कारण उस प्रस्ताव को ठुकरा दिया था। तुम यह भी जानते हो कि चित्रलेखा मेरे जीवन से निकल गई है, और मैं यशोधरा की ओर यथेष्ट आकर्षित हूँ।"

"जानता हूँ स्वामी ! पर यह नहीं जानता हूँ कि स्वामी के हृदय में यशोधरा के पाणि-ग्रहण की बात उठ सकती है।"

"नहीं—जो कुछ तुम कह रहे हो वह सम्भव नहीं है। मैं यशोधरा से प्रेम करने लग गया हूँ—आज रात को ही मैंने यशोधरा से विवाह करने का निश्चय कर लिया है।"—बीजगुप्त उद्विग्न हो गया, उसका स्वर एक तीव्र गाम्भीर्य से भर गया—"तुम मुझसे क्या करने को कह रहे हो श्वेतांक ! क्या इतनी वेदना, इतना दुख और इतनी हलचल मेरे लिए काफी नहीं है ? क्या तुम चाहते हो कि मैं अपना जीवन नष्ट कर दूँ ? नहीं श्वेतांक ! यह असम्भव है। मैं यशोधरा से विवाह करूँगा—इतना समझ लो।"

श्वेतांक की आँखों में आँसू भर आए। उसने बीजगुप्त के सामने हाथ जोड़ दिए—"स्वामी ! मुझे क्षमा करो ! मैं अपराधी हूँ, मुझे क्षमा करो ! मैं अपने अधिकार से बाहर चला गया, मुझे क्षमा करो ! स्वामी, तुम्हारा हृदय बड़ा विशाल है—तुम आदर्श हो, मुझे क्षमा करो !"

बीजगुप्त चिल्ला उठा—"मुझे पागल मत बनाओ श्वेतांक ! जाओ, यहाँ से चले जाओ, मैं तुमसे प्रार्थना करता हूँ, तुम चले जाओ !"

श्वेतांक धीमे-धीमे वहाँ से चला गया।

बीजगुप्त ने अपना हाथ अपने सिर पर मारा—"हाय रे भाग्य !"—इसके बाद वह स्वगत कह उठा—"नहीं ! नहीं ! श्वेतांक, यह नहीं हो सकता। विवाह करूँगा—मैं विवाह करूँगा। क्या मुझे सुख से रहने का अधिकार नहीं है ?"

बीजगुप्त उठकर खड़ा हो गया—"मैं अभी जाऊँगा ! मेरे निर्णय में बाधा डालनेवाला कोई नहीं है। मैंने निश्चय कर लिया है कि यशोधरा

से विवाह करूँगा—अब उस निश्चय को बदलना असम्भव है !"—बीजगुप्त ने रथ मँगवाया।

वह फिर सोचने लगा—"पर श्वेतांक ! श्वेतांक को क्या अधिकार है कि वह यशोधरा से प्रेम करे ? क्या वह नहीं जानता कि मैं यशोधरा की ओर आकृष्ट हूँ।"—बीजगुप्त का सारा शरीर जल रहा था। उसका कंठ सूख गया था। उसने एक गिलास ठंडा जल पिया। उसकी उद्विग्नता कम हो गई, उसका मस्तिष्क कुछ शान्त हुआ—"पर इसमें श्वेतांक का क्या अपराध ! उसका प्रेम करना स्वाभाविक ही है। वह युवा है, उसके भी रक्त और मांस है, सब प्राकृतिक प्रेरणाएँ हैं। और फिर वह क्या जाने कि मेरा चित्रलेखा के प्रति प्रेम मर गया !"

बीजगुप्त की विचारधारा ने पलटा खाया—मेरा चित्रलेखा के प्रति प्रेम मर गया ? यह क्यों ? मैं कितना निर्बल हूँ कि एक स्त्री से प्रेम करके अब दूसरी स्त्री से प्रेम कर रहा हूँ ! क्या वास्तव में प्रेम अस्थायी है !

बीजगुप्त बड़े असमंजस में पड़ गया। वह यह मानने को तैयार न था कि प्रेम अस्थायी है—यद्यपि वह स्वयं इस बात को अनुभव कर रहा था—'नहीं, प्रेम अस्थायी नहीं है ! फिर मैं यह सब क्यों करने जा रहा हूँ ? क्या चित्रलेखा से बदला लेने के लिए ? नहीं !'—चित्रलेखा के विषय में उसके हृदय में कोई बुरी भावना नहीं थी।

रथ द्वार पर आ गया था। बीजगुप्त यशोधरा के भवन की ओर चल दिया। फिर भी उसकी विचार-शृंखला टूटी नहीं—'क्या संयम के यही अर्थ हैं—क्या संसार में अपनापन ही सब कुछ है ? तो फिर मनुष्य में और पशु में भेद क्या है ? प्रत्येक प्राणी अपने लिए जीवित है—प्रत्येक व्यक्ति मानवभाव से प्रेरित होकर काम करता है। फिर मुझमें और संसार के अन्य प्राणियों में भेद कैसा ? यशोधरा से मेरे विवाह का क्या परिणाम होगा ? एक व्यक्ति का जीवन नष्ट हो जाएगा—और वह व्यक्ति मेरा प्रिय—भाई के समान श्वेतांक है। मैं स्वयं अपने सिद्धान्तों से गिरूँगा। और क्या मैं यशोधरा से प्रेम भी कर सकूँगा ? अभी मैं उद्विग्न हूँ, अभी अपने दुख को दूर करने के लिए मैं यशोधरा से विवाह किए लेता हूँ !

पर भविष्य में ? नहीं ! मुझे कोई अधिकार नहीं कि मैं विवाह करूँ। मुझे कोई अधिकार नहीं कि मैं श्वेतांक का जीवन दुखमय बनाऊँ; मैंने अपना पथ निर्धारित कर लिया था–सोच-समझकर। अब मुझे सफलता मिले अथवा असफलता–सुख मिले अथवा दुख, मुझे अपने मार्ग पर ही रहना चाहिए। दूसरों के सुख में बाधक होना–केवल अपने सुख की आशा पर, कायरता है; नहीं, नीचता है। मैं अन्याय कर रहा हूँ, दूसरों के साथ और स्वयं के साथ भी। हमारे हिस्से में सुख और दुख दोनों ही पड़े हैं–हमारा कर्तव्य है कि हम दोनों को ही साहसपूर्वक भोगें।'

रथ उस समय तक मृत्युंजय के द्वार पर पहुँच चुका था। बीजगुप्त ने मृत्युंजय को सूचना करवाई। मृत्युंजय बाहर आए। कुशल-क्षेम के बाद मृत्युंजय ने पूछा–"आर्य बीजगुप्त ने किस कारण मेरे घर को पवित्र करने का कष्ट उठाया ?"

बीजगुप्त ने कुछ देर तक सोचकर कहा–"आर्य मृत्युंजय ! मैं आपके सामने आपकी कन्या के विवाह का प्रस्ताव लेकर उपस्थित हुआ हूँ !"

मृत्युंजय के मुख पर एक मुस्कराहट दौड़ गई–"आर्य बीजगुप्त, आप कहिए !"

बीजगुप्त मृत्युंजय की मुस्कराहट का अर्थ समझ गया–वह भी मुस्कराया–"आर्य मृत्युंजय, मैं अपने सम्बन्ध में कुछ नहीं कहना चाहता। मैं अपने सम्बन्ध में पहले ही कह चुका हूँ। मैं यह प्रस्ताव लेकर उपस्थित हुआ हूँ कि आप अपनी कन्या का विवाह श्वेतांक से कर दें। श्वेतांक कुलीन है, सुन्दर है और सभ्य तथा शिक्षित है–वह वास्तव में आपकी कन्या के लिए योग्य वर होगा–शायद मुझसे भी योग्य।"

इस प्रस्ताव पर मृत्युंजय को आश्चर्य हुआ। मृत्युंजय का अनुमान था कि बीजगुप्त स्वयं अपने विवाह का प्रस्ताव करेंगे–श्वेतांक के विषय में प्रस्ताव पर वे अवाक्-से रह गए। कुछ देर तक मौन रहकर उन्होंने कहा–"आर्य बीजगुप्त ! श्वेतांक योग्य है; पर श्वेतांक सम्पन्न पिता का पुत्र नहीं है। वह निर्धन है। ऐसी अवस्था में मैं श्वेतांक के सम्बन्ध में प्रस्ताव पर विचार तक करने में असमर्थ हूँ।"

इस बार बीजगुप्त को आश्चर्य हुआ–"पर आर्य मृत्युंजय ! आप तो अतुल धनराशि के स्वामी हैं, और आपके यशोधरा के सिवा कोई सन्तति भी नहीं है।"

मृत्युंजय हँस पड़े–"आर्य बीजगुप्त ! मेरी सम्पत्ति पर मेरी कन्या का कोई अधिकार नहीं, उसका अधिकारी मेरा दत्तक पुत्र होगा। आर्य बीजगुप्त, आप स्वयं क्यों नहीं विवाह करते ?"

"नहीं, मैं विवाह न करूँगा आर्य मृत्युंजय ! क्या श्वेतांक से यशोधरा का विवाह एकदम असम्भव है ?"

मृत्युंजय ने धीरे से कहा–"हाँ, आर्य बीजगुप्त ! श्वेतांक को योग्य तथा कुलीन वर समझते हुए मैं यशोधरा का उसके साथ उस समय तक विवाह नहीं कर सकता, जब तक वह निर्धन है !"

बीजगुप्त थोड़ी देर तक कुछ सोचता रहा–इसके बाद उसने कहा–"आर्य मृत्युंजय ! मैं श्वेतांक को अपना दत्तक पुत्र बना रहा हूँ। इस प्रकार वह मेरी सम्पत्ति का अधिकारी होगा। ऐसी स्थिति में तो आपको कोई आपत्ति न होनी चाहिए।"

"नहीं आर्य बीजगुप्त, यह असम्भव है। तुम्हारी अभी अवस्था ही क्या है ! तुम बहुत सम्भव है कि निकट भविष्य में विवाह कर लो–फिर तुम्हारा पुत्र ही तुम्हारा उत्तराधिकारी होगा !"

"आप ठीक कहते हैं आर्य मृत्युंजय ! यद्यपि मैं इस समय विवाह न करने पर तुला हुआ हूँ, फिर भी मनुष्य की मति का क्या ठिकाना ! पर मैं चाहता हूँ कि श्वेतांक का और यशोधरा का विवाह हो जाए। इस विवाह से दोनों सुखी होंगे। इसके लिए मैं बड़ा से बड़ा त्याग करने को प्रस्तुत हूँ। आर्य मृत्युंजय, मैं अपनी सारी सम्पत्ति श्वेतांक को दान कर दूँगा।"

मृत्युंजय आसमान से नीचे गिरे–"तुम नहीं जानते आर्य बीजगुप्त, तुम क्या कह रहे हो, तुम्हारा चित्त स्वस्थ नहीं है !"

"आप मेरी कुछ चिन्ता न करें–मैंने आपके सामने कह दिया है कि मैं अपनी सारी सम्पत्ति श्वेतांक को दान कर दूँगा। आप इसके साक्षी

हैं। रही सामन्त पदवी की बात–इसमें राज्याज्ञा की आवश्यकता होगी, उसका भी मैं सम्राट् से आज मिलकर प्रबन्ध कर लूँगा। अब आपको कोई आपत्ति न होनी चाहिए !''

मृत्युंजय ने बीजगुप्त की ओर आँखें फाड़कर देखा–''मैं एक बार फिर तुम्हें अवसर देता हूँ–अपना प्रस्ताव स्वीकृत हो जाने के बाद फिर तुम पीछे न हट सकोगे !''

बीजगुप्त ने एक-एक शब्द पर जोर देते हुए कहा–''आर्य मृत्युंजय ! मैं जो कुछ कह चुका हूँ, करूँगा। मैं मनुष्य हूँ–बात से फिरना मैं नहीं जानता।''

''तो फिर तुम्हारा प्रस्ताव स्वीकृत है।''–मृत्युंजय ने काँपते हुए स्वर में कहा।

बीजगुप्त उठ खड़ा हुआ–''मैं जाता हूँ, दान-पत्र तथा पदवी के लिए राज्याज्ञा का प्रबन्ध आज ही हो जाएगा–विलम्ब की कोई आवश्यकता नहीं। विवाह की तिथि आप नियत कर लें !''

मृत्युंजय ने उठते हुए कहा–''आर्य बीजगुप्त ! मैंने संसार को देखा। मैं कहता हूँ, आप मनुष्य नहीं हैं, देवता हैं !''–मृत्युंजय के नेत्रों में आँसू छलक रहे थे।

बीजगुप्त अपने भवन पहुँचा। वह श्वेतांक के भवन में पहुँचा, श्वेतांक सो रहा था। उसकी चादर भीगी हुई थी। उसके नेत्रों से अश्रु अभी सूखे न थे। बीजगुप्त ने श्वेतांक को उठाया, श्वेतांक उठ पड़ा–''स्वामी, क्या आज्ञा है !''

''तुम मुझे अब स्वामी न कहना, सामन्त श्वेतांक !''

विस्फारित नेत्रों से देखते हुए श्वेतांक ने कहा–''यह आप क्या कह रहे हैं !''

''मैं जो कुछ कह रहा हूँ, वह ठीक है। सुनो ! मैंने तुम्हारे विवाह का प्रस्ताव आर्य मृत्युंजय से किया था–उन्होंने कुछ आपत्ति की। उस आपत्ति को दूर करने के लिए मैंने अपनी सम्पत्ति तथा पदवी का दान उनके सामने तुम्हें कर दिया। अब उनको यशोधरा का तुम्हारे साथ विवाह

करने में कोई आपत्ति नहीं है !"

श्वेतांक थोड़ी देर तक निश्चल तथा विमूढ़-सा खड़ा हुआ बीजगुप्त की ओर देखता रहा–इसके बाद वह रो पड़ा–"नहीं ! नहीं ! स्वामी, मुझे यह स्वीकार नहीं। मैं कितना पापी हूँ–स्वामी, मुझे क्षमा करो–मैं जाता हूँ, मुझे क्षमा करो; मैंने आपके जीवन को नष्ट किया है–आप मुझ नराधम पर यह दया क्यों कर रहे हैं–मुझे स्वीकार नहीं है।"–वह बीजगुप्त के चरणों पर गिर पड़ा।

बीजगुप्त ने श्वेतांक को उठाया–"श्वेतांक ! जो कुछ होना था, वह हो चुका। अब यदि तुम्हारे हृदय में मेरे प्रति कुछ भी स्नेह है, तो जो कुछ मैं कर रहा हूँ, स्वीकार करो। संसार के सामने मुझे झूठा न बनने दो। मैंने इस वैभव को काफी भोगा है–अब चित्त फिर गया है। इस वैभव को तुम भोगो। मैं तुमसे प्रार्थना करता हूँ, तुम अस्वीकार न करो। चलो, दान-पत्र तथा पदवी के लिए राज्याज्ञा का प्रबन्ध करना है !"

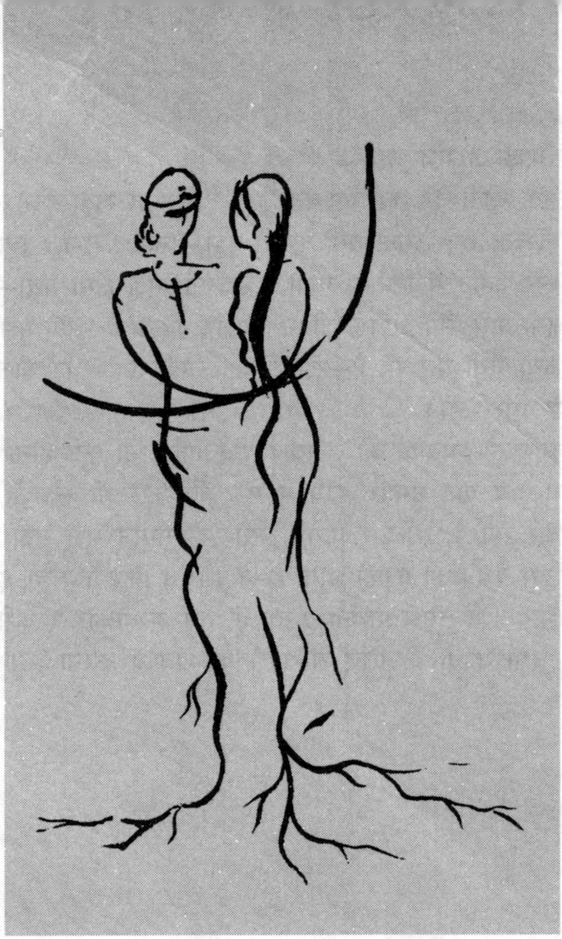

बाईसवाँ परिच्छेद

चित्रलेखा लौट आई, पर वह बीजगुप्त से न मिली ! बीजगुप्त से मिलने का उसको साहस न था। वह बीजगुप्त के प्रति अपराधिनी थी–उसने यह अनुभव किया; वह सीधे अपने स्थान को गई।

चित्रलेखा ने अपने ऐश्वर्य-सदन में ही साधना का जीवन व्यतीत

करना आरम्भ किया। इस जीवन में उसने शान्ति का अनुभव किया–वह पश्चात्ताप की अग्नि में सहर्ष जलने को तैयार थी। उसे अपने से ही घृणा हो गई। उसका कार्यक्रम दिन-रात का रोना था।

वह बीजगुप्त से प्रेम करती थी–बीजगुप्त के प्रति उसके हृदय में कितना गहरा प्रेम था, उसने उतने दिनों के वियोग के बाद अनुभव किया। पर अब वह भ्रष्ट हो चुकी थी, कुमारगिरि के पागलपन और मूर्खता के एक छोटे-से क्षण में आत्म-समर्पण करके। वह बीजगुप्त से इतना प्रेम करती थी कि वह बीजगुप्त को धोखा न देना चाहती थी। उसने अपराध किया था–उस अपराध के फलस्वरूप उसे निराशापूर्ण वेदना की असह्य ज्वाला में जलना ही इष्ट था। जितना अधिक वह जलती थी, उतना ही अधिक उसको सुख मिलता था–जितना अधिक वह रोती थी, उतनी ही उसे शान्ति मिलती थी।

इस प्रकार चित्रलेखा को एक मास हो गया। एक दिन वह बैठी हुई रो रही थी कि दासी ने उसको सूचना दी–"आर्य श्वेतांक आपसे मिलना चाहते हैं ?"

वह चौंककर उठ खड़ी हुई। क्या बीजगुप्त ने उसे बुलवाया है ?–"कहाँ हैं ? मैं चलती हूँ !"

श्वेतांक अतिथि-भवन में बैठा हुआ चित्रलेखा की प्रतीक्षा कर रहा था। चित्रलेखा को देखकर उसे आश्चर्य हुआ। वह पीली पड़ गई थी–उसका सौन्दर्य विकृत हो गया था। वह पहचानी तक नहीं जाती थी–"देवि ! तुम्हारी यह क्या हालत है ?"

"अच्छी तो हूँ !"–इतना कहकर चित्रलेखा बैठ गई।

थोड़ी देर तक दोनों मौन रहे। चित्रलेखा ने पूछा–"आर्य बीजगुप्त तो कुशलपूर्वक हैं ?"

श्वेतांक के मुख पर दुख की एक हल्की-सी रेखा दौड़ गई–"हाँ ! आर्य बीजगुप्त अच्छी तरह से हैं। पर उनमें बहुत बड़ा परिवर्तन हो गया।"

"परिवर्तन हो गया।"–चित्रलेखा का कौतूहल बढ़ गया–"कैसा

परिवर्तन ? क्या उन्होंने विवाह कर लिया है ?"

एक रूखी मुस्कराहट के साथ श्वेतांक ने कहा–"नहीं, उन्होंने विवाह नहीं किया है, विवाह तो मैं करने जा रहा हूँ। सामन्त मृत्युंजय की कन्या यशोधरा से मेरा विवाह होनेवाला है, उसी में निमन्त्रित करने के लिए मैं आया हूँ; पर आर्य बीजगुप्त ने एक बड़ा त्याग किया है–वे देवता हैं। सामन्त मृत्युंजय मुझसे अपनी कन्या का विवाह नहीं करना चाहते थे, क्योंकि मैं निर्धन था। आर्य बीजगुप्त ने अपनी पदवी तथा सारी सम्पत्ति मुझे दान कर दी है। वे पाटलिपुत्र छोड़कर बाहर जानेवाले हैं–केवल मेरे विवाह के लिए ही वे रुके हैं।"

चित्रलेखा का हृदय धड़कने लगा, उसकी आँखों में आँसू भर आए–"क्या बीजगुप्त ने इतना कर डाला ? श्वेतांक ! जानते हो यह एक बड़ा त्याग है। और इस सबकी जड़ मैं हूँ। फिर भी आर्य श्वेतांक, तुम्हें बधाई है। तुम्हारा विवाह कब होगा ?"

"अगले सप्ताह रविवार के दिन विवाह-कार्य सम्पन्न होगा। चन्द्रवार को प्रीतिभोज है–उसमें सम्राट् तथा राज्य के कर्मचारी और सामन्त आवेंगे। देवि ! प्रीतिभोज में तुम्हारी उपस्थिति आवश्यक है।"

चित्रलेखा ने कहा–"श्वेतांक ! मुझे क्षमा करो। मैं किसी दूसरे दिन आऊँगी, पर प्रीतिभोज में न आ सकूँगी। मैंने एक दूसरा ही जीवन अपना लिया है–उस उत्सव में मेरा जाना उचित नहीं है।"

"देवि चित्रलेखा ! तुम मुझे भाई कह चुकी हो–यह मेरा अनुरोध है !"

"मैं असमर्थ हूँ–श्वेतांक ! तुम जानते हो कि मेरा निश्चय अमिट होता है। मेरी तुम पर बहन की ममता है, पर बड़ी बहन की ममता है। मैं दूसरे दिन आऊँगी।"

"जैसी तुम्हारी इच्छा ! पर एक बात बतला देना उचित होगा। चन्द्रवार की रात को ही आर्य बीजगुप्त देश-पर्यटन को प्रस्थान करेंगे, फिर सोच-समझ लो।"

"आर्य बीजगुप्त उसी रात को प्रस्थान करेंगे !"–चित्रलेखा कुछ

हिचकिचाई; पर एक ही क्षण में उसने दृढ़तापूर्वक कहा–"पर इससे मुझको क्या ? मेरा निश्चय अमिट है।"

श्वेतांक उठ खड़ा हुआ–"जैसी इच्छा देवि !"

श्वेतांक का विवाह हो गया–प्रीतिभोज में सम्राट् के साथ अन्य अतिथि आए। उस दिन बीजगुप्त सबका स्वागत कर रहा था। वह सबसे हँसकर बातें करता था, पर उसका हृदय जल रहा था। चित्रलेखा की अनुपस्थिति उसे बुरी लगी। अन्तिम बार पाटलिपुत्र छोड़ने के पहले वह चित्रलेखा को देखना चाहता था; पर चित्रलेखा न आई।

भोजन के बाद सम्राट् ने श्वेतांक को बधाई दी और उसको सामन्त के नाम से सम्बोधित किया। इसके बाद उसकी दृष्टि बीजगुप्त पर पड़ी। बीजगुप्त को बुलाकर सम्राट् ने उसका हाथ अपने हाथ में ले लिया। इसके बाद वे खड़े हो गए। सम्राट् के साथ अन्य अतिथि भी खड़े हो गए। भवन में सन्नाटा छा गया। सम्राट् ने आरम्भ किया–"बीजगुप्त ! तुम एक महान् आत्मा हो। तुमने असम्भव को सम्भव कर दिखाया। तुम मनुष्य नहीं हो, तुम देवता हो। आज भारतवर्ष का सम्राट् चन्द्रगुप्त मौर्य तुम्हारे सामने मस्तक नमाता है।"–इतना कहकर सम्राट् चन्द्रगुप्त ने बीजगुप्त के सामने सिर झुका दिया। जितने अतिथि वहाँ खड़े थे, सबके सिर एक साथ ही झुक गए–स्त्रियों के बीच से हिचकियों के साथ एक दबा रुदन फूट पड़ा।

बीजगुप्त ने सम्राट् के सामने झुककर कहा–"महाराज ! मैं इस आदर के सर्वथा अयोग्य हूँ–आज मैं देश-पर्यटन के लिए जा रहा हूँ, एक भिखारी की भाँति–आप मुझे अपना आशीर्वाद दें और विदा दें !"

इतना कहकर बीजगुप्त द्वार की ओर बढ़ा। अतिथि दोनों ओर एक पंक्ति बनाकर खड़े थे–उनके बीज से बीजगुप्त चला। बीजगुप्त के मुख पर एक दैवी मुस्कराहट थी। अतिथियों ने उसमें एक तेज देखा। वृद्ध से लेकर बालक तक हाथ जोड़कर खड़े हो गए थे। बीजगुप्त वैभव तथा

शक्ति के उस जमघट में से शान्ति और त्याग की गुरुता के साथ निकल गया।

बाहर बीजगुप्त के सेवक खड़े थे। बीजगुप्त को देखते ही वे रोने लगे–बीजगुप्त एक क्षण के लिए रुका। उसने प्रत्येक व्यक्ति को देखा; इसके बाद उसने कहा–"तुम श्वेतांक को मेरे ही समान समझना–और तुम मुझे भूलने का प्रयत्न करना।"

सेवक और जोर से रोने लगे। कुछ लोगों ने एक साथ ही कहा–"हम आपके साथ चलेंगे !"

बीजगुप्त ने गम्भीर स्वर में कहा–"क्या कहा ? मेरी आज्ञा है कि तुम यहाँ पर रहो। कोई भी व्यक्ति यहाँ से न चले।"

लोग सहमकर पीछे हट गए–बीजगुप्त चल दिया। अर्धरात्रि बीत चुकी थी। नगर में सर्वथा शान्ति छाई हुई थी। बीजगुप्त धीमी चाल से बढ़ता ही गया। एक भिखारी की भाँति वह पैदल जा रहा था। उसके शरीर पर साधारण व्यक्ति के-से वस्त्र थे और उसके पास सम्बल-रूप चाँदी की कुछ मुद्राएँ थीं। बीजगुप्त को पैरों की आहट सुनाई दी–धीरे-धीरे वह आहट बढ़ती ही जाती थी। बीजगुप्त ने पीछे फिरकर देखा–अन्धकार में उसे कुछ दिखलाई न दिया, वह और आगे बढ़ा।

पद-ध्वनि बढ़ती ही गई। उस अन्धकार से बीजगुप्त की दृष्टि में एक कपड़े से ढँकी हुई मूर्ति ने प्रवेश किया–"मेरे देवता !"

बीजगुप्त के पैर रुक गए–उसने पूछा–"तुम कौन ?"

"मेरे देवता ! मेरे देवता ! मुझे क्षमा करो।"–इतना कहकर वह मूर्ति बीजगुप्त के चरणों पर गिर पड़ी।

बीजगुप्त ने कर्कश स्वर में कहा–"चित्रलेखा ? मेरे जीवन की अभिशाप–तुम यहाँ क्यों आईं–जाओ ! जाओ !"–वह पीछे हट गया, "अब सब समाप्त हो चुका–तुम क्यों आई हो ?"

"अपने देवता की चरण-रज लेने ! अपने देवता की पूजा करने के लिए।" चित्रलेखा खड़ी हो गई–"नाथ ! मैंने तुम्हारा जीवन नष्ट कर दिया; मैंने तुम्हें मिटा दिया; तुम मुझे शाप दो, दंड दो, मुझे ताड़ित करो–

पर मुझसे घृणा न करो।''

बीजगुप्त का सारा शरीर काँप उठा, उसने रुँधे हुए कंठ से कहा–''चित्रलेखा, सब समाप्त हो चुका ! तुम्हीं ने सब समाप्त कर दिया–तुम कुमारगिरि की कुटी छोड़कर मेरे पास न आईं–मैं निराश हो गया। अब इस समय मुझे विचलित करने क्यों आई हो–मेरे पास अब कुछ नहीं है, न हृदय में उमंग है; न पास में वैभव ! जाने दो !''

चित्रलेखा ने बीजगुप्त का हाथ पकड़ लिया–''नहीं, मैं तुम्हें कभी न जाने दूँगी मेरे स्वामी ! एक दिन तुम्हें मेरा अतिथि बनकर रहना होगा, यदि जाना ही है, तो कल चले जाना !''

बीजगुप्त ने अपना हाथ छुड़ा लिया–''मेरे सामने से हटो–नर्तकी ! मेरे सामने से हटो। अब तुम मुझे नहीं रोक सकतीं। अपने विनाशकारी कृत्य के परिणाम को तुम देखो और हँसो–जाओ, मुझे जाने दो !''–बीजगुप्त आगे बढ़ा।

चित्रलेखा ने बीजगुप्त के पैर पकड़ लिये–''मैं कहती हूँ कि मैं तुम्हें न जाने दूँगी–तुम्हें मेरे साथ मेरे भवन तक चलना होगा। बीजगुप्त–मेरे नाथ–क्या तुम्हारे हृदय में मेरे प्रति प्रेम मर गया है ? बोलो नाथ, क्या...''–चित्रलेखा की हिचकियाँ बँध गईं–वह सिसक-सिसककर रो रही थी।

बीजगुप्त अपने को सम्हाल न सका, उसने कहा–''हाय रे ! यदि प्रेम ही मर जाता, तो मैं यह वैभव काहे को छोड़ता ? चित्रलेखा, मैं चाहता हूँ कि मेरे हृदय में तुम्हारे प्रति प्रेम मर जाता; पर यह न हो सका–यह न हो सकेगा !''–इतना कहकर बीजगुप्त ने चित्रलेखा को उठाकर आलिंगन करना चाहा, पर चित्रलेखा हट गई–नहीं, मेरे देवता ! मेरे शरीर को आप स्पर्श न करें। मैं अपवित्र हूँ, पतिता हूँ, पापिनी हूँ मेरे देवता ! चलिए, आप मेरे भवन को चलिए, मुझे आप पवित्र कीजिए–अपने शाप की अग्नि में तपाकर आप मुझे पवित्र कीजिए।''

''चलो !''–बीजगुप्त कह उठा–''चलो चित्रलेखा, संसार में एक तुम्हारी ही बात मैं नहीं टाल सकता। मुझे जितना गिराना चाहो, गिराओ;

पर यह वचन दे दो कि तुम मुझे कल न रोकोगी।"

"मैं वचन देती हूँ।"

चित्रलेखा अपने भवन पर पहुँची। उसने बीजगुप्त के शयन का प्रबन्ध करा दिया; इसके बाद उसने कहा–"नाथ ! तुम शयन करो, कल प्रातःकाल बातें करूँगी।"–इतना कहकर वह चली गई। बीजगुप्त अवाक्-सा उसे देखता ही रह गया।

प्रातःकाल चित्रलेखा बीजगुप्त के पास आई–"स्वामी ! मुझे आप अपना चरणामृत दीजिए !"

बीजगुप्त को चित्रलेखा के इस व्यवहार पर आश्चर्य हुआ–"यह क्यों ?"

"मैं अपने को पवित्र कर रही हूँ ! मेरे स्वामी, मैं अपने मार्ग से विरत हो चुकी हूँ, मैं योगी कुमारगिरि की वासना का साधन बन चुकी हूँ, मैंने अपने शरीर को क्रोध में आकर उसको सौंप दिया है, मैं उस शरीर को पवित्र करना चाहती हूँ।"–चित्रलेखा ने अपनी सारी कथा बीजगुप्त को सुना दी।–"अब आप समझ सकते हैं स्वामी, कि मैं आपके पास क्यों नहीं आई। आप मुझे क्षमा करें !"

"केवल इतनी-सी बात थी ?"–बीजगुप्त हँस पड़ा–"चित्रलेखा ! तुमने बहुत बड़ी भूल की। तुमने मुझे समझने में भ्रम किया। तुम मुझसे क्षमा माँगती हो ? चित्रलेखा ! प्रेम स्वयं एक त्याग है, विस्मृति है, तन्मयता है। प्रेम के प्रांगण में कोई अपराध ही नहीं होता, फिर क्षमा कैसी ! फिर भी यदि तुम कहलाना ही चाहती हो तो मैं कहे देता हूँ–मैं तुम्हें क्षमा करता हूँ !"

चित्रलेखा बीजगुप्त का चरण पकड़कर बोली–"नाथ ! तो फिर तुम मुझे स्वीकार करो ! !"

"यह किस प्रकार सम्भव है ? देवि चित्रलेखा ! मैं भिखारी हूँ, मैं वैभव त्याग चुका हूँ–अब यह किरा प्रकार सम्भव है ?"

"नाथ ! मेरे पास अतुल धनराशि है, मैं तुम्हारी हूँ। मेरा धन तुम्हारा है, फिर तुम निर्धन कैसे ? फिर तुम अपने को भिखारी क्यों कहते हो ?"

"तुम्हारी सम्पत्ति–तुम्हारी धनराशि ? यह मेरे काम की नहीं है। मैंने वैभव छोड़ा है, उसे अपनाने के लिए नहीं, उसे सदा के लिए छोड़ने के लिए। मैं तुम्हें भी एक भिखारिणी के रूप में स्वीकार कर सकता हूँ !"

चित्रलेखा उठ खड़ी हुई–"तो फिर ऐसा ही हो–संसार में हम दोनों भिखारी बनकर निकल पड़ें। प्रेम और केवल प्रेम हमारा आधार हो ! मेरे देवता ! मैं अपनी सम्पत्ति आज ही दान किए देती हूँ–रात में हम दोनों ही अथाह संसार में प्रेम की नौका पर बैठकर निकल चलें।"–चित्रलेखा का मुख-मंडल चमक उठा। उसके नयनों में एक प्रकार की ज्योति आ गई–उसकी आत्मा प्रकाशमान हो उठी।

बीजगुप्त ने चित्रलेखा का चुम्बन ले लिया–"हम दोनों कितने सुखी हैं !"

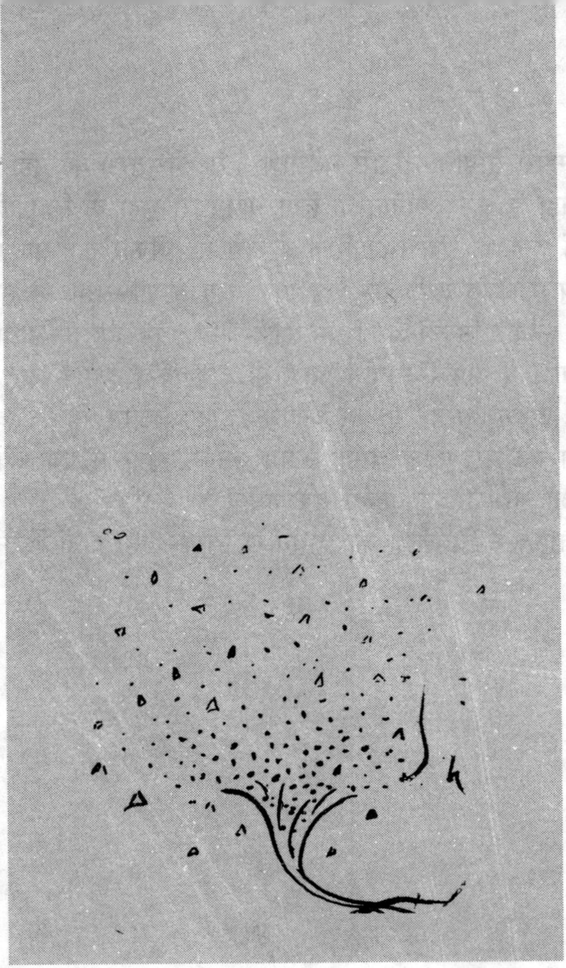

उपसंहार

एक वर्ष बाद !

महाप्रभु रत्नाम्बर ने कहा–"वत्स श्वेतांक ! तुम्हारा विवाह हो गया और तुम गृहस्थ हो चुके। अब मुझे बतला सकते हो कि बीजगुप्त और कुमारगिरि–इन दोनों में कौन व्यक्ति पापी है ?"

श्वेतांक ने रत्नाम्बर के सामने मस्तक नमा दिया–"महाप्रभु ! बीजगुप्त देवता हैं। संसार में वे त्याग की प्रतिमूर्ति हैं। उनका हृदय विशाल है। और कुमारगिरि पशु है। वह अपने लिए जीवित है, संसार में उसका जीवन व्यर्थ है। वह जीवन के नियमों के प्रतिकूल चल रहा है। अपने सुख के लिए उसने संसार की बाधाओं से मुख मोड़ लिया। कुमारगिरि पापी है !"

–"और वत्स विशालदेव ! तुमने योग की दीक्षा ले ली, और तुम योगी हो गए। अब तुम मुझे बतलाओ कि कुमारगिरि और बीजगुप्त–इन दो में कौन व्यक्ति पापी है ?"

विशालदेव ने रत्नाम्बर के सामने मस्तक नमा दिया–"महाप्रभु ! योगी कुमारगिरि अजित हैं। उन्होंने ममत्व को वशीभूत कर लिया है। वे संसार से बहुत ऊपर उठ चुके हैं। उनकी साधना, उनका ज्ञान और उनकी शक्ति पूर्ण है। और बीजगुप्त वासना का दास है।–उसका जीवन संसार के घृणित भोग-विलास में है। वह पापी है–पापमय संसार का वह एक मुख्य भाग है !"

रत्नाम्बर कह उठे–"तुम दोनों विभिन्न परिस्थितियों में रहे और तुम दोनों की पाप की धारणाएँ भिन्न-भिन्न हो गई हैं। तुम लोग जा रहे हो–तुम्हारी विद्या पूर्ण हो चुकी है, अब अपना अन्तिम पाठ मुझसे सुनते जाओ–

"संसार में पाप कुछ भी नहीं है, वह केवल मनुष्य के दृष्टिकोण की विषमता का दूसरा नाम है। प्रत्येक व्यक्ति एक विशेष प्रकार की मनःप्रवृत्ति लेकर उत्पन्न होता है–प्रत्येक व्यक्ति इस संसार के रंगमंच पर एक अभिनय करने आता है। अपनी मनःप्रवृत्ति से प्रेरित होकर अपने पाठ को वह दुहराता है–यही मनुष्य का जीवन है। जो कुछ मनुष्य करता है, वह उसके स्वभाव के अनुकूल होता है और स्वभाव प्राकृतिक है। मनुष्य अपना स्वामी नहीं है, वह परिस्थितियों का दास है–विवश है। कर्त्ता नहीं है, वह केवल साधन है। फिर पुण्य और पाप कैसा ?

"मनुष्य में ममत्व प्रधान है। प्रत्येक मनुष्य सुख चाहता है। केवल

व्यक्तियों के सुख के केन्द्र भिन्न होते हैं। कुछ सुख को धन में देखते हैं, कुछ सुख को मदिरा में देखते हैं, कुछ सुख को व्यभिचार में देखते हैं, कुछ त्याग में देखते हैं–पर सुख प्रत्येक व्यक्ति चाहता है; कोई भी व्यक्ति संसार में अपनी इच्छानुसार वह काम न करेगा, जिसमें दुख मिले–यही मनुष्य की मनःप्रवृत्ति है और उसके दृष्टिकोण की विषमता है।

"संसार में इसीलिए पाप की परिभाषा नहीं हो सकी–और न हो सकती है। हम न पाप करते हैं और न पुण्य करते हैं, हम केवल वह करते हैं, जो हमें करना पड़ता है।"

रत्नाम्बर उठ खड़े हुए–"यह मेरा मत है–तुम लोग इससे सहमत हो या न हो, मैं तुम्हें बाध्य नहीं करता और न कर सकता हूँ। जाओ और सुखी रहो ! यह मेरा तुम्हें आशीर्वाद है।"

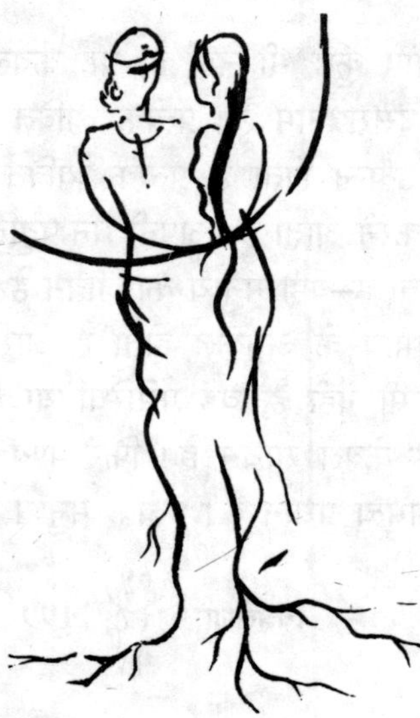